„Bücher sind wie Fallschirme. Sie nützen uns nichts, wenn wir sie nicht öffnen."

Gröls Verlag

Redaktionelle Hinweise und Impressum

Das vorliegende Werk wurde zugunsten der Authentizität sehr zurückhaltend bearbeitet. So wurden etwa ursprüngliche Rechtschreibfehler *nicht* systematisch behoben, denn kleine Unvollkommenheiten machen das Buch – wie im Übrigen den Menschen – erst authentisch. Mitunter wurden jedoch zum Beispiel Absätze behutsam neu getrennt, um den Lesefluss zu erleichtern.

Um die Texte zu rekonstruieren, werden antiquarische Bücher von Lesegeräten gescannt und dann durch eine Software lesbar gemacht. Der so entstandene Text wird von Menschen gegengelesen und korrigiert – hierbei treten auch Fehler auf. Wenn Sie ebenfalls antiquarische Texte einreichen möchten, finden Sie weitere Informationen auf www.groels.de

Viel Freude bei der Lektüre wünscht Ihnen das Team des Gröls-Verlags.

Adressen

Verleger: Sophia Gröls, Im Borngrund 26, 61440 Oberursel

Externer Dienstleister für Distribution & Herstellung: BoD, In de Tarpen 42, 22848 Norderstedt

Unsere „Edition | Werke der Weltliteratur“ hat den Anspruch, eine der größten und vollständigsten Sammlungen klassischer Literatur in deutscher Sprache zu sein. Nach und nach versammeln wir hier nicht nur die „üblichen Verdächtigen“ von Goethe bis Schiller, sondern auch Kleinode der vergangenen Jahrhunderte, die – zu Unrecht – drohen, in Vergessenheit zu geraten. Wir kultivieren und kuratieren damit einen der wertvollsten Bereiche der abendländischen Kultur. Kleine Auswahl:

Francis Bacon • Neues Organon • **Balzac** • Glanz und Elend der Kurtisanen • **Joachim H. Campe** • Robinson der Jüngere • **Dante Alighieri** • Die Göttliche Komödie • **Daniel Defoe** • Robinson Crusoe • **Charles Dickens** • Oliver Twist • **Denis Diderot** • Jacques der Fatalist • **Fjodor Dostojewski** • Schuld und Sühne • **Arthur Conan Doyle** • Der Hund von Baskerville • **Marie von Ebner-Eschenbach** • Das Gemeindekind • **Elisabeth von Österreich** • Das Poetische Tagebuch • **Friedrich Engels** • Die Lage der arbeitenden Klasse • **Ludwig Feuerbach** • Das Wesen des Christentums • **Johann G. Fichte** • Reden an die deutsche Nation • **Fitzgerald** • Zärtlich ist die Nacht • **Flaubert** • Madame Bovary • **Gorch Fock** • Seefahrt ist not! • **Theodor Fontane** • Effi Briest • **Robert Musil** • Über die Dummheit • **Edgar Wallace** • Der Frosch mit der Maske • **Jakob Wassermann** • Der Fall Maurizius • **Oscar Wilde** • Das Bildnis des Dorian Grey • **Émile Zola** • Germinal • **Stefan Zweig** • Schachnovelle • **Hugo von Hofmannsthal** • Der Tor und der Tod • **Anton Tschechow** • Ein Heiratsantrag • **Arthur Schnitzler** • Reigen • **Friedrich Schiller** • Kabale und Liebe • **Nicolo Machiavelli** • Der Fürst • **Gotthold E. Lessing** • Nathan der Weise • **Augustinus** • Die Bekenntnisse des heiligen Augustinus • **Marcus Aurelius** • Selbstbetrachtungen • **Charles Baudelaire** • Die Blumen des Bösen • **Harriett Stowe** • Onkel Toms Hütte • **Walter Benjamin** • Deutsche Menschen • **Hugo Bettauer** • Die Stadt ohne Juden • **Lewis Caroll** • *und viele mehr….*

Robert Louis Stevenson

Die Schatzinsel

Inhalt

I. Der alte Freibeuter

Erstes Kapitel

Der alte Seehund im „Admiral Benbow"

Gutsherr Trelawney, Dr. Livesey und die übrigen Herren haben mich gebeten, unsere Fahrt nach der Schatzinsel vom Anfang bis zum Ende zu beschreiben, und dabei nichts zu verschweigen als die genaue Lage der Insel, und zwar auch dies nur deshalb, weil noch jetzt ungehobene Schätze dort vorhanden sind. So ergreife ich die Feder in diesem Jahre des Heils 17.. und versetze mich zurück in die Zeit, als mein Vater den Gasthof zum „Admiral Benbow" hielt, und als der braungebrannte alte Seemann mit der Säbelnarbe im Gesicht zuerst unter unserem Dache Wohnung nahm.

Ich erinnere mich, wie wenn es gestern gewesen wäre, des Mannes: wie er in die Tür unseres Hauses hereinkam, während seine Schifferkiste ihm auf einem Schiebkarren nachgefahren wurde – ein großer, starker, schwerer, nußbrauner Mann; sein teeriger Zopf hing ihm im Nacken über seinen fleckigen blauen Rock herunter; seine Hände waren schwielig und rissig mit abgebrochenen, schwarzen Fingernägeln, und der Säbelschmiß, der sich über die eine Wange hinzog, war von schmutzig-weißer Farbe. Er sah sich im Schenkzimmer um und pfiff dabei vor sich hin, und dann stimmte er das alte Schifferlied an, das er später so oft sang:

> Fünfzehn Mann bei des Toten Kist' –
> Johoho, und 'ne Buddel, Buddel Rum!

in der zitterigen, hohen Stimme, die so klang, wie wenn eine Ankerwinde gedreht würde. Dann schlug er mit einem Knüppel, so dick wie eine Handspeiche, gegen die Tür, und als mein Vater erschien, verlangte er barsch ein Glas Rum. Als dieses ihm gebracht worden war, trank er es langsam aus, wie ein Kenner, mit der Zunge den Geschmack nachprüfend, und dabei sah er sich durch das Fenster die Strandklippen und unser Wirtsschild an. Schließlich sagte er:

„Das ist 'ne nette Bucht und 'ne angenehm gelegene Grogkneipe. Viel Gesellschaft, Maat?"

Mein Vater sagte ihm, Gesellschaft käme leider nur sehr wenig.

„So? Na, dann ist das die richtige Stelle für mich. Heda, Ihr, mein Mann!" rief er dem Mann zu, der den Handkarren schob: „Ladet mal meine Kiste ab und bringt sie nach oben! Hier will ich ein bißchen bleiben! Ich bin ein einfacher Mann – Rum und Speck und Eier, weiter brauche ich nichts; und außerdem die Klippe da draußen, um die Schiffe zu beobachten. Wie Sie mich nennen könnten? Kaptein können Sie mich nennen. Ach so – ich sehe schon, worauf Sie hinauswollen – da!" und er warf drei oder vier Goldstücke auf den Tisch. „Wenn ich das verzehrt habe, können Sie mir Bescheid sagen!" rief er, und dabei sah er so stolz aus wie ein Admiral.

Und in der Tat – so schlecht seine Kleider waren und so gemein seine Sprechweise, er sah durchaus nicht wie ein Mann aus, der vor dem Mast fuhr, sondern war offenbar ein Steuermann oder ein Schiffer, der gewohnt war, daß man ihm gehorchte, oder sonst gab's Prügel. Der Mann, der den Schiebkarren gefahren hatte, sagte uns, die Postkutsche hätte ihn am Tag vorher am Royal George abgesetzt; er hätte sich erkundigt, was für Gasthöfe an der Küste wären, und als er gehört hätte, daß man unser Haus lobte, – und besonders, so vermute ich wenigstens, als man es ihm als einsam gelegen beschrieb – hätte er beschlossen, bei uns Aufenthalt zu nehmen. Und das war alles, was wir über unseren Gast erfahren konnten.

Er war ein schweigsamer Mann. Den ganzen Tag lungerte er an der Bucht oder auf den Klippen herum und sah durch sein Messingfernrohr über See und Strand; den ganzen Abend aber saß er in einer Ecke der Schenkstube ganz dicht am Feuer und trank Rum und Wasser, und zwar eine sehr steife Mischung. Wenn jemand ihn anredete, antwortete er für gewöhnlich nicht, sondern sah nur plötzlich mit einem wütenden Blick auf und blies durch seine Nase wie durch ein Nebelhorn; und wir und unsere Besucher merkten bald, daß man ihn dann in Ruhe lassen mußte. Jeden Tag, wenn er von seinen Gängen zurückkam, fragte er, ob Seeleute auf der Landstraße vorübergekommen wären. Anfangs dachten wir, er fragte, weil er sich nach Gesellschaft von Kameraden sehnte; schließlich aber merkten wir, daß er im Gegenteil es zu vermeiden wünschte. Wenn ein Seemann im „Admiral Benbow" einkehrte – wie es ab und zu geschah, wenn Leute auf der Küstenstraße nach Bristol gingen – so sah er sich ihn durch das verhängte Fensterchen in der Tür an, bevor er die Schenkstube betrat; und wenn solch ein Seemann anwesend war, verhielt er sich immer mäuschenstille. Vor mir suchte er auch kein Geheimnis aus der Sache zu machen, sondern er beteiligte mich im Gegenteil gewissermaßen an seiner Unruhe. Er hatte mich nämlich eines Tages beiseite genommen und mir versprochen: er wollte mir am Ersten jeden Monats ein silbernes Vier-Penny-Stück geben, wenn ich bloß „mein Wetterauge offen halten wollte nach einem Seemann mit nur einem Bein", und wenn ich ihm, sobald der auftauchte, augenblicklich Bescheid geben wollte. Wenn nun der Monatserste da war und ich meinen Lohn von ihm verlangte, dann kam es oft genug vor, daß er nur durch die Nase blies und mich mit einem wütenden Blick ansah; aber bevor die Woche zu Ende war, hatte er es sich jedesmal besser überlegt: er brachte mir das Vier-Penny-Stück und wiederholte seinen Befehl, „nach dem Seemann mit dem einen Bein Ausguck zu halten".

Wie dieser Seemann mich in meinen Träumen verfolgte, brauche ich kaum zu sagen. In stürmischen Nächten, wenn der Wind die vier Ecken unseres Hauses schüttelte und die Brandung in der Bucht gegen die Klippen donnerte, sah ich ihn in tausend Gestalten und mit tausend teuflischen Gesichtern. Bald war das Bein am Knie abgenommen, bald dicht an der Hüfte; dann wieder war er ein ungeheuerliches Geschöpf, das immer nur ein einziges Bein gehabt hatte, und zwar mitten unter dem Rumpf. Ihn zu sehen, wie er sprang und lief und mich über Gräben und Hecken verfolgte, das war für mich der fürchterlichste Nachtmahr. So mußte ich eigentlich mein monatliches Vier-Penny-Stück recht teuer bezahlen, denn ich bekam dafür diese gräßlichen Traumgesichte in den Kauf.

Wenn ich vor dem einbeinigen Seemann eine schreckliche Angst hatte, so hatte ich dafür vor dem Kaptein selber weniger Furcht als andere, die ihn kannten. An manchen Abenden nahm er mehr Rum und Wasser zu sich, als sein Kopf vertragen konnte; dann saß er zuweilen, ohne sich um irgendeinen Menschen zu bekümmern, und sang seine ruchlosen alten wilden Schifferlieder; zuweilen aber bestellte er Runden und zwang die ganze zitternde Gesellschaft, seine Geschichten anzuhören oder als Chor in seine Lieder einzufallen. Oft zitterte das Haus von dem „Johoho, und 'ne Buddel, Buddel Rum"; alle Nachbarn stimmten aus voller Kehle ein, mit einer Todesangst im Leibe, und einer sang noch lauter als der andere, damit nur der Kaptein keine Bemerkungen machte. Denn wenn er diese Anfälle hatte, war er der ungemütlichste Gesellschafter von der Welt; dann schlug er mit der Faust auf den Tisch und gebot Ruhe; wenn irgendeine Zwischenfrage gestellt wurde, regte er sich fürchterlich auf – manchmal aber noch mehr, wenn keine Frage gestellt wurde, weil er dann glaubte, die Gesellschaft hörte nicht auf seine Geschichte. An solchen Abenden durfte keiner die Schenkstube verlassen, bis er selber vom Trinken schläfrig geworden war und ins Bett taumelte.

Am meisten Angst machte er den Leuten mit seinen Geschichten. Und fürchterliche Geschichten waren es allerdings: von Hängen, über die Planke gehen lassen, von Stürmen auf hoher See, und von den Schildkröteninseln, und von wilden Gefechten und Taten, und von Häfen in den westindischen Gewässern. Nach seinen eigenen Berichten mußte er unter den größten Verbrechern gelebt haben, die Gott jemals zur See gehen ließ; und die Worte, in denen er diese Geschichten erzählte, entsetzten unsere guten Landleute beinahe ebensosehr wie die Verbrechen, von denen sie handelten. Mein Vater sagte fortwährend: unser Gasthof werde zugrunde gerichtet werden, denn die Leute würden bald nicht mehr kommen, um sich anschnauzen und niederducken zu lassen und dann mit zitternden Gebeinen zu Bett zu gehen. Aber ich glaube, daß in Wirklichkeit seine Anwesenheit uns Vorteil brachte. Die Leute grauelten sich allerdings, aber in der Rückerinnerung hatten sie die Geschichten eigentlich gern; es war eine angenehme Aufregung in ihrem stillen Landleben. Unter den jüngeren Leuten gab es sogar eine Partei, die voll Bewunderung von ihm sprach. Sie nannten ihn „einen echten Seehund“ und „eine richtige alte Teerjacke“ und so ähnlich und sagten, das wären gerade die Leute, die England so gefürchtet zur See machten. In einer Beziehung richtete allerdings der Kaptein uns zugrunde: er blieb eine Woche nach der anderen, so daß die Goldstücke, die er auf den Tisch geworfen hatte, längst verrechnet waren; aber mein Vater konnte sich niemals ein Herz fassen und mehr Geld von ihm verlangen. Sobald er eine leichte Anspielung machte, blies der Kaptein so laut durch die Nase, daß es beinahe ein Brüllen war, und sah meinen Vater so wütend an, daß dieser die Schenkstube verließ. Ich habe ihn nach solcher Abweisung die Hände ringen sehen, und ich bin überzeugt, daß der Verdruß über seinen Gast und die Angst, worin er lebte, seinen allzu frühen unglücklichen Tod sehr beschleunigt haben.

Während der ganzen Zeit, daß der Kaptein bei uns wohnte, trug er immer denselben Anzug; niemals änderte er etwas daran, nur einmal kaufte er Strümpfe von einem Hausierer. Als eine von den Krempen seines Hutes sich losgelöst hatte und herunterhing, ließ er ihn so, wie er war, obwohl diese Krempe ihn bei starkem Wind sehr belästigte. Ich sehe vor meinen Augen noch seinen Rock, auf den er selber oben in seinem Zimmer einen Flicken setzte, sooft er das für nötig hielt; schließlich bestand der ganze Rock nur aus Flicken. Niemals schrieb er einen Brief, niemals empfing er einen; er sprach mit keinem Menschen ein Wort außer mit den Nachbarn, die zu uns in die Wirtschaft kamen, auch mit diesen gewöhnlich nur, wenn er zuviel Rum getrunken hatte. Seine große Schifferkiste hatte keiner von uns jemals offen gesehen.

Nur ein einziges Mal wagte ein Mensch, ihm über den Mund zu fahren, und das geschah erst in der letzten Zeit, als mein armer Vater schon sehr krank und dem Tode nahe war. Doktor Livesey kam eines Nachmittags zu später Stunde, um noch nach dem Kranken zu sehen; meine Mutter setzte ihm ein bißchen zu essen vor, und dann ging er in die Schenkstube, um eine Pfeife zu rauchen, bis sein Pferd vom Dorf zurückgebracht würde; denn wir hatten im alten „Admiral Benbow“ keine Stallung. Ich ging mit dem Doktor in die Schenkstube, und ich erinnere mich noch, daß mir der Unterschied zwischen dem sauberen, munteren Doktor mit seiner schneeweiß gepuderten Perücke, seinen hellen, schwarzen Augen und seinem liebenswürdigen Benehmen und den plumpen Landleuten auffiel, besonders aber der Gegensatz zu dem schmutzigen, zerlumpten alten Piraten, der stark angetrunken hinter seinem Tische saß und die Ellenbogen aufgestützt hatte. Plötzlich begann er, der Kaptein nämlich, sein ewiges Lied zu brüllen:

Fünfzehn Mann bei des Toten Kist' –
Johoho, und 'ne Buddel, Buddel Rum!
Suff und der Teufel holten den Rest –
Johoho, und 'ne Buddel, Buddel Rum!

Anfangs hatte ich vermutet, „des Toten Kist'„ sei die große Schifferkiste oben im Vorderzimmer, und ich hatte sie in meinen Träumen mit dem einbeinigen Schiffer in Verbindung gebracht. Inzwischen aber hatten wir alle schon längst aufgehört, auf sein Singen zu achten; an diesem Abend war das Lied nur dem Dr. Livesey neu, und ich bemerkte, daß es auf ihn keinen angenehmen Eindruck machte; denn er sah einen Augenblick ganz ärgerlich aus, bevor er in seinem Gespräch mit dem alten Gärtner Taylor fortfuhr, mit dem er sich über ein neues Mittel gegen das Gliederreißen unterhielt. Der Kapitän wurde bei seinem eigenen Lied lustig und schlug schließlich mit der Faust vor sich auf den Tisch; wir alle wußten, daß er damit den Anwesenden Schweigen befehlen wollte. Alle hörten sofort auf zu sprechen – mit Ausnahme des Dr. Livesey; der sprach ruhig weiter, indem er zwischen jedem zweiten oder dritten Wort einen kurzen Zug aus seiner Pfeife tat. Eine Weile starrte der Kaptein ihn an, schlug wieder mit der flachen Hand auf den Tisch, starrte ihn noch grimmiger an und schrie endlich mit einem gemeinen Fluch:

„Stille da unter Deck!“

„Sagten Sie etwas zu mir, Herr?“ sagte der Doktor.

Und als der Kerl mit einem neuen Fluch ihm sagte, das wäre allerdings der Fall, antwortete der Arzt:

„Ich habe Ihnen nur eins zu sagen, Herr: wenn Sie mit dem Rumtrinken so weiter machen, wird die Welt bald von einem sehr dreckigen Schuft befreit sein!“

Die Wut des alten Burschen war schrecklich anzusehen. Er sprang auf, zog ein Matrosen-Klappmesser, öffnete es, schwang es auf der offenen Handfläche und drohte dem Doktor, er werde ihn an die Wand spießen.

Der aber rührte sich nicht einmal. Er sprach wie bisher über die Schulter weg zum Kaptein und sagte mit der gleichen ruhigen Stimme, ziemlich laut, so daß alle im Zimmer ihn hören konnten, aber ganz gelassen:

„Wenn Ihr nicht augenblicklich das Messer in die Tasche steckt, so gebe ich Euch mein Wort darauf: nach der nächsten Gerichtssitzung hängt Ihr am Galgen!“

Dann kreuzten ihre Blicke sich; aber der Kaptein gab bald klein bei, steckte seine Waffe ein und setzte sich wieder hin, wobei er wie ein geprügelter Hund knurrte. “Und nun noch eins, mein Mann!“ fuhr der Doktor fort: „Da ich jetzt weiß, daß solch ein Bursche in meinem Bezirk ist, so könnt Ihr Euch darauf verlassen, daß ich Tag und Nacht ein Auge auf Euch haben werde. Ich bin nicht nur Arzt, ich bin auch Beamter; und wenn ich auch nur die leiseste Beschwerde über Euch höre – wär's auch bloß wegen einer Unhöflichkeit wie heute abend –, so werde ich dafür zu sorgen wissen, daß man Euch an dem Kragen nimmt und abschiebt. Und damit genug!“

Bald darauf wurde Dr. Liveseys Pferd gebracht, und er ritt ab; der Kaptein aber war an diesem Abend still und tat noch viele Abende hinterher den Mund nicht auf.

Zweites Kapitel

Der Schwarze Hund erscheint und verschwindet wieder

Nicht lange Zeit nach diesem Auftritt trat das erste von den geheimnisvollen Ereignissen ein, die uns schließlich den Kaptein vom Halse schafften, wenn auch nicht seine Angelegenheiten, wie der Leser sehen wird.

Es war ein bitterkalter Winter mit langandauernden, harten Frösten und schweren Stürmen, und es war von Anfang an klar, daß mein armer Vater wenig Aussicht hatte, den Frühling noch zu erleben. Er wurde mit jedem Tag schwächer, und meine Mutter und ich hatten den ganzen Betrieb der Wirtschaft zu besorgen; so hatten wir immer viel zu tun und konnten uns um unseren unangenehmen Gast wenig kümmern. Es war an einem Januarmorgen, zu sehr früher Stunde. Das Wetter war beißend kalt; die ganze Bucht war grau vom Rauhreif; die Sonne stand noch niedrig und berührte nur eben die Hügelspitzen und schien weit über das Meer hinaus. Der Kaptein war früher als gewöhnlich aufgestanden und nach dem Strand hinuntergegangen; sein Stutzsäbel schwang unter den breiten Schößen seines blauen Rockes hin und her, sein Messingfernrohr hatte er unter die Achsel geklemmt, den Hut in den Nacken zurückgeschoben. Sein Atem hing wie ein Rauchstreifen hinter ihm, wie er so mit langen Schritten dahinging, und der letzte Ton, den ich von ihm hörte, als er um den großen Felsen bog, war ein lautes, entrüstetes Schnauben, wie wenn er immer noch an den Dr. Livesey dächte. Mutter war oben bei Vater, und ich war dabei, den Frühstückstisch zu decken, damit er bei der Rückkehr alles fertig fände; da ging die Tür zur Schenkstube auf, und herein trat ein Mann, den ich nie in meinem Leben gesehen hatte. Er war ein Kerl mit blassem, käsigem Gesicht; an der linken Hand fehlten ihm zwei Finger, und obgleich er einen Stutzsäbel trug, sah er nicht gerade nach einem großen Fechter aus. Ich war immer auf dem Ausguck nach Seeleuten, einerlei ob mit einem Bein oder mit zweien, und ich erinnere mich noch heute, daß der Mann mir sofort verdächtig vorkam. Er sah nicht schiffermäßig aus, und trotzdem hatte er etwas von der See an sich.

Ich fragte ihn, was er wünschte, und er sagte, er wolle ein Glas Rum nehmen. Als ich aber hinausgehen wollte, um das Getränk zu holen, setzte er sich auf einen Tisch und winkte mir; ich möchte näher kommen. Ich blieb aber mit meinem Wischtuch in der Hand stehen, wo ich war. Da sagte er:

„Komm doch her, Jungchen! Komm doch mal näher!“

Ich trat einen Schritt näher an ihn heran.

„Ist der Tisch hier für meinen Maat Bill gedeckt?“ fragte er und sah mich dabei lauernd an.

Ich sagte ihm, seinen Maat Bill kenne ich nicht, und der Tisch sei für jemand gedeckt, der in unserem Hause wohne und den wir den Kaptein nannten.

„Na,“ sagte er, „mein Maat Bill wird sich wohl Kaptein nennen lassen; das sollte mich gar nicht wundern. Er hat einen Schmiß auf der einen Backe, und ein mächtig netter Kerl ist er, mein Maat Bill, besonders beim Trinken. Wir wollen mal annehmen, euer Kaptein hat einen Schmiß auf der Backe – und, was meinst du? – wir wollen mal annehmen, er hat ihn auf der rechten Backe. Aha, siehst du, ich sagte es dir ja. Na, ist also mein Maat Bill hier im Hause?“

Ich sagte ihm, er sei ausgegangen.

„Wohin denn, Jungchen? Welchen Weg ist er gegangen?“

Ich zeigte ihm den Felsen und sagte ihm, daß der Kaptein jedenfalls bald nach Hause kommen werde, und beantwortete ihm noch ein paar andere Fragen.

Schließlich sagte er:

„Na, da wird mein Maat Bill sich freuen wie über ein Glas Rum.“ Der Gesichtsausdruck, mit dem er diese Worte sprach, war durchaus nicht angenehm, und ich hatte meine besonderen Gründe anzunehmen, daß der Fremde sich irrte, selbst wenn seine Worte aufrichtig gemeint wären. Aber ich dachte, das ginge ja mich nichts an; außerdem war es schwierig zu entscheiden, was da zu tun sei.

Der Fremde hielt sich fortwährend dicht bei der Haustür auf und guckte alle Augenblicke um die Ecke wie eine Katze, die auf eine Maus lauert. Einmal ging ich selber auf die Straße hinaus, aber er rief mich sofort zurück, und als ich nicht schnell genug folgte, verzerrte sich sein käsiges Gesicht auf eine ganz fürchterliche Weise, und mit einem Fluch, der mir Angst machte, befahl er mir, sofort ins Haus zu gehen. Als ich aber wieder drinnen war, benahm er sich wie vorher: halb spöttisch, halb schmeichlerisch; klopfte mir auf die Schulter und sagte mir, ich sei ein guter Junge und er möchte mich riesig gerne leiden.

„Ich habe selber einen Jungen,“ sagte er, „der sieht dir so ähnlich wie ein Ei dem andern und ist so recht mein Stolz. Aber die Hauptsache für Jungens ist

Gehorchen – Gehorsam, Jungchen! Na, wenn du mit Bill zusammen auf See gewesen wärest, dann hättest du nicht hier gestanden und dir was zweimal sagen lassen – glaub mir das! Das gab's bei Bill nicht, und das gibt's auch bei denen nicht, die mit ihm gefahren sind. Und sieh mal an, da kommt ja mein Maat Bill, mit einem Fernrohr unterm Arm, der gute alte Kerl! Da wollen wir beide mal man in die Schenkstube gehen, Jungchen, und uns hinter die Tür stellen, und wollen Bill ein bißchen überraschen – die gute alte Seele!"

Mit diesen Worten ging der Fremde mit mir in die Schenkstube zurück und ließ mich hinter ihm in die Ecke treten, so daß wir beide hinter der geöffneten Türe verborgen waren. Ich fühlte mich sehr unbehaglich und unruhig, wie man sich wohl denken kann, und meine Angst wurde dadurch noch größer, daß der Fremde offenbar selber Furcht hatte. Er machte den Griff seines Stutzsäbels frei und lockerte die Klinge in der Scheide; und während der ganzen Zeit, daß wir dastanden und warteten, schluckte er fortwährend, als ob er einen Kloß in der Kehle hätte, wie man zu sagen pflegt.

Endlich trat der Kaptein ein, schlug die Tür hinter sich zu, ohne nach rechts oder nach links zu sehen, und ging quer durch das Zimmer an den Tisch, auf dem das Frühstück für ihn bereit stand.

„Bill!" sagte der Fremde mit einer Stimme, der ich deutlich anmerkte, daß er alle Kraft aufgeboten hatte, sie recht laut und kühn zu machen.

Der Kaptein drehte sich auf dem Absatz herum und sah uns an; alle braune Farbe war aus seinem Antlitz gewichen, und sogar seine Nase war blau; er sah aus wie ein Mensch, der ein Gespenst erblickt oder den Teufel oder sogar noch etwas Schlimmeres, wenn es das gibt, und auf mein Wort: es tat mir leid, wie ich ihn plötzlich so alt und krank aussehend fand.

„Nanu, Bill, du kennst mich doch; du kennst doch gewiß einen alten Schiffsmaat, Bill!" sagte der Fremde.

Der Kaptein riß den Mund auf, wie wenn er nach Luft schnappen müßte, und rief:

„Der Schwarze Hund!"

„Wer denn sonst?" antwortete der andere, der sich offenbar etwas behaglicher zu fühlen begann. „Der Schwarze Hund, immer noch der alte, ist nun hier, um seinen allen Schiffskumpan Bill im „Admiral Benbow" zu besuchen. Oh, Bill, Bill!

wir haben was durchgemacht, wir zwei, seitdem ich die beiden Greifer verlor!“ Und dabei hält er die verstümmelte Hand in die Höhe.

„Na, denn hör mal zu!“ sagte der Kaptein: „Du hast mich gestellt; hier bin ich. Also denn man los: was willst du?“

„Das sieht dir ähnlich, Bill!“ antwortete der Schwarze Hund. „Bist immer noch der alte Billy. Ich will mir ein Glas Rum geben lassen von dem lieben Jungchen hier, der so nett ist; und dann wollen wir uns hinsetzen, wenn's dir recht ist, und wollen ein vernünftiges Wort miteinander schnacken, als richtige alte Schiffskameraden.“

Als ich mit dem Rum wieder hereinkam, saßen sie schon an des Kapteins Frühstückstisch einander gegenüber – der Schwarze Hund nach der Tür zu und etwas seitlings auf seinem Stuhl, so daß er, wie mir vorkam, das eine Auge auf seinem alten Schiffskumpan und das andere auf seiner Rückzugslinie hatte.

Er befahl mir hinauszugehen und die Tür weit offen zu lassen.

„Durchs Schlüsselloch gucken gibt's bei mir nicht, Jungchen!“ sagte er.

Ich ließ die beiden miteinander sitzen und zog mich in den Zapfraum zurück.

Obgleich ich mir natürlich alle Mühe gab, etwas zu hören, konnte ich lange Zeit weiter nichts hören als ein leises Gemurmel; schließlich aber begannen die Stimmen lauter zu werden, und ich konnte ab und zu ein paar Worte vom Kaptein verstehen – meistens Flüche.

„Nein, nein, nein, nein! Und damit basta,“ schrie er einmal. Und ein anderes Mal: „Wenn's zum Baumeln kommt, sollen alle baumeln – das sage ich!“

Dann aber gab es ganz plötzlich einen furchtbaren Ausbruch von Flüchen und anderen Geräuschen – Stühle und Tisch fielen um, er folgte ein Klirren von Stahl und dann ein Schmerzensschrei. Und im nächsten Augenblick sah ich den Schwarzen Hund in voller Flucht und den Kaptein scharf hinter ihm her, beide mit gezogenen Stutzsäbeln; dem Schwarzen Hund aber strömte Blut von der linken Schulter herunter. Unmittelbar vor der Tür führte der Kaptein noch einen letzten furchtbaren Streich nach dem Fliehenden; sicherlich hätte der Hieb ihm den Garaus gemacht, wenn er nicht von dem großen Gasthofsschild des „Admiral Benbow“ aufgefangen worden wäre. Man kann die Spur noch bis auf den heutigen Tag an der unteren Leiste des Rahmens sehen.

Mit diesem Hieb war das Gefecht aus. Kaum war der Schwarze Hund auf der Straße, so entwickelte er trotz seiner Wunde eine ungeheure Geschwindigkeit und war in einer halben Minute jenseits der Höhe verschwunden. Der Kaptein aber starrte wie geistesabwesend auf das Schild. Dann fuhr er sich ein paarmal mit der Hand über die Augen, und schließlich ging er in das Haus zurück und sagte zu mir:

„Jim, Rum!"

Und als er diese Worte sprach, taumelte er hin und her und mußte sich mit der einen Hand gegen die Wand stützen.

„Sind Sie verwundet?" schrie ich.

„Rum!" sagte er noch einmal. „Ich muß fort von hier. Rum! Rum!"

Ich lief schnell, welchen zu holen; aber ich war von allen diesen Vorgängen ganz verstört und zerbrach ein Glas und konnte den Zapfen nicht richtig aufdrehen. Und während ich mir noch damit zu tun machte, hörte ich im Schenkzimmer einen schweren Fall. Und als ich hineinrannte, sah ich den Kaptein, so lang er war, auf dem Fußboden liegen. In demselben Augenblick kam meine Mutter, die das Geschrei und der Lärm des Kampfes aufgeschreckt hatten, die Treppe heruntergelaufen, um mir zu helfen. Mit vereinten Kräften hoben wir ihm den Kopf hoch. Er atmete sehr schwer und laut; aber seine Augen waren geschlossen und sein Gesicht war so blaurot, daß es schrecklich anzusehen war.

„Herrje, Herrjemine!" schrie meine Mutter: „Was für eine Schande für unser Haus! Und auch dein armer Vater liegt krank zu Bett!"

Wir hatten keine Ahnung, auf welche Weise wir dem Kaptein helfen könnten; wir dachten, er wäre in dem Gefecht mit dem Fremden tödlich verwundet worden. Ich brachte allerdings den Rum und versuchte ihm etwas davon einzuflößen; aber seine Zähne waren dicht geschlossen, und seine Kinnbacken waren so hart wie Eisen. Wir fühlten uns ganz glücklich und erleichtert, als plötzlich die Tür aufging und Dr. Livesey eintrat, der seinen Besuch bei meinem Vater machen wollte.

„O Herr Doktor!" riefen wir: „Was sollen wir tun! Wo ist er verwundet?"

„Verwundet? Papperlapapp!" sagte der Doktor. „Der ist nicht mehr verwundet als ihr oder ich. Der Mann hat einen Schlaganfall gehabt, wie ich es ihm vorhergesagt hatte. Nun, Frau Hawkins, laufen Sie mal schnell nach oben zu Ihrem Mann, aber sagen Sie ihm, wenn irgend möglich, kein Wort von der

Geschichte. Ich muß ja leider mein Bestes tun, dieses Kerls in jeder Beziehung wertloses Leben zu retten, und Jim wird so gut sein, mir eine Schüssel zu holen."

Als ich mit der Schüssel zurückkam, hatte der Doktor schon dem Kaptein den Ärmel hochgestreift und seinen dicken, muskelkräftigen Arm entblößt, der an mehreren Stellen tätowiert war: „Gut Glück!" – „Schöner Wind!" – „Billy Bones sein Liebchen!" Diese Inschriften waren sauber und deutlich auf dem Unterarm angebracht; auf dem Oberarm aber in der Nähe der Schulter war ein Bild von einem Galgen, an dem ein Mensch hing – sehr hübsch und witzig ausgeführt, wie mir dünkte.

„Prophetisch!" sagte der Doktor und tippte auf das Bild. „Und nun, Meister Billy Bones – wenn das Euer Name ist – wollen wir uns mal die Farbe Eures Blutes ansehen. Jim," sagte er, „hast du Angst vor Blut?"

„Nein, Herr Doktor."

„Na, dann halte mal die Schüssel!"

Und mit diesen Worten nahm der Doktor seine Lanzette und öffnete eine Ader.

Eine große Menge Blut wurde abgezapft, bevor der Kaptein die Augen aufschlug und mit einem blöden Blick um sich sah. Zuerst erkannte er den Doktor und runzelte die Stirn; dann fiel sein Blick auf mich, und er sah erleichtert aus. Plötzlich aber wechselte er die Farbe, versuchte sich aufzurichten und rief:

„Wo ist der Schwarze Hund?"

„Hier ist kein schwarzer Hund," sagte der Doktor, „außer dem, der Euch im Nacken sitzt. Ihr habt zuviel Rum getrunken; jetzt habt Ihr einen Schlaganfall gehabt, genau wie ich's Euch vorausgesagt habe; ich habe Euch aber, sehr gegen meinen eigenen Willen, noch einmal mit dem Kopfe voran aus dem Grabe herausgezogen. Nun, Herr Bones –"

„So heiße ich nicht!" unterbrach der Kaptein den Doktor.

„Ist mir Wurscht!" antwortete der. „Ein alter Seeräuber, den ich kenne, heißt so; und ich nenne Euch so der Kürze wegen, und was ich Euch zu sagen habe, ist dies: Ein Glas Rum wird Euch nicht umschmeißen, aber wenn Ihr eins trinkt, so werdet Ihr noch eins nehmen und wieder eins, und ich setze meine Perücke zum Pfande: wenn Ihr das Rumtrinken nicht ganz und gar aufgebt, so sterbt Ihr –

versteht Ihr dies? – sterbt und geht dahin, wo Ihr hingehört, wie der Mann in der Bibel. Na, nun versucht mal aufzustehen. Ich will Euch zu Bett bringen."

Mit großer Mühe gelang es uns beiden, dem Doktor und mir, den Kaptein die Treppe hinaufzubringen und ihn auf sein Bett zu legen, wo ihm sofort der Kopf auf das Kissen sank, als ob er beinahe ohnmächtig wäre.

„Also denkt daran!" sagte der Doktor; „ich wasche meine Hände in Unschuld – das Wort Rum bedeutet für Euch Tod."

Und damit ging er hinaus, um nach meinem Vater zu sehen. Er faßte mich am Arm und nahm mich mit hinaus, und sobald er die Tür geschlossen hatte, sagte er zu mir:

„Das hat nichts zu bedeuten; ich habe ihm genug Blut abgezapft, um ihn für eine Weile ruhig zu halten; er sollte eine Woche im Bett liegenbleiben – das ist das beste für ihn und für euch; aber wenn er noch einen Schlaganfall kriegt, so ist's aus mit ihm."

Drittes Kapitel

Der schwarze Fleck

So gegen die Mittagsstunde stand ich vor des Kapteins Türe mit einigen kühlenden Getränken und Medizinflaschen. Er lag noch so ziemlich in derselben Stellung, in der wir ihn verlassen hatten; nur hatte er sich etwas höher hinaufgeschoben. Er schien schwach, zugleich aber auch aufgeregt zu sein.

„Jim," sagte er zu mir, „du bist hier im Hause der einzige, der was taugt, und du weißt, ich bin immer gut zu dir gewesen. Kein Monat ist vergangen, ohne daß ich dir ein silbernes Vier-Penny-Stück gegeben habe. Und nun sieh mal, Maat, mir geht es verdammt schlecht und ich bin von allen verlassen; und, Jim, du wirst mir ein einziges Nöselchen Rum bringen, nicht wahr, das tust du doch, mein Jungchen?"

„Der Doktor," fing ich an.

Aber da fluchte er auf den Doktor – mit schwacher Stimme, aber es kam ihm vom Herzen.

„Doktors sind alle Schwätzer," sagte er; „und der Doktor da – poh, was versteht der von seebefahrenen Menschen? Ich bin an Stellen gewesen, da war's so heiß wie in der Hölle, und die Kameraden fielen rund um mich herum wie die Fliegen vom Gelben Hans und das Land da schwankte von Erdbeben wie Meereswogen – was weiß so ein Doktor von solchen Ländern? Und ich blieb am Leben, sag' ich dir, und das machte der Rum. Der war für mich Essen und Trinken, und wir waren wie Mann und Frau; und wenn ich nicht meinen Rum haben soll, dann bin ich ein armseliges altes Wrack an einer Leeküste – und mein Blut kommt über dich, Jim, und über den Schwätzer da, den Doktor!"

Jetzt kam wieder eine Reihe von Flüchen, und dann fing er noch einmal an zu betteln:

„Sieh doch mal, Jim, wie mir die Finger zittern. Ich kann sie nicht stillhalten – kann's einfach nicht. Habe an diesem lieben Tag noch keinen Tropfen gehabt. Der Doktor da ist ein Schafskopf, sag' ich dir. Wenn ich nicht einen Schluck Rum kriege, dann krieg' ich das graue Elend; hab's schon ein paarmal gehabt. Ich sah den alten Flint in der Ecke da; da hinter dir; sah ihn klar und deutlich; und wenn ich das graue Elend kriege – na, ich habe ein hartes Leben gehabt, und mir wird schlecht bei dem Gedanken. Der Doktor sagte mir ja selber: ein einziges Glas würde mir nichts schaden. Ich will dir eine goldene Guinee für ein Nöselchen geben!"

Er wurde immer aufgeregter, und das machte mich unruhig meines Vaters wegen, mit dem es an diesem Tage sehr schlecht stand und der Ruhe nötig hatte; außerdem hatte ja der Doktor wirklich die Worte gesagt, die der Kaptein mir anführte. Der Bestechungsversuch ärgerte mich allerdings; aber ich sagte:

„Ich brauche Ihr Geld nicht; bezahlen Sie nur, was Sie meinem Vater schuldig sind. Ich will Ihnen ein Glas holen, aber nicht mehr."

Als ich ihm das Glas Rum brachte, griff er gierig danach und trank es aus; dann sagte er:

„Ah! ah! das tut wohl! mir ist ganz gewiß schon etwas besser. Und nun höre mal, mein Jungchen: sagte der Doktor, wie lange ich hier in dieser alten Klappe liegen müsse?"

„Wenigstens eine Woche."

„Alle Donner!" schrie der Kaptein. „Eine Woche! Das geht nicht: inzwischen würden sie mir den schwarzen Fleck bringen. Die Schweinehunde sind schon dabei, mir den Wind abzufangen – die Schweinehunde, die nicht sparsam umgehen konnten mit dem, was sie kriegten, und jetzt klauen wollen, was einem andern gehört! Benimmt ein ordentlicher Seemann sich so? Das möchte ich mal hören! Ich bin ein sparsamer Mensch. Ich habe niemals gutes Geld vergeudet, was ich mir verdient hatte; ich habe auch noch nie welches verloren, und ich will auch jetzt wieder dafür sorgen, daß sie sich den Mund wischen können. Vor denen habe ich keine Angst! Ich werde noch ein Segel aufsetzen, mein Jungchen, und sie können mir nachflöten!"

Während er diese Reden hielt, war er mit großer Mühe von seinem Bett aufgestanden; er hielt sich mit einem Griff, daß ich beinahe laut herausgeschrien hätte, an meiner Schulter fest, und ich merkte, daß seine Beine so schwer wie Blei sein mußten, denn er konnte sie kaum bewegen. Seine Worte an sich waren zwar sehr mutig, aber die schwache Stimme, in der er sie aussprach, bildete einen traurigen Gegensatz dazu. Als es ihm gelungen war, sich auf den Bettrand zu setzen, schwieg er einen Augenblick. Dann flüsterte er:

„Der Doktor hat mich alle gemacht, es saust mir in den Ohren. Lege mich auf den Rücken."

Ich konnte ihm nicht viel helfen; denn ehe ich noch zugriff, war er schon wieder in seine frühere Lage zurückgesunken. Eine Weile lag er still da; endlich sagte er:

„Jim, du sahst heute den Seemann?"

„Den Schwarzen Hund?"

„Jawohl, den Schwarzen Hund! *Der* ist ein schlechter Kerl; aber die, die ihn angestiftet haben, sind noch schlimmer als er. Nun, wenn ich nicht auf irgendeine Weise von hier wegkommen kann und wenn sie mir den schwarzen Fleck in die Hand drücken, dann merke dir, was ich dir jetzt sage: Sie sind hinter meiner alten Schifferkiste her. Nun nimmst du dir ein Pferd – du kannst doch reiten, nicht wahr? Na also – du setzt dich auf ein Pferd und reitest zu – na, in Gottes Namen! – zu dem ewigen Schwätzer, dem Doktor, und sagst ihm, er solle alle Mann auf Deck pfeifen – Behörden und solches Zeug – und soll sich längsseits vom „Admiral Benbow" legen, und er werde des alten Flint ganze Mannschaft fangen, groß und klein, alles, was noch davon übrig ist. Ich war erster Steuermann, ja, das war ich! Dem alten Flint sein erster Steuermann, und ich bin der einzige, der die Stelle kennt. Er gab es mir in Savannah, als er im Sterben lag, gerade wie ich jetzt, wie du siehst. Aber du mußt das nicht melden, bevor sie mir den schwarzen Fleck in die Hand geben, oder bevor du den Schwarzen Hund wiedersiehst, oder einen einbeinigen Seemann, Jim – diesen vor allen!"

„Aber, was ist der schwarze Fleck, Kaptein?“ sagte ich.

„Das ist eine Aufforderung, Maat. Ich will dir's erklären, wenn sie damit kommen. Aber die Hauptsache ist, daß du dein Wetterauge offen hältst, Jim, und verlaß dich drauf, ich will mit dir teilen, Jim, halb und halb, auf meine Ehre!“

Er phantasierte noch eine kleine Weile, und seine Stimme wurde immer schwächer. Dann gab ich ihm seine Medizin; er schluckte sie hinunter wie ein Kind und bemerkte dazu:

„Wenn jemals ein Seemann Medizin nötig hatte, dann bin ich das.“

Schließlich verfiel er in einen schweren, ohnmachtähnlichen Schlaf, und ich ließ ihn allein.

Was ich getan haben würde, wenn alles gut gegangen wäre, das weiß ich nicht. Wahrscheinlich würde ich die ganze Geschichte dem Doktor erzählt haben; denn ich hatte eine Todesangst, es könnte dem Kaptein leid tun, mir seine vertraulichen Eröffnungen gemacht zu haben, und er würde mich totschlagen. Es kam aber so, daß mein armer Vater an diesem selben Abend ganz plötzlich starb, und da hatte ich keine Gedanken für etwas anderes. Unsere natürliche Trauer, die Beileidsbesuche der Nachbarn, die Anordnungen für das Begräbnis und dabei die ganze Arbeit in der Wirtschaft, die nebenbei besorgt werden mußte – dies alles gab mir so viel zu tun, daß ich kaum Zeit hatte, an den Kaptein zu denken, geschweige denn Angst vor ihm zu haben.

Am nächsten Morgen kam er die Treppen herunter und nahm seine Mahlzeiten wie gewöhnlich ein; er aß allerdings wenig, und ich fürchte, er trank noch mehr Rum als für gewöhnlich; denn er ging einfach selber in den Zapfraum und bediente sich da, und knurrte dabei und blies durch die Nase, und keiner von uns wagte ihm in den Weg zu kommen.

Am Abend vor dem Begräbnis war er wie gewöhnlich betrunken, und es war fürchterlich, ihn in unserem Trauerhause sein scheußliches altes Schifferlied brüllen zu hören; aber so schwach er auch war, wir hatten alle eine Todesangst vor ihm, und der Doktor war bei einem Schwerkranken, der viele Meilen entfernt wohnte und zu dem man ihn plötzlich gerufen hatte; deshalb kam er nach meines Vaters Tod nicht ins Haus.

Wie ich bereits sagte, war der Kaptein schwach; ja, er schien sogar immer schwächer zu werden, statt wieder zu Kräften zu kommen. Er kletterte die Treppe hinauf und wieder herunter und ging aus der Schenkstube in den

Zapfraum und wieder zurück; und manchmal steckte er seine Nase aus der Türe und schnüffelte in die Seeluft hinein, und dabei hielt er sich an den Wänden fest, um sich zu stützen, und keuchte laut und schnell, wie wenn er einen steilen Berg hinanginge. Niemals redete er mich an, und ich bin der Meinung, er hatte seine Mitteilungen so gut wie vergessen; aber er brauste noch leichter auf als gewöhnlich und war in Anbetracht seiner körperlichen Schwäche heftiger denn je. Er hatte eine beunruhigende Manier, wenn er betrunken war, seinen kurzen Säbel zu ziehen und die blanke Waffe vor sich auf den Tisch zu legen. Trotz alledem aber kümmerte er sich weniger als sonst um die Leute und war allem Anschein nach mit seinen eigenen Gedanken beschäftigt. Einmal stimmte er zu unserer großen Überraschung eine ganz neue Melodie an, ein altmodisches Liebeslied, das er wahrscheinlich in seinen Jugendjahren gekannt hatte, bevor er zur See gegangen war.

So gingen die Dinge ihren Gang. Aber am Tage nach dem Begräbnis, gegen drei Uhr an einem bitterkalten, nebligen Nachmittag, stand ich einen Augenblick vor der Tür, voll von traurigen Gedanken an meinen Vater. Da sah ich einen Mann langsam auf der Straße näher kommen. Er war offenbar blind, denn er tastete mit einem Stock vor sich her und trug einen breiten grünen Schirm über Augen und Nase; sein Rücken war gekrümmt, entweder vom Alter oder von Schwäche, und er trug einen großen, alten, zerlumpten Schiffermantel mit einer Kapuze. Nie in meinem Leben hatte ich eine so fürchterlich aussehende Gestalt erblickt. Dicht vor unserem Gasthof blieb er stehen und sagte in einem eigentümlich singenden Ton, wie wenn er in die Luft hineinspräche:

„Will ein freundlicher Mensch so gut sein, einem armen Blinden Bescheid zu sagen, der das kostbare Augenlicht in tapferer Verteidigung seines Vaterlandes England verloren hat – Gott schütze König Georg! – und würde er ihm Bescheid sagen, in welcher Gegend des Landes er wohl in diesem Augenblick sein mag?"

„Ihr seid beim „Admiral Benbow" an der Blackhillbucht, mein guter Mann," sagte ich.

„Ich höre eine Stimme," sagte der Blinde, „eine junge Stimme. Wollt Ihr mir Eure Hand geben, mein gütiger junger Freund, und mich hineinführen?"

Ich streckte meine Hand aus, und dieses greuliche blinde Geschöpf mit der sanften Stimme packte sie und hielt sie wie in einem Schraubstock. Ich bekam einen solchen Schreck, daß ich meine Hand losreißen wollte; aber der Blinde zog mich mit einer einzigen Armbewegung dicht an sich heran und sagte:

„Nun, mein Junge, bringe mich zum Kaptein.“

„Herr!“ rief ich; „auf mein Wort, das wage ich nicht.“

„Oh!“ sagte er spöttisch, „wenn's weiter nichts ist! Führe mich sofort hinein, sonst breche ich dir deinen Arm!“

Und bei diesen Worten gab er mir einen Druck, daß ich laut aufschrie.

„Herr, ich wage es um Euretwillen nicht. Der Kaptein ist nicht mehr, wie er früher war. Er sitzt mit gezogenem Säbel an seinem Tisch. Ein anderer Herr – “ “Ach was, marsch!“ unterbrach er mich. Ich hatte niemals eine so grausame, kalte, unangenehme Stimme gehört wie die dieses Blinden. Sie machte mir noch mehr Angst als der Schmerz von seinem Handdruck; darum gehorchte ich ihm sofort und ging mit ihm in die Tür hinein und nach der Schenkstube, wo unser alter Freibeuter saß, der vom Rum halb benebelt war. Der Blinde hielt sich dicht an mich, ohne seine eiserne Faust von mir abzulassen, und sagte:

„Führe mich dicht an ihn heran, und wenn ich gerade vor ihm stehe, dann sage: „Hier ist ein Freund von Euch“. Wenn du das nicht tust, dann tu ich was anderes!“

Und damit gab er mir wieder einen Druck, daß ich dachte, ich würde ohnmächtig. Ich hatte eine so fürchterliche Angst vor dem blinden Bettler, daß ich an meine Angst vor dem Kaptein gar nicht dachte, und als ich die Tür zur Schenkstube aufmachte, rief ich mit zitternder Stimme die Worte, die der Blinde mir befohlen hatte.

Der arme Kaptein blickte auf, und auf den ersten Blick verschwand der Rumdunst aus seinem Kopf, und er war vollständig nüchtern. In seinem Gesichtsausdruck lag nicht so sehr Furcht als tödliche Krankheit. Er machte eine Bewegung, wie wenn er aufstehen wollte; aber ich glaube, er hatte nicht mehr Kraft genug in seinem Leibe.

„Na, Bill, bleibe nur ruhig sitzen,“ sagte der Bettler. „Wenn ich auch nicht sehen kann, so kann ich dafür hören, wenn einer einen Finger rührt. Geschäft ist Geschäft. Strecke deine linke Hand aus! Junge, nimm seine linke Hand am Gelenk und bringe sie an meine rechte heran!“

Wir gehorchten ihm beide auf den Buchstaben, und ich sah, wie er mit der Hand, die den Stock hielt, etwas in des Kapteins Hand legte, die sich sofort schloß.

„Na, das ist also abgemacht!“ sagte der Blinde; und mit diesen Worten ließ er mich plötzlich los und lief mit unglaublicher Sicherheit aus der Schenkstube heraus und auf die Straße. Ich stand regungslos da und hörte, wie das Auftappen seines Stockes sich allmählich in der Ferne verlor.

Es dauerte eine ziemliche Zeit, bis der Kaptein und ich wieder zur Besinnung kamen; schließlich ließ ich sein Handgelenk los, das ich immer noch gehalten hatte, und er öffnete seine Faust beinahe in demselben Augenblick und warf einen scharfen Blick in die hohle Hand und rief:

„Um zehn, noch sechs Stunden. Dann wollen wir sie noch anführen!“

Er sprang auf. Aber in demselben Augenblick taumelte er, fuhr mit der Hand an seine Kehle, schwankte einen Augenblick hin und her und fiel dann, indem er einen sonderbaren Ton ausstieß, seiner ganzen Länge nach auf den Fußboden.

Ich lief sofort zu ihm und rief nach meiner Mutter. Aber unsere Eile hatte keinen Zweck mehr. Der Kaptein hatte einen neuen Schlaganfall bekommen und war tot.

Es ist merkwürdig: ich hatte gewiß diesen Mann niemals geliebt, wenn er auch in der letzten Zeit mir leid getan hatte; aber sobald ich sah, daß er tot war, brach ich in eine Flut von Tränen aus. Dies war der zweite Todesfall, den ich erlebte, und der Kummer um den ersten war noch frisch in meinem Herzen.

Viertes Kapitel

Die Schifferkiste

Natürlich erzählte ich meiner Mutter sofort alles, was ich wußte und was ich ihr vielleicht schon längst hätte erzählen sollen. Wir erkannten sogleich, daß wir uns in einer schwierigen und gefährlichen Lage befanden.

Ein Teil von dem Gelde des Kapteins – wenn er überhaupt welches hatte – gehörte ohne Zweifel uns; aber es war nicht wahrscheinlich, daß unseres Kapteins Schiffskumpane, von denen ich zwei Musterexemplare gesehen hatte, den Schwarzen Hund und den blinden Bettler, geneigt sein würden, ihre Beute herauszugeben, um damit die Schulden des Toten zu bezahlen. Wenn ich den Befehl des Kapteins befolgt hätte, mich sofort auf ein Pferd gesetzt und Dr. Livesey geholt hätte, so wäre meine Mutter allein und ohne Schutz geblieben; daran war natürlich nicht zu denken. Ebenso unmöglich erschien es uns beiden, noch viel länger im Hause zu bleiben; wir erschraken, wenn nur eine Kohle in der Küche raschelte, ja sogar vor dem Ticken der Wanduhr. Unsere Ohren glaubten in der Nachbarschaft Schritte zu hören, die sich unserem Haus näherten. Auf dem Fußboden der Schenkstube lag der Leichnam des Kapteins, und um ihn schwebte gewissermaßen die Gestalt des abscheulichen blinden Bettlers, der jeden Augenblick zurückkehren konnte. Fortwährend sträubten sich die Haare auf meinem Kopfe, und ich bekam eine Gänsehaut, wie man zu sagen pflegt.

Jedenfalls mußten wir schnell zu irgendeinem Entschluß kommen; und am Ende hielten wir es für das beste, beide miteinander das Haus zu verlassen und in dem nahen Dorfe Hilfe zu suchen. Gesagt, getan. Mit bloßen Köpfen liefen wir sofort in die Dämmerung hinaus und in den kalten Nebel hinein.

Das Dörfchen lag nur wenige hundert Schritte von unserem Hause entfernt, obwohl man es vom „Admiral Benbow“ aus nicht sehen konnte, denn es lag am anderen Ufer der nächsten Bucht. Besonders ermutigte mich der Gedanke, daß das Dorf in entgegengesetzter Richtung zu der lag, aus welcher der Blinde gekommen und wohin er vermutlich zurückgekehrt war. Wir waren nur wenige Minuten auf der Straße, obgleich wir einige Male stehenblieben, um eng aneinandergeschmiegt zu lauschen. Aber es war nichts Ungewöhnliches zu hören – nichts als das leise Plätschern der Wellen und das Krächzen der Krähen im Walde.

Die Lichter waren schon angezündet, als wir das Dorf erreichten, und ich werde niemals vergessen, wie froh es mich machte, den gelben Schein in Türen und Fenstern zu sehen. Leider stellte sich heraus, daß wir dort nicht viel mehr Hilfe bekommen konnten. Man sollte meinen, die Leute hätten sich vor sich selber schämen müssen – aber es ist Tatsache: keine Seele wollte mit uns nach dem „Admiral Benbow“ zurückgehen. Je mehr wir von unseren Sorgen sprachen, desto fester klammerten sie sich an das Obdach ihrer Häuser – Männer sowohl wie Frauen und Kinder. Der Name des Kapitäns Flint, den ich früher niemals gehört hatte, war vielen von den Leuten gut genug bekannt und jagte ihnen große Furcht ein. Einige von den Männern, die jenseits unseres Hauses auf den Feldern gearbeitet hatten, erinnerten sich außerdem, verschiedene Fremde auf der Landstraße gesehen zu haben; sie hatten sie für Schmuggler gehalten und waren deshalb aus Vorsicht nach Hause gegangen; einer von ihnen hatte sogar einen kleinen Küstenschoner in der Bucht Kittshole gesehen. Der bloße Gedanke, daß Kumpane von Kapitän Flint in der Nähe wären, genügte, sie auf den Tod zu erschrecken. Kurz und gut: es waren zwar mehrere gern bereit, zum Dr. Livesey zu reiten, dessen Haus in einer anderen Richtung lag, aber keiner wollte uns helfen, unser Haus zu verteidigen.

Man sagt, Feigheit sei ansteckend; andererseits ist es aber auch wahr, daß Zureden manchmal hilft. Darum hielt meine Mutter eine Ansprache an sie, als jeder sein Sprüchlein gesagt hatte. Sie erklärte, sie wolle kein Geld verlieren, da es ihrem vaterlosen Knaben gehöre.

„Wenn keiner von euch den Mut hat," sagte sie, „so haben Jim und ich ihn; wir gehen wieder dahin, von wo wir gekommen sind, und mögt ihr großen, waschlappigen, ängstlichen Männer euch schämen! Die Kiste wollen wir öffnen, und wenn es uns das Leben kosten sollte. Und wenn Ihr so gut sein wollt, Frau Croßley, so gebt mir Euren Sack da, damit ich unser Geld hineintun kann, das uns von Rechts wegen gehört."

Natürlich sagte ich, ich wolle mit meiner Mutter gehen; und natürlich erhoben sie alle ein lautes Geschrei über unsere Tollkühnheit; aber das Ende vom Liede war, daß trotz alledem kein Mann uns begleiten wollte. Es war nichts weiter zu erreichen, als daß sie mir eine geladene Pistole gaben, für den Fall, daß wir angegriffen würden, und daß sie uns versprachen, es sollten gesattelte Pferde bereit gehalten werden, für den Fall, daß wir auf unserem Rückweg verfolgt würden; außerdem sollte ein junger Bursche sofort zum Doktor reiten, um bewaffnete Hilfe herbeizuholen.

Mir klopfte das Herz, als wir beiden in der kalten Nacht auf dieses gefährliche Abenteuer auszogen. Der Vollmond ging eben auf und schien rötlich durch den oberen Rand des Nebels. Dies veranlaßte uns zu besonderer Eile; denn es war klar, daß es taghell sein würde, bevor wir wieder zu Hause wären, so daß man uns sehen mußte, wenn Beobachter aufgestellt waren, wie wir es von den Seeräubern wohl annehmen konnten. Wir schlichen uns geräuschlos und schnell an den Hecken entlang, doch sahen oder hörten wir nichts, was unsere Ängste vermehrte, bis, zu unserer großen Erleichterung, die Tür des „Admiral Benbow" sich hinter uns geschlossen hatte.

Ich schob sofort den Riegel vor, und wir standen keuchend einen Augenblick im Dunkeln – ganz allein im Hause mit der Leiche des Kapteins. Dann holte meine Mutter eine Kerze aus dem Zapfraum; und Hand in Hand gingen wir in die Schenkstube. Der Kaptein lag so, wie wir ihn verlassen hatten: auf dem Rücken, die Augen weit offen, den einen Arm ausgestreckt.

„Zieh den Fenstervorhang herunter, Jim!“ flüsterte meine Mutter; „sie könnten kommen und uns von draußen beobachten.“

Als ich dies getan hatte, fuhr sie fort:

„Und nun müssen wir den Schlüssel kriegen von dem da; und wer ihn anrühren soll, das möchte ich wohl wissen!“

Und sie stieß eine Art von Seufzer aus, als sie diese Worte sagte.

Ich ließ mich sofort auf die Knie nieder. Auf dem Fußboden, dicht neben der Hand des Kapteins, lag ein kleines rundes Stück Papier, das auf der einen Seite geschwärzt war. Ich konnte nicht dran zweifeln, daß dies der schwarze Fleck sei; und als ich es ansah, stand auf der anderen Seite, in sehr guter, deutlicher Handschrift die kurze Botschaft:

„Du hast Zeit bis heute abend zehn Uhr.“

„Er hatte Zeit bis zehn, Mutter,“ sagte ich; und gerade in diesem Augenblick begann unsere alte Uhr zu schlagen. Das plötzliche Geräusch jagte uns einen furchtbaren Schrecken ein; aber es war eine gute Neuigkeit: es war erst sechs Uhr.

„Nun, Jim,“ sagte meine Mutter, „den Schlüssel!“

Ich suchte in allen seinen Taschen. Ein paar kleine Münzen, ein Fingerhut, etwas Nähfaden, ein paar große Nadeln, ein Stück Kautabak, der an dem einen Ende abgebissen war, sein Schiffermesser mit dem gekrümmten Heft, ein Taschenkompaß und eine Zunderdose – das war alles, was sie enthielten, und ich begann den Mut zu verlieren.

„Vielleicht trägt er ihn um den Hals,“ sagte meine Mutter.

Ich überwand meinen starken Widerwillen, öffnete sein Hemd am Halse – und richtig, an einem geteerten Bindfaden, den ich mit seinem eigenen Messer durchschnitt, fanden wir den Schlüssel.

Dieser glückliche Fund erfüllte uns mit Hoffnung, und wir liefen sofort, ohne eine Sekunde zu verlieren, nach der kleinen Stube hinauf, in der er so lange geschlafen hatte und wo seit dem Tage seiner Ankunft seine Kiste an der Wand gestanden hatte.

Sie sah von außen genau wie jede andere Seemannskiste aus; auf dem Deckel war mit einem glühenden Eisen der Buchstabe B eingebrannt; die Ecken waren etwas zerstoßen, wie wenn sie lange Dienste getan hätte und viel herumgeworfen worden wäre.

„Gib mir den Schlüssel!“ sagte meine Mutter.

Das Schloß ging etwas schwer, aber im Nu hatte sie den Schlüssel umgedreht und den Deckel zurückgeschlagen.

Ein starker Geruch nach Tabak und Teer schlug uns entgegen, aber obenauf war nichts zu sehen als ein sehr guter Tuchanzug, der sauber gebürstet und sorgfältig zusammengelegt war. Die Kleider waren niemals getragen worden, wie meine Mutter mir sagte. Darunter aber lag ein Haufen von Gerümpel: ein Quadrant, ein Zinnkännchen, mehrere Stücke Tabak, zwei Paar sehr schöne Pistolen, ein Silberbarren, eine spanische Taschenuhr und einige andere Schmucksachen von geringem Wert und meistens von ausländischer Herkunft, ein Paar Kompasse in Messinggehäusen und fünf oder sechs seltene westindische Muscheln.

Ich habe später oft darüber nachgedacht, warum er wohl diese Muscheln in seinem Verbrecherleben überall mit sich herumgeschleppt hätte.

Wir hatten nichts von irgendwelchem Wert gefunden, außer dem Silber und den Schmucksachen, und diese konnten uns alle nichts nützen. Unterhalb dieses Gerümpels lag ein alter Schiffermantel, der in mancher Sturmnacht von Seesalz weiß geworden war. Meine Mutter riß ihn ungeduldig heraus, und da lag vor uns ein Bündel, das in Wachstuch eingewickelt war und dem Anschein nach Papier enthielt, und daneben ein Leinenbeutel, der wie von Goldstücken klirrte, als meine Mutter ihn aufhob.

„Ich werde diesen Schurken zeigen, daß ich eine ehrliche Frau bin,“ sagte sie. „Ich nehme, was mir zukommt, und nicht einen Heller mehr. Halte Frau Croßleys Beutel!“

Sie begann den Betrag der Rechnung des Kapitäns aus seinem Beutel in den hineinzuzählen, den ich hielt.

Es war ein langwieriges, schwieriges Geschäft; denn es waren Münzen von allen Größen und aus allen möglichen Ländern – Dublonen und Louisdors und Guineen und Piaster, und ich weiß nicht was sonst noch, und sie lagen alle bunt durcheinander. Außerdem kamen Guineen am seltensten vor, und nur mit diesen konnte meine Mutter ihre Rechnung machen.

Als wir mit unserem Geschäft halb fertig waren, legte ich plötzlich meine Hand auf ihren Arm; denn ich hatte in der stillen, kalten Winterluft einen Ton gehört, bei dem mir das Herz in die Kehle kam – das Tap-tap von dem Stock des Blinden auf der gefrorenen Landstraße.

Es kam näher und immer näher, und wir saßen da und hielten den Atem an. Dann gab es einen scharfen Schlag gegen die Haustür, und dann konnten wir hören, wie die Klinke gedreht wurde und wie der Riegel klirrte. Offenbar versuchte der Kerl ins Haus zu kommen. Dann war es lange Zeit totenstill, drinnen und draußen. Schließlich begann wieder das Tap-tap und entfernte sich zu unserer unbeschreiblichen Freude und klang immer leiser, bis es endlich ganz aufhörte.

„Mutter," sagte ich, „nimm das Ganze und laß uns gehen!"

Ich war überzeugt, daß die verriegelte Tür Verdacht erregt haben müßte und daß uns bald das ganze Hornissennest um die Ohren schwirren würde. Aber wie zufrieden ich war, daß ich die Tür verriegelt hatte, das kann niemand sich vorstellen, der diesen fürchterlichen Blinden nicht gesehen hat.

Meine Mutter wollte jedoch, so groß auch ihre Furcht war, keinen Heller mehr nehmen, als was ihr zukam; sie wollte sich aber auch nicht mit weniger zufrieden geben; denn sie war eigensinnig.

Sie sagte, es sei ja noch lange nicht sieben; sie kenne ihr Recht, und ihr Recht wolle sie haben. Sie stritt noch mit mir darüber, da hörten wir einen kurzen, leisen Pfiff, in ziemlich weiter Entfernung vom Berge her. Das war für uns beide mehr als genug. Sie sprang auf und rief:

„Ich will nehmen, was ich habe!"

„Und ich will dies nehmen, um die Rechnung auszugleichen," sagte ich und griff nach dem Wachstuchpaket.

Im nächsten Augenblick tasteten wir beide uns im Dunkeln die Treppe hinunter; denn wir ließen die Kerze neben der leeren Kiste stehen. And dann hatten wir schon die Tür geöffnet und waren in vollem Rückzug.

Wir waren keine Sekunde zu früh gegangen. Der Nebel zerteilte sich schnell; der Mond schien bereits ganz hell über die ganze Landschaft, und nur gerade unten auf dem Grunde des Hohlweges und bei der Haustür unseres „Admiral Benbow" hing noch ein dünner Schleier, der die ersten Schritte unserer Flucht verhüllte. Noch lange nicht auf halbem Wege nach dem Dorf, ganz dicht am Fuß des Berges, mußten wir in das helle Mondlicht hinaustreten. Und noch mehr: der Schall von Schritten mehrerer schnellaufender Menschen war bereits zu hören, und als wir uns umsahen, zeigte uns ein Licht, das hin und her schwankte und schnell näher kam, daß einer von den Leuten eine Laterne trug.

„Liebes Kind," sagte meine Mutter plötzlich, „nimm das Geld und laufe! Mir wird übel."

Da dachte ich, jetzt sei es sicherlich mit uns beiden zu Ende. Wie verwünschte ich die Feigheit der Nachbarn! Wie tadelte ich meine arme Mutter wegen ihrer Ehrlichkeit und ihrer Geldgier, wegen ihrer vorigen Waghalsigkeit und jetzigen Schwäche!

Zum Glück waren wir grade an der kleinen Brücke; ich führte sie, die an allen Gliedern bebte, bis an das Geländer; und da stieß sie einen Seufzer aus und sank gegen meine Schulter.

Ich weiß nicht, woher ich die Kraft nahm, und ich fürchte, ich habe sie hart angefaßt, – aber es gelang mir, sie über den Uferrand zu schleppen und noch ein Stückchen unter den Brückenbogen zu ziehen. Weiter konnte ich sie nicht bekommen; denn die Brücke war zu niedrig, so daß ich kriechen mußte.

Hier mußten wir nun bleiben – meine Mutter lag kaum versteckt, und wir waren noch in Hörweite vom „Admiral Benbow".

Fünftes Kapitel

Der Tod des Blinden

Meine Neugierde muß wohl stärker gewesen sein als meine Furcht; denn ich konnte nicht bleiben, wo ich war, sondern kroch wieder die Böschung hinauf, wo ich meinen Kopf hinter einem Busch Heidekraut verbarg; von dort aus konnte ich die Landstraße vor unserem Hause übersehen.

Kaum lag ich in diesem Versteck, da begannen auch meine Feinde schon sichtbar zu werden. Es waren sieben oder acht Männer; sie liefen schnell, ihre Schritte klangen laut auf der Landstraße, und der Mann mit der Laterne war den anderen um ein Stückchen voraus. Drei von ihnen liefen mit angefaßten Händen, und ich konnte trotz dem Nebel sehen, daß der Mann in der Mitte der blinde Bettler war.

Im nächsten Augenblick gab seine Stimme mir die Gewißheit, daß meine Vermutung richtig gewesen war; denn er schrie:

„Schlagt die Tür ein!“

„Jawohl, Herr!“ antworteten zwei oder drei Stimmen, und die ganze Bande stürmte auf den „Admiral Benbow“ los; der Laternenträger kam zuletzt. Dann konnte ich sehen, wie sie stillstanden, und hörte sie leise sprechen, wie wenn sie überrascht wären, daß sie die Tür offen fanden. Aber die Pause war nur kurz, denn der Blinde gab sofort neue Befehle aus. Seine Stimme klang lauter und heller, wie wenn er eifrig und wütend wäre.

„Hinein, hinein, hinein!“ brüllte er und fluchte über ihre Langsamkeit.

Vier oder fünf von den Männern gehorchten ihm sofort; zwei blieben bei dem schrecklichen Bettler auf der Straße. Es folgte eine Pause, dann hörte ich einen Ausruf der Überraschung, und dann brüllte eine Stimme aus dem Hause heraus:

„Bill ist tot!“

Aber der Blinde fluchte wieder und schalt sie wegen ihrer Langsamkeit.

„Sucht an seiner Leiche, ein paar von euch feigen Hunden, und die übrigen gehen nach oben und holen die Kiste!“ rief er.

Ich hörte, wie sie unsere alte Treppe hinaufpolterten; das ganze Haus muß davon gezittert haben. Gleich darauf kam wieder ein erstauntes Geschrei; das Fenster in des Kapteins Stube wurde aufgestoßen, und eine Glasscheibe klirrte; Kopf und Schultern eines Mannes, der sich weit hinauslehnte, wurden im Mondschein sichtbar. Er rief zu dem blinden Bettler herunter, der immer noch auf der Straße stand:

„Pew! Sie sind uns zuvorgekommen! Sie haben die Kiste schon um und um gekehrt!“

„Ist es da?“ brüllte Pew.

„Das Geld ist da.“

„Zum Geier mit dem Geld!“ fluchte der Blinde; „ich meine: ist Flints Schrift da?“

„Wir sehen hier nichts davon!“ antwortete der Mann von oben.

„Heda! Ihr da unten – ist sie an Bills Leib?“ schrie der Blinde wieder.

Hierauf kam ein anderer von den Kerlen – wahrscheinlich jener, der unten geblieben war, um des Kapteins Leiche zu durchsuchen, vor die Haustür und sagte:

„Bill war schon durchsucht; sie haben nichts übriggelassen."

„Es sind die Leute von der Wirtschaft – es ist der verdammte Bengel. Ich wollte, ich hätte ihm das Lebenslicht ausgeblasen!" rief der Blinde, Pew. „Sie waren gerade eben noch hier – sie hatten die Tür verriegelt, als ich hinein wollte. Auseinander, Jungens, sucht sie!"

„Allerdings, sie haben ihre Funzel hier gelassen," sagte der Mann am Fenster.

„Auseinander und sucht sie! stöbert das ganze Haus durch!" wiederholte Pew und schlug mit seinem Stock auf den Boden.

Nun folgte ein großes Hallo durch unsern ganzen alten Gasthof; schwere Stiefel trampelten auf und ab, Tische und Stühle wurden umgeschmissen, Türen eingetreten, daß die ganzen Felsen davon widerhallten. Aber einer nach dem anderen kamen die Männer wieder heraus auf die Straße und erklärten, wir seien nirgends zu finden. Und gerade in demselben Augenblick hörte ich wieder das Pfeifen, das meine Mutter und mich aufgeschreckt hatte, als wir des toten Kapteins Geld zählten; es war wieder ebenso deutlich vernehmbar, aber diesmal war es ein Doppelpfiff. Ich hatte gedacht, es sei sozusagen die Trompete des Blinden, durch die er seine Leute zum Sturmangriff gesammelt hätte; jetzt aber begriff ich, daß es ein Signal von der Bergeshöhe an der Dorfseite war, und zwar, wie aus der Wirkung auf die Freibeuter hervorging, ein Warnungszeichen, daß Gefahr herannahe.

„Da pfeift Dirk wieder," sagte einer von den Leuten. „Zweimal! Wir werden ausreißen müssen. Kameraden!"

„Ausreißen, „Schafskopf!" schrie Pew. „Dirk war ein Dummkopf und ein Feigling von Anfang an – um den braucht ihr euch nicht zu kümmern. Sie müssen ganz dichtebei sein, sie können nicht weit gekommen sein; ihr habt ja das Ding in der Hand! Sucht sie doch, ihr Hunde! Oh, Gottverdammich! Wenn ich Augen hätte!"

Diese Aufforderung schien einige Wirkung zu haben; denn zwei von den Kerls begannen hier und da herumzusuchen; aber sie waren nicht recht bei der Sache, so kam es mir vor, und dachten die ganze Zeit über halb und halb an ihre eigene Gefahr; alle übrigen standen unentschlossen auf der Landstraße.

„Ihr habt Tausende zum Zugreifen, ihr Dummköpfe, und ihr wißt nicht, was ihr tun wollt! Ihr wäret so reich wie Könige, wenn ihr's finden könntet, ihr wißt, daß es hier ist, und ihr steht herum und döst! Unter euch allen war keiner, der es wagte, vor Bill zu treten, und ich, ich tat es – ein blinder Mann! Und nun soll ich euretwegen alle meine Aussichten verlieren! Soll ein armer, winselnder Bettler sein, der kaum seinen Schluck Rum hat, während ich in einer Kutsche fahren könnte! Wenn ihr bloß so viel Schneid hättet wie ein Mehlwurm in einem Zwieback, so würdet ihr sie jetzt noch fangen.“

„Hol's der Henker, Pew, wir haben ja die Dublonen,“ knurrte einer.

„Vielleicht haben sie das verdammte Ding versteckt,“ sagte ein anderer; „nimm die Guineen, und steht hier nicht herum, euch zu streiten.“

Streiten war das rechte Wort; denn Pews Ärger wurde infolge dieser Einwendungen so groß, daß er seine Leidenschaft nicht mehr beherrschen konnte und trotz seiner Blindheit nach links und rechts auf sie losschlug, und mehr als einmal verkündigte mir ein dumpfer Ton, daß er einen getroffen hatte.

Die Leute dagegen schimpften wieder auf den blinden Kerl, drohten ihm mit fürchterlichen Flüchen und versuchten vergeblich, den Stock zu packen und ihm denselben zu entwinden.

Diese Balgerei war unsere Rettung; denn während die Prügelei noch in vollem Gange war, kam von der Höhe des Berges über dem Dorf ein anderes Geräusch – die Hufschläge galoppierender Pferde. Beinahe gleichzeitig fiel ein Pistolenschuh mit Blitz und Knall von der Hecke her. Offenbar war dies das letzte Warnungssignal; denn die Freibeuter machten sofort kehrt und liefen nach den verschiedensten Richtungen auseinander: einer am Strande der Bucht entlang, seewärts, ein anderer schnurstracks den Berg hinauf und so weiter, so daß in einer halben Minute von ihnen keine Spur mehr vorhanden war – außer Pew. Den hatten sie im Stich gelassen – ob aus reiner Angst oder um sich wegen seiner Schimpfereien und Schläge zu rächen, das weiß ich nicht. Jedenfalls blieb er allein zurück, tappte wie rasend auf der Landstraße hin und her, tastete mit seinem Stock um sich und rief nach seinen Kameraden. Schließlich geriet er in die falsche Richtung, lief ein paar Schritte an mir vorbei nach dem Dorfe zu und schrie: „Johnny, Schwarzer Hund, Dirk!“ – und was er sonst noch für Namen nannte – „Ihr werdet doch den alten Pew nicht im Stich lassen, Kameraden! Denkt doch an den alten Pew l“

Gerade in diesem Augenblick wurden die Pferde auf der Höhe sichtbar, und vier oder fünf Reiter sprengten im Mondschein in vollem Galopp den Abhang hinunter.

Da begriff Pew seinen Irrtum; er kreischte auf, drehte sich um und lief in den Graben hinein, so daß er zu Fall kam. Aber er war in einer Sekunde wieder auf den Füßen und machte von neuem einen Sprung; er war jedoch so verwirrt, daß er geradezu in die Pferde hineinlief.

Der Reiter des vordersten Pferdes suchte ihn zu retten, aber vergeblich. Mit einem Schrei, der laut durch die Nacht klang, stürzte Pew zu Boden und die vier Hufe trampelten über seinen Leib hinweg. Der Blinde fiel auf die Seite, legte sich dann sachte auf sein Gesicht und rührte sich nicht mehr.

Ich sprang auf und rief die Reiter. Sie hatten schon von selber, voll Entsetzen über den Unfall, ihre Pferde angehalten, und ich erkannte sofort, wer sie waren. Der eine war der junge Bursche, der vom Dorf aus zum Dr. Livesey geritten war; die anderen waren Zollbeamte, die er unterwegs getroffen hatte; er war so verständig gewesen, sofort mit ihnen umzukehren. Zollinspektor Dance hatte Nachricht von dem verdächtigen Küstenfahrer in Kittshole erhalten und war deshalb auf dem Wege dorthin; diesem Umstände verdankten meine Mutter und ich, daß wir vom Tode errettet wurden.

Pew war tot – mausetot. Meine Mutter trugen wir nach dem Dorf; etwas kaltes Wasser und Riechsalz brachten sie bald wieder zu sich, und der Schreck hatte ihr nichts geschadet; nur klagte sie unaufhörlich darüber, daß sie nicht ihr ganzes Geld bekommen hätte.

Inzwischen ritt der Zollinspektor so schnell er konnte nach Kittshole; aber seine Leute mußten absteigen und sich im Finstern durch die Talschlucht tasten, dabei ihre Pferde am Zügel führen und manchmal sogar wieder stützen; dabei mußten sie fortwährend auf der Hut vor einem Hinterhalt sein. Es war also weiter nicht zu verwundern, daß das Schiff schon unter Segel war, als sie an der Bucht ankamen. Es war aber noch nicht weit draußen und er rief es an. Eine Stimme antwortete ihm, er solle sich lieber nicht dem Mondschein zeigen, sonst werde er etwas Blei in den Leib bekommen; und gleichzeitig pfiff eine Kugel dicht an seinem Arm vorbei. Bald darauf segelte das Schiff um die Landspitze herum und verschwand. Inspektor Dance stand da, wie er sagte, „wie ein Fisch auf dem Trocknen“; er konnte nichts weiter tun, als einen Mann nach B. zu schicken, um den Zollkutter aufmerksam zu machen. „Und das“, sagte er, „ist so gut wie gar nichts. Sie sind uns ausgerückt, und damit basta. „Ich freue mich bloß, daß ich dem Meister Pew auf die Hühneraugen getreten habe!"

Inzwischen hatte er nämlich meine Geschichte gehört. Ich ging mit ihm nach dem „Admiral Benbow" zurück. Man kann sich kaum vorstellen, in welchem Zustand von Verwüstung das Haus war; sogar die Wanduhr war von den Kerlen bei ihrem wütenden Suchen nach meiner Mutter und mir umgeworfen worden; und obgleich außer dem Geldbeutel des Kapteins und etwas Silbergeld aus der Tischlade nichts weggenommen war, konnte ich doch sofort sehen, daß wir zugrunde gerichtet waren. Dance konnte die ganze Geschichte nicht begreifen.

„Sie bekamen das Geld, sagtest du doch? Na, was suchten sie dann, Hawkins; wahrscheinlich noch mehr Geld?"

„Nein, Herr Inspektor; ich glaube, nach Geld suchten sie nicht mehr. Ich glaube tatsächlich, ich habe das, was sie suchten, in meiner Brusttasche; und wenn ich Ihnen die Wahrheit sagen soll, so möchte ich es gerne in Sicherheit bringen."

„Gewiß, mein Junge, da hast du ganz recht. Ich will es an mich nehmen, wenn du willst."

„Ich dachte, vielleicht würde Dr. Livesey –"

„Ganz recht!" unterbrach er mich lachend, „vollkommen richtig; Dr. Livesey ist ein Gentleman und ein königlicher Beamter. Und – gut, daß ich daran denke – es ist wohl ebensogut, wenn ich selber zu ihm reite und ihm oder dem Squire Bericht mache. Meister Pew ist nun doch mal tot; nicht daß es mir leid täte, aber er ist doch tot, siehst du, und die Leute werden es einem Zollbeamten Seiner Majestät anzuhängen suchen, wenn ihnen das irgend möglich ist. Weißt du was, Hawkins? Wenn du Lust hast, nehme ich dich gleich mit."

Ich dankte ihm herzlich für sein Anerbieten, und wir gingen miteinander nach dem Dorfe zu, wo die Pferde warteten. Kaum hatte ich meiner Mutter mein Vorhaben mitgeteilt, so saßen schon alle im Sattel.

„Dogger," sagte Inspektor Dance, „Ihr habt einen guten Gaul; laßt den Jungen bei Euch hinten aufsitzen."

Sobald ich hinaufgestiegen war und mich an Doggers Leibriemen festgehalten hatte, gab der Inspektor Befehl zum Abmarsch, und der kleine Zug machte sich im scharfen Trabe auf den Weg nach Dr. Liveseys Haus.

Sechstes Kapitel

Des Kapteins Papiere

Wir ritten den ganzen Weg scharfen Trab, bis wir vor Dr. Liveseys Tür kamen. Alle Fenster des Hauses waren dunkel. Dance sagte mir, ich möchte abspringen und klopfen, und Dogger half mir beim Absteigen. Die Tür wurde fast augenblicklich vom Dienstmädchen geöffnet.

„Ist Dr. Livesey zu Hause?“ fragte ich.

Sie sagte nein; er sei am Nachmittag nach Hause gekommen, am Abend aber nach dem Schlosse hinaufgegangen, um bei dem Squire zu essen und den Abend zu verbringen.

„So gehen wir dahin, Jungens,“ sagte Dance.

Diesmal stieg ich nicht wieder auf, da die Entfernung nur kurz war; sondern ich hielt mich an Doggers Steigbügelriemen fest und lief mit ihm bis ans Parktor und dann durch die lange Allee der jetzt kahlen Bäume bis an das weiße Herrenhaus, dessen weißes Gebäude im Mondschein durch die Baumstämme des alten Parks schien. Hier stieg Inspektor Dance ab und ging mit mir in das Haus hinein, das ihm sofort geöffnet wurde.

Der Bediente führte uns durch einen mit Matten belegten Gang in ein großes Bücherzimmer, dessen Wände ringsum von Bücherschränken eingenommen waren, auf denen verschiedene Büsten standen. Hier saßen der Squire und Dr. Livesey mit ihrer Pfeife in der Hand zu beiden Seiten eines hellen Kaminfeuers.

Ich hatte den Squire noch niemals so in der Nähe gesehen. Er war ein großer Mann, über sechs Fuß hoch und entsprechend breit, mit einem roten, kühnen Gesicht, dessen Farbe und Zügen man seine langen Reisen ansah. Seine Augenbrauen waren sehr dunkel und zuckten oft, so daß man unwillkürlich dachte, er müsse ein temperamentvoller Mann sein, nicht von böser, aber von hitziger Gemütsart.

„Kommen Sie nur herein, Herr Dance!“ sagte er sehr würdevoll, aber freundlich.

„Guten Abend, Dance,“ sagte der Doktor und nickte ihm zu. „Und guten Abend auch dir, Freund Jim; was für ein guter Wind weht euch hierher?

Der Inspektor stand stramm und steif da und erzählte seine Geschichte wie eine auswendig gelernte Lektion. Da hättet ihr sehen sollen, wie die beiden Herren sich vornüberneigten und einander ansahen und vor Überraschung ihr Rauchen vergaßen. Als sie hörten, wie meine Mutter nach dem „Admiral Benbow" zurückgegangen war, schlug Dr. Livesey sich laut auf den Schenkel, und der Squire rief bravo! und schlug seine lange Pfeife am Kamin entzwei. Lange bevor der Inspektor fertig war, war Herr Trelawney – so hieß der Squire, wie der Leser sich erinnern wird – von seinem Stuhl aufgesprungen und lief im Zimmer herum, und der Doktor hatte, wie wenn er auf diese Weise besser hören könnte, seine gepuderte Perücke abgenommen. So saß er da und sah wirklich sehr sonderbar aus mit seinem eigenen, kurzgeschnittenen schwarzen Haar.

Endlich war Dance mit seiner Geschichte fertig. Da sagte der Squire:

„Herr Dance, Ihr seid ein ganz famoser Mensch. Und daß Ihr diesen ekelhaften, schmierigen Schuft niedergeritten habt, sehe ich als eine gute Tat an; das ist weiter nichts, als wenn Ihr ein Ungeziefer zertreten hättet. Dieser junge Hawkins ist ein tüchtiger Bengel, wie ich sehe. Hawkins, willst du mal die Glocke ziehen? Herr Dance muß einen Krug Bier haben."

Und der Doktor sagte zu mir:

„Also, Jim, du hast das Ding, das die Kerle suchten, nicht wahr?"

„Hier ist es, Herr Doktor!" sagte ich und gab ihm das Wachstuchpaket.

Der Doktor besah sich's von allen Seiten, wie wenn es ihm in den Fingern juckte, es zu öffnen; das tat er aber nicht, sondern steckte es ruhig in seine Rocktasche und sagte:

„Squire – wenn Dance sein Bier getrunken hat, muß er natürlich in Seiner Majestät Dienst; aber ich gedenke Jim Hawkins hier zu behalten; er soll in meinem Hause schlafen. Und wenn es Ihnen recht ist, mache ich den Vorschlag, wir lassen die kalte Pastete hereinbringen und ihn hier zu Abend essen."

„Wie Sie denken," sagte der Squire; „Hawkins hat sogar was Besseres verdient als kalte Pastete."

So wurde denn eine große Taubenpastete hereingebracht und auf einen Seitentisch gesetzt. Ich machte mich schnell über das Essen her, denn ich war hungrig wie ein Wolf. Mittlerweile empfing Inspektor Dance noch eine Menge Komplimente, und schließlich entließen sie ihn.

„Und nun, Squire," sagte der Doktor.

„Und nun, Livesey," sagte der Squire, beide in einem Atem.

„Einer zur Zeit, einer zur Zeit!" lachte Dr. Livesey. „Sie haben doch wohl von diesem Flint gehört?!"

„Von ihm gehört!" rief der Squire. „Von ihm gehört, sagen Sie! Er war der blutdürstigste Pirat, der je zur See fuhr. Blackbeard war ein Kind im Vergleich mit Flint. Die Spanier hatten eine so fürchterliche Angst vor ihm, daß ich wahrhaftig manchmal stolz darauf war, daß Flint ein Engländer war. Ich habe mit diesen meinen Augen seine Topsegel auf der Höhe von Trinidad gesehen, und der jämmerliche Milchsuppenkerl, mit dem ich segelte, kehrte um – kehrte um, Doktor, und fuhr nach Port of Spain zurück!"

„Nun, ich habe selber von ihm gehört, hier in England," sagte der Doktor. „Aber die Hauptsache ist: hatte er Geld?"

„Geld!" rief der Squire. „Haben Sie nicht die Geschichte gehört? Worauf waren denn die Kerle aus, wenn nicht auf Geld? Denen liegt doch bloß an dem Gelde! Für was riskieren die ihre dreckigen Köpfe, wenn nicht für Geld?"

„Das werden wir ja bald wissen," antwortete der Doktor. „Aber Sie sind ja so verdammt hitzköpfig und schreien gleich los, daß ich kein Wort sagen kann. Was ich wissen wollte, ist dies: angenommen, ich habe hier in meiner Tasche etwas, was uns auf die Spur bringen kann, an welchem Ort er seinen Schatz vergraben hat – wird dieser Schatz groß sein?"

„Groß, Doktor!" rief der Squire. „Ich will Ihnen was sagen: wenn wir auf der Spur sind, von der Sie sprechen, rüste ich in Bristol ein Schiff aus und nehme Sie und Hawkins mit. Und den Schatz will ich haben, und wenn ich ein Jahr danach suchen soll!"

„Schön!" sagte der Doktor. „Nun, dann wollen wir, wenn es Jim recht ist, das Paket öffnen."

Und er legte es vor sich auf den Tisch. Das Wachstuch war zusammengenäht, und der Doktor mußte sein Besteck aus der Tasche nehmen und die Nähte mit seiner medizinischen Schere auftrennen. Das Päckchen enthielt zweierlei: ein Buch und ein versiegeltes Papier.

„Zuallererst wollen wir uns mal das Buch ansehen," bemerkte der Doktor.

Der Squire und ich sahen ihm über die Schultern, als er es öffnete; denn Dr. Livesey hatte mir freundlich gewinkt, von dem Seitentisch, an dem ich gegessen hatte, zu ihm zu kommen und mich an dem Vergnügen der Untersuchung zu beteiligen.

Auf der ersten Seite befanden sich nur ein paar Kritzeleien, wie einer sie mit der Feder macht, um sich zu üben, oder weil er Langeweile hat. Einer von den Sätzen lautete genau so wie die tätowierte Inschrift auf des Kapitäns Arm: „Billy Bones sein Liebchen."

Ferner stand da: „Mister W. Bones, Steuermann." – „Kein Rum mehr." – „Vor Palm Key kriegte er's."

Außerdem allerlei Schnörkel und einzelne Wörter, die zum größten Teil unverständlich waren. Ich muß so unwillkürlich bei mir denken, wer es wohl gewesen sein möchte, der es „kriegte", und was das für ein „es" war, das er kriegte. Höchstwahrscheinlich ein Messer in den Rücken.

„Hieraus ist nicht viel zu entnehmen," sagte Doktor Livesey und schlug das Blatt um.

Die nächsten zehn oder zwölf Seiten enthielten eine merkwürdige Reihenfolge von Eintragungen. Am einen Ende der Zeile stand ein Datum und an dem anderen eine Geldsumme, wie in einem gewöhnlichen Kontobuch; aber statt geschriebener Erklärungen stand zwischen den beiden Aufzeichnungen nur eine verschieden große Anzahl von Kreuzen. So war zum Beispiel am zwölften Juni 1746 offenbar ein Betrag von siebzig Pfund Sterling irgend jemandem gutgeschrieben; als Erklärung, wofür, waren aber nur sechs Kreuze verzeichnet. Zu einigen wenigen Fällen war allerdings eine Ortsbestimmung beigefügt, zum Beispiel: „Höhe von Caracas", oder es war auch nur Länge und Breite eingetragen, zum Beispiel: 62° 17' 29", 19° 2' 40".

Die Eintragungen erstreckten sich über beinahe zwanzig Jahre; die einzelnen Beträge wurden immer größer, und zum Schluß war nach fünf- oder sechsmaligem falschem Zusammenzählen eine Endsumme hingeschrieben, und dieser waren die Worte beigefügt: „Bones sein Anteil."

„Darauf kann ich mir keinen Vers machen," sagte Dr. Livesey.

„Die Geschichte ist so klar wie Kloßbrühe!" rief der Squire. „Dies ist das Kassenbuch des schwarzherzigen Schurken. Diese Kreuze stehen an Stelle der Namen von Schiffen oder Städten, die sie versenkten oder plünderten. Die

Geldbeträge sind die Anteile des Schuftes, und wo er fürchtete, es könnte eine Zweideutigkeit entstehen, da fügte er etwas zur Erklärung hinzu. Hier zum Beispiel: „Höhe von Caracas" – verstehen Sie? Da wurde irgendein unglückliches Schiff in der Nähe dieser Küste genommen. Gott sei den armen Seelen gnädig, die es bemannten – sie sind längst zu Korallen geworden."

„Richtig!" sagte der Doktor. „Sehen Sie mal, wie gut es ist, ein Reisender zu sein. Richtig! und die Beträge wachsen, wie Sie sehen, je höher er im Range steigt."

In dem Büchlein stand außerdem nicht viel mehr als ein paar Eintragungen von Hafennamen auf den weißen Blättern am Ende des Bandes, und eine Tabelle, um französisches, englisches und spanisches Geld umzurechnen.

„Ein betriebsamer Mann!" rief der Doktor. „Der ließ sich nicht betrügen!"

„Und nun zu dem Papier!" sagte der Squire.

Das Papier war an verschiedenen Stellen versiegelt, und als Petschaft hatte dazu ein Fingerhut gedient – vielleicht eben der Fingerhut, der sich in des Kapteins Taschen gefunden hatte. Der Doktor löste die Siegel mit großer Sorgfalt, und aus dem Umschlag fiel eine Karte von einer Insel, mit Angabe von Länge und Breite, von Tiefenlotungen, Namen von Bergen, Buchten und Flußmündungen und überhaupt von allen Einzelheiten, die notwendig sein konnten, um ein Schiff auf sicheren Ankergrund an eine Küste zu bringen. Die Insel war ungefähr neun Meilen lang und fünf Meilen breit, von Gestalt ungefähr wie ein aufrecht stehender dicker Drache; sie hatte zwei schöne, sichere Häfen, und ein Berg im mittleren Teil der Insel war als „Das Fernrohr" bezeichnet. Verschiedene Zusätze waren offenbar in späterer Zeit gemacht; darunter vor allen Dingen drei Kreuze mit roter Tinte – zwei im nördlichen Teil der Insel, eins im südwestlichen, und neben diesem letzteren stand mit derselben roten Tinte in sauberer, kleiner Handschrift, die von des Kapteins zitternden Buchstaben sehr verschieden war, der Satz geschrieben: „Hier der Hauptteil des Schatzes."

Auf der Rückseite der Karte hatte dieselbe Hand folgende Weisungen geschrieben:

„Großer Baum, Staffel des Fernrohrs, Nord-Nordost bei Nord.

„Skelettinsel Ost-Südost bei Ost.

„Zehn Fuß.

„Das Barrensilber ist in der nördlichen Grube; du findest es am Abhang des östlichen Gipfels, zehn Faden südlich von der schwarzen Klippe, dieser gegenüber.

„Die Waffen sind gleich in dem Sandhügel zu finden, Nord-Nordost bei Nord vom Vorsprung an der Flußmündung, dann östlich und ein viertel nördlich. J. F.“

Das war alles; aber so kurz und für mich unverständlich es war, der Squire und Dr. Livesey waren ganz entzückt darüber.

„Livesey,“ sagte der Squire, „Sie werden diese erbärmliche Praxis sofort aufgeben. Morgen fahre ich nach Bristol. In Zeit von drei Wochen – ach was, drei Wochen! in zwei Wochen, in zehn Tagen! – haben wir das beste Schiff, Doktor, und die beste Mannschaft in ganz England. Hawkins kommt als Kajütsjunge mit. Du wirst einen famosen Kajütsjungen abgeben, Hawkins. Sie, Livesey, sind Schiffsdoktor, ich bin Admiral. Wir nehmen Redruth, Joyce und Hunter mit. Wir werden günstige Winde haben, eine schnelle Überfahrt und nicht die geringste Schwierigkeit, die Stelle zu finden. Und dann gibt's Geld – scheffelweise, genug, um sich darauf zu wälzen, und Guineen zum Fenster hinauszuwerfen, wenn Sie Lust haben.“

„Trelawney,“ sagte der Doktor, „ich will mit Ihnen gehen; Jim kommt auch mit, dafür stehe ich ein, und er wird bei der Unternehmung von Nutzen sein. Nur vor einem einzigen Mann habe ich Angst.“

„Und wer ist das?“ rief der Squire. „Wie heißt der Hund, Doktor?“

„Sie sind es,“ antwortete der Doktor; „denn Sie können Ihren Mund nicht halten. Wir sind nicht die einzigen, die etwas von diesem Papier wissen. Diese Kerle, die heute abend den Angriff auf den „Admiral Benbow“ machten, waren ganz gewiß mutige, verzweifelte Burschen, und die übrigen, die auf dem Ewer an Bord waren und ganz sicher noch andere, die nicht weit sind, die werden alle miteinander durch dick und dünn gehen, um das Geld zu kriegen! Deshalb darf keiner von uns allein sein, bis wir in See stechen. Jim und ich werden in der Zwischenzeit beisammen bleiben; Sie nehmen Joyce und Hunter mit, wenn Sie nach Bristol fahren, und vom ersten bis zum letzten Augenblick darf keiner von uns ein Wort von unserem Fund verlauten lassen.“

„Livesey,“ antwortete der Squire, „Sie treffen immer den Nagel auf den Kopf. Ich werde stumm sein wie das Grab!“

II. Der Schiffskoch

Siebentes Kapitel

Ich gehe nach Bristol

Bis wir segelfertig waren, dauerte es länger, als der Squire sich's vorgestellt hatte, und keiner von unseren Plänen konnte so ausgeführt werden, wie wir es uns ursprünglich gedacht hatten – nicht einmal des Doktors Absicht, mich bei sich zu behalten, bis wir nach Bristol gehen konnten. Dr. Livesey mußte nach London reisen, um einen Arzt zu finden, der seine Praxis übernehme; der Squire war in Bristol eifrig an der Arbeit; und ich hielt mich im Schloß unter der Obhut des alten Försters Redruth auf; ich war beinahe ein Gefangener, aber voll von Träumen von der Seefahrt und von allerlei entzückenden Vorstellungen von Wunderinseln und Abenteuern.

Stundenlang beschäftigte ich mich in Gedanken mit der Karte der Insel, deren ich mich in allen Einzelheiten erinnerte. Wenn ich im Zimmer des alten Redruth am Kaminfeuer saß, näherte ich mich in meinem Gedanken der Insel aus allen möglichen Himmelsrichtungen. Ich durchforschte ihre ganze Oberfläche; tausendmal stieg ich auf den hohen Berg hinauf, der das Fernrohr genannt wurde, und hatte von dessen Gipfel die wunderbarste und abwechselungsreichste Aussicht. Zuweilen wimmelte die Insel von Wilden, mit denen wir kämpften, zuweilen von gefährlichen Raubtieren, die uns verfolgten; aber in allen meinen Träumen begegnete mir nichts so Seltsames und Tragisches wie später in der abenteuerlichen Wirklichkeit.

So vergingen die Wochen, bis eines schönen Tages ein Brief an Dr. Livesey ankam, dessen Aufschrift den Zusatz trug: „Im Falle seiner Abwesenheit von Tom Redruth oder dem jungen Hawkins zu öffnen." Diesem Befehl folgend, fanden wir – oder vielmehr fand ich, denn der Förster konnte geschriebene Schrift nicht gut lesen, sondern nur Gedrucktes – folgende wichtige Nachrichten:

„Gasthof zum Anker, Bristol, 1. März 17..

„Lieber Livesey – Da ich nicht weiß, ob Sie auf dem Schloß oder noch in London sind, schicke ich diesen Brief in doppelter Ausfertigung nach beiden Orten.

„Das Schiff ist gekauft und ausgerüstet. Es liegt seefertig vor Anker. Einen famoseren Schoner können Sie sich gar nicht vorstellen; ein Kind könnte ihn steuern. Zweihundert Tonnen; Name: Hispaniola.

„Ich bekam ihn durch meinen alten Freund Blandly, der mir die ganze Zeit in liebenswürdigster Weise zur Hand gegangen ist. Der wundervolle alte Bursche hat für meine Zwecke tatsächlich wie ein Sklave geschuftet, und ich kann wohl sagen, dasselbe taten alle und jeder in Bristol, sobald sie Wind davon kriegten, nach welchem Hafen wir segelten – nämlich auf die Schatzsuche."

„Redruth," sagte ich, indem ich meine Vorlesung unterbrach: „Das wird Herrn Dr. Livesey nicht gefallen! Der Squire hat also doch geplaudert."

„Na, und wer hätte denn dazu ein besseres Recht als er," brummte der Förster. „Das wäre ja ein schöner Quatsch, wenn mein Squire nicht reden dürfte, weil es dem Dr. Livesey nicht paßt!"

Infolge dieser Bemerkung unterließ ich jeden weiteren Kommentar und las den Brief ohne Unterbrechung bis zum Ende:

„Blandly selber fand die Hispaniola und bekam sie durch seine außerordentliche Geschicklichkeit für ein Ei und Butterbrot. Gewisse Leute in Bristol haben merkwürdige Vorurteile gegen Blandly. Sie reden überall davon, dieser ehrliche Mensch wäre für Geld zu allem fähig, die Hispaniola hätte ihm selber gehört, und er hätte sie mir zu einem lächerlich hohen Preis verkauft. Das sind ganz offenbare Verleumdungen. Die Güte des Schiffes wagt übrigens keiner von ihnen zu bestreiten.

„So weit ging also alles gut. Die Arbeitsleute – Zimmerleute und so weiter, die das Schiff ausrüsten sollten – waren allerdings zum Verzweifeln saumselig; aber mit der Zeit wurde das besser. Meine große Sorge war die Mannschaft.

„Ich wollte zwanzig Mann haben – nämlich für den Fall, daß wir mit Eingeborenen, Piraten oder den ekligen Franzosen zu tun kriegen – und ich hatte eine Teufelsarbeit, auch bloß ein halbes Dutzend aufzutreiben, bis ein außerordentlicher Glückszufall mir gerade den Mann zuführte, den ich brauchte.

„Ich stand am Dock und kam durch reinen Zufall mit ihm ins Gespräch. Ich bekam von ihm heraus, daß er ein alter Seemann wäre. Jetzt hätte er eine Gastwirtschaft, kennte alle Seeleute in ganz Bristol, hätte in der Landluft seine Gesundheit verloren und suchte eine gute Stelle als Schiffskoch, um wieder auf

See zu kommen. Er wäre an dem Morgen, so sagte er, nach dem Dock hinuntergehumpelt, um mal wieder Salzwassergeruch in die Nase zu kriegen.

„Seine Erzählung rührte mich ganz außerordentlich – es wäre Ihnen ebenso gegangen –, und rein aus Mitleid nahm ich ihn auf der Stelle als Schiffskoch an. Long John Silver wird er genannt und hat ein Bein verloren; aber das war in meinen Augen nur eine Empfehlung für ihn, denn er verlor es im Dienste seines Landes, unter dem unsterblichen Hawke. Er hat keine Pension, Livesey! In was für einer abscheulichen Zeit leben wir doch!

„Nun, lieber Doktor, ich dachte, ich hätte nur einen Koch gefunden; aber in Wirklichkeit hatte ich eine ganze Schiffsmannschaft entdeckt. Silver und ich bekamen in ein paar Tagen eine Mannschaft von den wundervollsten alten Teerjacken zusammen, die man sich nur denken kann – nicht gerade schön anzusehen, aber Kerle mit Gesichtern, daß man auf den ersten Blick merkt, sie nehmen es mit dem Teufel auf. Ich versichere Ihnen, wir könnten uns mit einer Fregatte in ein Gefecht einlassen.

„Long John schaffte mir sogar noch zwei von den sechs oder sieben, die ich schon angenommen hatte, wieder vom Halse. Er machte mir sofort klar, daß sie gerade solche Süßwassermatrosen wären, wie wir sie bei einer so bedeutenden Unternehmung nicht gut brauchen könnten.

„Ich erfreue mich der prächtigsten Gesundheit und der besten Laune, esse wie ein Scheunendrescher, schlafe wie ein Stück Holz; trotzdem habe ich keine wahre Freude, bis ich meine alten Teerjacken auf Deck herumtrampeln höre! Auf in See! Hol' der Teufel den Schatz! Die Herrlichkeit der See hat mir ganz den Kopf verdreht. Also, Livesey, kommen Sie mit Extrapost! Verlieren Sie keine Stunde, wenn Sie mich liebhaben.

„Lassen Sie den jungen Hawkins sofort zu seiner Mutter gehen, um Abschied von ihr zu nehmen; Redruth soll aufpassen, daß er nicht schwatzt; und dann sollen beide so schnell wie möglich nach Bristol kommen.

John Trelawney."

„Nachschrift: Ich erzählte Ihnen noch nicht, daß Blandly – der übrigens ein zweites Schiff hinter uns herschicken soll, wenn wir Ende August nicht wieder zurück sind – einen ausgezeichneten Menschen als Schiffer für uns gefunden hat – leider ein etwas unbeholfener Mensch im Benehmen, aber sonst in jeder anderen Hinsicht ein Schatz. Long John Silver entdeckte einen ganz ausgezeichneten Steuermann, einen gewissen Arrow. Ich habe einen Bootsmann, der die Pfeifensignale kennt, Livesey; so wird es also an Bord des guten Schiffes Hispaniola wie auf einem Kriegsschiff hergehen.

„Ich vergaß Ihnen mitzuteilen, daß Silver ein bemittelter Mann ist; ich weiß aus eigner Kenntnis, daß er ein Bankguthaben hat, das noch niemals überzogen wurde. Er läßt die Gastwirtschaft während seiner Abwesenheit von seiner Frau führen; und da sie eine Mulattin ist, so dürfen ein paar alte Junggesellen wie Sie und ich wohl die Vermutung haben, daß ebensosehr die Frau wie sein Gesundheitszustand ihn veranlassen, wieder in die Fremde zu gehen.

J. T."

„Zweite Nachschrift: Hawkins kann eine Nacht bei seiner Mutter bleiben.

J. T."

Man kann sich vorstellen, in welche Aufregung dieser Brief mich versetzte. Ich war vor Wonne halb außer mir, und wenn ich jemals einen Mann verachtete, so war's der alte Tom Redruth, der immer nur brummen und wehklagen konnte. Jeder von den Unterförstern wäre gerne an seiner Stelle mitgegangen; aber der Squire hatte es nun einmal bestellt, und des Squires Wunsch galt bei ihnen allen als Gesetz. Außer dem alten Redruth würde niemand auch nur gewagt haben, eine Bemerkung zu machen.

Am nächsten Morgen machten er und ich uns zu Fuß nach dem „Admiral Benbow" auf den Weg, und da fand ich meine Mutter in guter Gesundheit und Laune. Der Kaptein, der uns so lange zur Last gewesen war, war an einen Ort gegangen, von wo aus die Bösen keinen Menschen mehr ärgern können. Der Squire hatte alles wieder instand setzen lassen, die Schenkstube und das Wirtsschild waren auf seine Kosten frisch gemalt, und er hatte auch einigen neuen Hausrat besorgt – vor allen Dingen einen schönen Lehnstuhl für Mutter im Zapfraum. Außerdem hatte er ihr einen Lehrjungen geschickt, so daß sie während meiner Abwesenheit nicht ohne Hilfe war.

Als ich diesen Jungen sah, begriff ich zum ersten Male meine Lage. Bis dahin hatte ich immer nur an die Abenteuer gedacht, die mir bevorstanden, niemals an die Heimat, die ich verließ. Und als ich jetzt diesen tölpelhaften fremden Jungen sah, der an meiner Statt bei meiner Mutter bleiben sollte, da weinte ich zum erstenmal heiße Tränen. Ich fürchte, ich habe den Jungen behandelt wie einen Hund; denn da er mit der ihm neuen Arbeit nicht Bescheid wußte, so hatte ich hundert Anlässe, ihn zurechtzuweisen und auszuschelten, und ich ließ mir diese Gelegenheiten nicht entgehen.

Die Nacht verging, und am nächsten Tage nach dem Mittagessen machten Redruth und ich uns wieder auf den Weg. Ich nahm Abschied von Mutter und von der Bucht, an deren Strand ich seit meiner Geburt gelebt hatte, und von dem lieben alten „Admiral Benbow" – der mir allerdings, seitdem er frisch gemalt war, nicht mehr ganz so lieb war. Einer meiner letzten Gedanken galt dem Kaptein, der so oft mit seinem dreieckigen Hut, dem Säbelschmiß auf der Backe und mit seinem alten Messingfernrohr den Strand entlang gegangen war. Im nächsten Augenblick waren wir um die Ecke gebogen, und mein Elternhaus lag hinter mir.

In der Dämmerung nahm die Postkutsche uns beim „Royal George" auf. Ich war zwischen Redruth und einen dicken alten Herrn eingeklemmt, und trotz der schnellen Fahrt und der kalten Nachtluft muß ich gleich von Anfang an öfters eingenickt sein, schließlich aber auf der Fahrt über Berg und Tal wie ein Stück Holz geschlafen haben; denn von dem häufigen Pferdewechsel habe ich nichts gemerkt, und ich wurde schließlich von einem Rippenstoß aufgeweckt. Und als ich die Augen aufschlug, fand ich, daß wir vor einem großen Gebäude in der Straße einer Stadt hielten, und daß es schon seit langer Zeit heller Tag war.

„Wo sind wir?" fragte ich.

„Bristol," sagte Tom, „steig aus."

Herr Trelawney wohnte in einem Gasthof ganz unten am Dock, um die Arbeiten an seinem Schoner beaufsichtigen zu können. Dorthin hatten wir nun zu gehen, und unser Weg führte zu meinem großen Entzücken an den Kargen vorbei, wo ich eine große Menge Schiffe von allen Größen und Takelungen und Nationen sah. Auf dem einen Schiff sangen Matrosen bei ihrer Arbeit; auf einem anderen hingen Menschen, hoch über meinem Kopf, an Tauen, die mir nicht dicker als Spinnfäden erschienen. Obgleich ich mein ganzes Leben an der Küste verbracht hatte, kam es mir vor, als ob ich noch niemals in der Nähe der See gewesen wäre. Die Mischung von Teer- und Salzwassergeruch war für mich etwas Neues. Ich sah die wunderbarsten Schiffsabzeichen, die alle schon weit über dem Ozean gewesen waren. Außerdem sah ich viele alte Seeleute mit Ohrringen, mit lockigen Backenbärten und teerigen Zöpfen und mit ihrem plumpen, schwankenden Gange; und wenn ich ebenso viele Könige oder Erzbischöfe gesehen hätte, so hätte ich nicht mehr entzückt sein können.

Und nun ging ich selber zur See; zur See in einem Schoner, mit einem Bootsmann, der Pfeifensignale geben konnte, und mit bezopften, singenden Matrosen; zur See nach einer unbekannten Insel, um dort vergrabene Schätze zu suchen!

Während ich mich noch mit diesem köstlichen Traum beschäftigte, standen wir plötzlich vor einem großen Gasthof und trafen Squire Trelawney, der vollständig wie ein Seeoffizier angezogen war, in einem derben blauen Tuchanzug. Er trat aus der Tür mit einem Lächeln auf seinem Gesicht und mit einer wundervollen Nachahmung des Seemannsganges.

„Da seid ihr ja!“ rief er; „und der Doktor kam gestern abend von London an. Bravo! die Schiffsgesellschaft ist beisammen und vollzählig!“

„O Squire!“ rief ich; „wann segeln wir?“

„Segeln?“ sagte er. „Morgen segeln wir!“

Achtes Kapitel

Die Wirtschaft „Zum Fernrohr“

Als ich gefrühstückt hatte, gab der Squire mir einen Zettel für „John Silver, Gastwirtschaft zum Fernrohr“ und sagte mir, ich könnte das Haus leicht finden; denn ich brauchte bloß an den Docks entlang zu gehen und mich nach einer kleinen Taverne umzusehen, die als Zeichen ein großes Messingfernrohr hätte. Überglücklich über diese Gelegenheit, noch mehr Schiffe und Matrosen zu sehen, machte ich mich auf den Weg; ich kam durch ein großes Gedränge von Menschen und Karren und Warenballen; denn die Tätigkeit an den Docks war um diese Stunde auf ihrem Höhepunkt. Schließlich fand ich denn auch die mir genannte Taverne.

Es war eine recht saubere Wirtschaft. Das Schild war frisch gemalt; vor den Fenstern hingen hübsche rote Gardinen; der Fußboden war mit reinem weißem Sand bestreut. Die Schenke lag zwischen zwei Straßen und hatte einen Eingang von jeder derselben, so daß es in dem großen, niedrigen Schenkzimmer ziemlich hell war, trotz den dichten Wolken von Tabaksqualm.

Die Gäste waren fast lauter Seeleute, und sie sprachen so laut, daß ich an der Tür stehen blieb und beinahe Angst hatte, einzutreten.

Während ich wartete, kam aus einem Nebenzimmer ein Mann heraus, und ich sah auf den ersten Blick, daß dies Long John sein müßte. Sein linkes Bein war dicht an der Hüfte abgenommen, und unter der linken Achsel hatte er eine Krücke, die er mit wunderbarer Geschicklichkeit handhabte und an der er herumhüpfte wie ein Vogel. Er war sehr groß und stark, mit einem Gesicht, so groß wie ein Schinken. Dieses Gesicht war häßlich und blaß, aber von klugem und lächelndem Ausdruck. Er schien wirklich in sehr lustiger Laune zu sein, er pfiff vor sich hin, wie er sich so zwischen den Tischen bewegte und die besonders beliebten Gäste mit einem Scherzwort oder mit einem Schlag auf die Schulter begrüßte.

Nun hatte ich, um die Wahrheit zu sagen, gleich bei der ersten Erwähnung Long John Silvers in Squire Trelawneys Brief innerlich gefürchtet, er könnte jener einbeinige Seemann sein, nach dem ich vom alten „Admiral Benbow" so lange Zeit ausgeguckt hatte. Aber ein einziger Blick auf den Mann vor mir genügte. Ich hatte den Kaptein gesehen, und den Schwarzen Hund, und den blinden Bettler Pew, und ich glaubte zu wissen, wie ein Pirat aussähe – jedenfalls nach meiner Meinung ganz anders als dieser reinliche, freundliche Schenkwirt.

Ich bekam sofort neuen Mut, trat über die Schwelle und ging stracks auf den Mann los, der auf seine Krücke gelehnt dastand und mit einem Gast sich unterhielt. Ich hielt ihm den Zettel hin und fragte:

„Herr Silver?"

„Jawohl, mein Junge; so heiß ich ganz gewiß. Und wer bist denn du?"

Als er aber den Brief des Squire sah, schien es ihm ordentlich einen Ruck zu geben. Er gab mir die Hand und sagte ganz laut:

„Aha, ich verstehe! Du bist unser neuer Kajütsjunge; freut mich, dich zu sehen!"

Und er gab mir einen festen Händedruck.

Gerade in diesem Augenblick stand einer von den Gästen plötzlich auf und lief aus der Tür. Diese befand sich ganz in seiner Nähe und er war sofort aus der Straße verschwunden. Aber seine Eile war mir aufgefallen, und ich erkannte ihn auf den ersten Blick. Es war der Mann mit dem käsigen Gesicht, der zuerst in den „Admiral Benbow" gekommen war und dem die beiden Finger fehlten.

„Oho!" rief ich; „haltet ihn! Da ist ja der Schwarze Hund!"

„Wer er ist, darauf gebe ich keinen Pfifferling!“ rief Silver; „aber er hat seine Zeche nicht bezahlt. Harry, lauf ihm nach und halte ihn fest!“

Einer von den anderen Gästen, der ebenfalls ganz nahe bei der Tür saß, sprang auf und machte sich zur Verfolgung auf.

„Und wenn er der Admiral Hawke wäre, seine Zeche soll er bezahlen!“ rief Silver; dann ließ er meine Hand los und fragte: „Wer, sagtest du, daß er wäre? Der schwarze was?“

„Hund, Herr Silver,“ sagte ich. „Hat Herr Trelawney Ihnen nicht von den Piraten erzählt? Er war einer von ihnen.“

„So!“ rief Silver. „In meinem Hause! Ben, lauf und hilf Harry! So? War das einer von diesen Kerls? Hört mal, Morgan! Ihr habt ja wohl mit ihm getrunken? Kommt mal her!“

Der Mann, den er Morgan nannte – ein alter grauhaariger Matrose mit einem mahagoniroten Gesicht –, kam mit einer ziemlich dämlichen Miene heran, indem er seinen Priem im Munde herumrollte.

„Na, Morgan!“ sagte Long John sehr ernst; „Ihr habt doch wohl nie in Eurem Leben früher diesen Schwarzen – Schwarzen Hund gesehen? Nicht wahr?“

„Gewiß nicht, Herr!“ sagte Morgan, mit einem Kratzfuß.

„Ihr kanntet doch seinen Namen nicht? Oder?“

„Nein, Herr!“

„Beim heiligen Donnerwetter, Tom Morgan, da könnt Ihr Euch freuen!“ rief der Wirt. „Hättet Ihr mit einem solchen Kerl was zu tun gehabt, Ihr hättet mein Haus mit keinem Fuß mehr betreten, darauf könnt Ihr Euch verlassen! Und was sagte er denn zu Euch?“

„Das weiß ich nicht mehr so recht, Herr,“ antwortete Morgan.

„Habt Ihr einen Kopf auf Euren Schultern, oder ist das ein verdammtes Kalbsgekröse?“ rief Long John. „Weiß ich nicht mehr recht! – Ach nee! Vielleicht wißt Ihr auch nicht mehr so recht, mit wem Ihr überhaupt gesprochen habt? Na, besinnt Euch mal, wovon hat er denn geplappert – Reisen, Kapitäne, Schiffe? Raus damit! Was war's denn?“

„Wir sprachen so von Kielholen,“ antwortete Morgan.

„Von Kielholen? Ach nee! Das war ja eine recht passende Unterhaltung, Gottverdammich! Setzt Euch man wieder hin, Ihr seid ein Schafskopf."

Während Morgan wieder auf seinen Stuhl lossteuerte, flüsterte Silver mir in vertraulichem Ton, durch den ich mich sehr geschmeichelt fühlte, ins Ohr:

„Der Tom Morgan ist ein ganz braver Kerl – bloß ein fürchterlicher Döskopf. Aber nun," fuhr er laut fort, „laßt mich doch mal nachdenken – Schwarzer Hund? Nein – den Namen kenne ich nicht; ganz gewiß nicht. Aber halt – mir ist doch so – ja, ich habe den Kerl mal gesehen! Er kam manchmal mit einem blinden Bettler zu mir – jawoll, das tat er!"

„Daß er das tat, darauf können Sie sich verlassen," sagte ich. „Ich habe auch den blinden Mann gekannt. Pew war sein Name."

„Richtig!" rief Silver, jetzt ganz aufgeregt. „Pew! Das war sein Name. Ganz gewiß! Ah – der Kerl sah wie ein Haifisch aus, wahrhaftig! Aber wenn wir diesen Schwarzen Hund zu fassen kriegen, na, da wird aber Kapitän Trelawney Augen machen! Ben ist ein guter Läufer – da sind wenig Seeleute, die besser laufen können als Ben. Der muß ihn einholen, Hand über Hand, Gottverdammich! Von Kielholen sprach er? Ach nee! Na, den will ich kielholen!"

Die ganze Zeit über, während er diese Sätze hervorstieß, humpelte er auf seiner Krücke in der Schenkstube herum, schlug alle Augenblicke mit der flachen Hand auf einen Tisch und war offenbar so aufgeregt, daß er einen Richter in Old Bailey oder einen Polizisten von Bow Street von seiner Unschuld überzeugt haben würde. Mein Verdacht war wieder rege geworden, als ich den Schwarzen Hund im „Fernrohr" wiedergefunden hatte, und ich beobachtete den Schiffskoch sehr scharf. Aber er war für mich ein zu fixer Schauspieler und ein zu abgefeimter Schlaukopf, und als nach einiger Zeit die beiden Matrosen ganz außer Atem zurückkamen und meldeten, sie hätten in einem Gedränge die Spur verloren und wären selber für Spitzbuben ausgescholten worden, da hätte ich mich ohne Bedenken für Long John Silvers Unschuld verbürgt.

„Sieh mal, Hawkins," sagte er zu mir, „es ist doch ein verdammt hartes Ding für einen Mann wie mich, wenn so was passiert – nicht wahr? Da ist Käpp'n Trelawney – was soll der davon denken? Hier sitzt der verdammte Sohn von einem Holländer in meinem eigenen Haus und trinkt von meinem eigenen Rum! Hier kommst du zu mir rein und sagst mir's gerade auf den Kopf zu! Und hier lasse ich ihn vor meinen eigenen Augen uns allen durch die Lappen gehen! Na, Hawkins, tu mir den Gefallen und stelle dem Käpp'n die Geschichte ins richtige

Licht! Du bist ja man ein Junge, das ist richtig, aber du bist helle wie 'n Dreierlicht. Das hab ich gleich gesehen, als du in die Tür kamst. Na, die Sache ist doch so: was konnte ich denn tun, mit diesem alten Stück Holz, worauf ich rumhumple? Als ich noch ein kriegstüchtiger Sergeant bei den Seesoldaten war, da hätte ich ihn bald beim Wickel gehabt, und da hätte er meine Fäuste kennengelernt; aber jetzt –"

Plötzlich schwieg er und sein Unterkiefer fiel herunter, wie wenn ihm auf einmal etwas eingefallen wäre.

„Die Zeche!" rief er: „Drei Lagen Rum! Herrjemine, Gottverdammich – hab' ich richtig die Zeche vergessen!"

Und er fiel auf eine Bank und lachte, daß ihm die Tränen über die Backen liefen. Unwillkürlich mußte ich mitlachen, und so lachten wir beide, immer von frischem, daß die ganze Schenkstube dröhnte.

„Herrgott nochmal, was für ein großartiges Seekalb ich bin!" sagte er und wischte sich die Backen ab. „Du und ich, wir zwei beiden müssen uns gut vertragen, Hawkins – denn, meiner Seel, ich habe mich benommen wie ein Schiffsjunge! Aber hör' mal, wir wollen uns fertig machen; ich gehe mit dir. So geht das nicht. Pflicht ist Pflicht, Kameraden! Ich will meinen alten Dreispitz aufsetzen und mit dir zu Käpp'n Trelawney gehen und diese Geschichte von dem Schwarzen Hund melden. Denn sieh mal, jung Hawkins, die Geschichte ist ernst, und wir beiden haben da nicht gerade gut abgeschnitten, wie ich wohl sagen darf. Der Meinung bist du auch, sagst du? Nein, helle waren wir nicht – helle waren wir alle beide nicht. Aber hol' der Teufel meine Knöpfe! Der Streich mit meiner Zeche, der war nicht schlecht!"

Und er begann wieder zu lachen, und zwar so von ganzem Herzen, daß ich wieder in seine Heiterkeit einstimmen mußte, damit er nur nicht glauben möchte, ich hätte den Witz nicht ebensogut verstanden wie er.

Auf unserem kleinen Spaziergang die Kajen entlang zeigte er sich als ein sehr unterhaltsamer Gesellschafter; er erzählte mir allerlei über die verschiedenen Schiffe, an denen wir vorüberkamen: über ihre Takelungen, ihre Nationalität, ihren Tonnengehalt; wie das eine Schiff abgeladen werde, jenes andere Ladung einnehme, ein drittes sich seefertig mache. Und dabei erzählte er ab und zu eine kleine Geschichte von Schiffen oder Schiffern, oder wiederholte einen Seemannsausdruck so lange, bis ich ihn vollkommen richtig sagen konnte. Ich begann zu sehen, daß dieser Mann einer von den besten Schiffsmaaten war, die einer finden konnte.

Als wir in den Gasthof kamen, saßen der Squire und Dr. Livesey beisammen und tranken einen Topf Bitterbier mit einer gerösteten Brotscheibe drin, um sich etwas zu stärken, bevor sie an Bord des Schoners gingen, den sie besichtigen wollten.

Long John erzählte die Geschichte vom Schwarzen Hund von Anfang bis zu Ende – sehr lebhaft und vollkommen der Wahrheit gemäß.

„Ja, so war es; nicht wahr, so war es, Hawkins?“ sagte er alle Augenblicke, und ich konnte ihm jedesmal bestätigen, daß es wirklich so gewesen war.

Die beiden Herren bedauerten, daß der Schwarze Hund entwischt war; aber wir waren alle derselben Meinung: nämlich, daß dabei dann eben nichts mehr zu machen sei; und nachdem die Herren ihm ihre Zufriedenheit ausgesprochen hatten, nahm Long John wieder seine Krücke unter die Achsel und empfahl sich.

„Und heute nachmittag um vier alle Mann an Bord!“ rief der Squire ihm nach.

„Jawoll, Herr!“ rief der Koch vom Gang zurück.

„Na, Squire,“ sagte Dr. Livesey, „ich habe im allgemeinen nicht viel Vertrauen zu Ihren Entdeckungen; aber das will ich Ihnen sagen, dieser John Silver gefällt mir.“

„Der Mann ist einfach großartig!“ erklärte der Squire eifrig.

„Und nun,“ fuhr der Doktor fort, „darf Jim wohl mit uns an Bord kommen – nicht wahr?“

„Natürlich darf er das,“ sagte der Squire. „Nimm deinen Hut – wir wollen uns das Schiff besehen.“

Neuntes Kapitel

Pulver und Waffen

Die Hispaniola lag ein ziemliches Stück draußen, und wir kamen unter dem Bugspriet und hinter dem Heck so manches anderen Schiffes vorbei; manchmal berührte der Kiel unseres Bootes ihre Ankertaue, und manchmal fuhren wir unter solchen durch. Schließlich aber lagen wir neben dem Schoner und wurden, als wir an Bord kamen, vom Steuermann, Herrn Arrow, empfangen und begrüßt

– einem braun gebrannten alten Schiffer, mit Ringen in den Ohren und mit einem schielenden Auge. Der Squire und er waren offenbar gute Freunde; ich bemerkte jedoch bald, daß zwischen Herrn Trelawney und dem Kapitän nicht das gleiche Verhältnis bestand.

Der Kapitän war ein Mann mit scharfem Blick, der mit allem an Bord unzufrieden zu sein schien, was er uns übrigens bald selber sagen sollte, denn wir waren kaum in die Kajüte hinuntergegangen, so folgte uns ein Matrose und sagte:

„Käpp'n Smollett, Herr, wünscht mit Ihnen zu sprechen."

„Ich stehe dem Kapitän stets zu Diensten. Laßt ihn hereinkommen," sagte der Squire.

Der Kapitän, der seinem Boten gefolgt war, trat sofort ein und machte die Tür hinter sich zu. „Nun, Käpp'n Smollett, was haben Sie zu sagen? Es ist doch alles in Ordnung, hoffe ich: alles schiffsgemäß und seefertig?"

„Tscha, tscha, Herr," sagte der Kapitän, „ich glaube, es ist wohl besser, wenn ich ganz offen spreche, selbst auf die Gefahr hin, daß Sie mir das übelnehmen. Mir gefällt diese Kreuzerfahrt nicht; mir gefallen die Leute nicht; und mir gefällt mein Steuermann nicht. Das ist kurz und bündig."

„Vielleicht, Herr, gefällt Ihnen auch das Schiff nicht?" fragte der Squire, sehr ärgerlich, wie ich sehen konnte.

„Darüber kann ich nichts sagen, Herr, denn ich habe den Schoner noch nicht versucht," sagte der Kapitän. „Er scheint ein schneidiges Schiff zu sein, mehr kann ich nicht sagen."

„Vielleicht, Herr, gefällt Ihnen auch Ihr Auftraggeber nicht?" sagte der Squire.

Aber hier griff Dr. Livesey ein und sagte:

„Halt mal, halt! Solche Fragen haben weiter keinen Zweck, als daß sie Unfrieden stiften. Der Kapitän hat entweder zu viel oder zu wenig gesagt, und ich muß ihm erklären, daß ich von ihm Näheres über den Sinn seiner Worte zu hören wünsche. Sie sagen: diese Kreuzerfahrt gefällt Ihnen nicht. Nun, warum denn nicht?"

„Ich war, Herr, wie wir das nennen, „auf versiegelte Order" angenommen: ich sollte für diesen Herrn das Schiff fahren, wohin er mir befehlen würde, schön und gut. Aber jetzt finde ich, daß jeder Mann vor dem Mast mehr davon weiß als ich selber. Das nenne ich nicht anständig – nun, tun *Sie* das?"

„Nein," sagte Dr. Livesey, „das finde ich auch nicht."

„Sodann erfahre ich, daß wir auf Schatzsuche gehen – das heißt: ich erfahre das von meinen eigenen Leuten. Nun, Schatzsuchen ist ein kitzliges Geschäft; Fahrten hinter Schätzen her gefallen mir überhaupt nicht, am wenigsten aber, wenn sie geheim gehalten werden, und wenn – entschuldigen Sie, Herr Trelawney – das Geheimnis schon dem Papagei erzählt worden ist."

„Silvers Papagei?" fragte der Squire.

„Es ist so eine Redensart," sagte der Kapitän. „Ich will damit sagen: es wird darüber geplappert. Und ich bin der Meinung, von Ihnen, meine Herren, weiß keiner, worum es geht. Aber ich will Ihnen sagen, was ich davon denke: es geht um Leben und Tod, und zwar scharf auf der Kante."

„Das ist alles klar, und wie ich glaube, vollkommen richtig," antwortete Dr. Livesey. „Wir nehmen das Wagnis auf uns; aber wir sind nicht so unwissend, wie Sie von uns glauben. Zweitens sagen Sie: die Mannschaft gefällt Ihnen nicht. Sind es keine guten Seeleute?"

„Sie gefallen mir nicht, Herr!" antwortete der Kapitän. „And ich bin der Meinung, eigentlich hätte ich meine eigenen Leute mir selber aussuchen sollen."

„Vielleicht haben Sie da recht," erwiderte der Doktor. „Vielleicht hätte mein Freund Sie hinzuziehen sollen; aber wenn er Ihnen dabei überhaupt zu nahe getreten ist, so ist das ohne Absicht geschehen. Drittens: Herr Arrow gefällt Ihnen nicht?"

„Nein, Herr. Ich glaube, er ist ein guter Seemann; aber er läßt sich der Mannschaft gegenüber zu sehr gehen, um ein guter Offizier sein zu können. Ein Steuermann sollte sich für sich halten, sollte nicht mit den Leuten vor dem Mast trinken!"

„Wollen Sie damit sagen, daß er trinkt?" rief der Squire.

„Nein, das nicht," antwortete der Kapitän; „nur, daß er zu vertraulich mit ihnen ist."

„Na, was ist denn das Lange und Kurze davon, Kapitän?" fragte der Doktor. „Sagen Sie uns, was Sie eigentlich wollen." "Nun, dann also: Meine Herren, sind Sie entschlossen, diese Fahrt zu unternehmen?"

„Wie Eisen!“ rief der Squire.

„Gut. Sie haben mit großer Geduld Dinge von mir angehört, die ich nicht beweisen konnte; lassen Sie mich bitte Ihnen noch ein paar Worte mehr sagen. Die Leute sind gerade dabei, das Pulver und die Waffen ins Vorderschiff zu bringen. Nun, Sie haben ja einen guten Platz unter der Kajüte; warum die Waffen und das Pulver nicht dorthin bringen? Das ist der erste Punkt. Dann haben Sie vier von Ihren eigenen Leuten mitgebracht, und wie ich höre, sollen einige von diesen in der Vorderback schlafen. Warum wollen Sie sie nicht neben der Kajüte schlafen lassen? Das ist der zweite Punkt.“

„Sonst noch etwas?“ fragte Herr Trelawney.

„Nur noch ein einziger,“ sagte der Kapitän. „Es ist schon zu viel geschwatzt worden.“

„Viel zuviel!“ gab der Doktor zu.

„Ich will Ihnen sagen, was ich selber gehört habe,“ fuhr der Kapitän fort: „Sie haben eine Karte von einer Insel; auf dieser Karte befinden sich Kreuze, um die Stellen anzuzeigen, wo Schätze vergraben sind; und die Insel liegt –“ und dann nannte er ganz genau Länge und Breite.

„Das habe ich niemals einer Menschenseele gesagt!“ rief der Squire.

„Die Mannschaft weiß es, Herr!“ antwortete der Kapitän.

„Livesey, dann müssen Sie oder Hawkins es gesagt haben!“ rief der Squire.

„Es kommt nicht viel darauf an, wer es gewesen ist,“ antwortete der Doktor, und ich konnte wohl sehen, daß weder er noch der Kapitän großen Wert auf Herrn Trelawneys Beteuerungen legte. Auch ich tat das sicherlich nicht, denn er war wirklich überaus redselig; aber in diesem Falle glaube ich, sprach er tatsächlich die Wahrheit und hatte wirklich keinem Menschen die Lage der Insel genannt.

„Nun, meine Herren,“ fuhr der Kapitän fort, „ich weiß nicht, wer diese Karte hat; aber ich mache es ausdrücklich zur Bedingung, daß sie sogar vor mir und Arrow geheim gehalten wird. Sonst müßte ich Sie bitten, zurücktreten zu dürfen.“

„Ich verstehe,“ sagte der Doktor. „Sie wünschen, daß wir diese Sache geheim halten, daß wir aus dem hinteren Teil des Schiffes eine Art Festung machen, die mit den eigenen Leuten meines Freundes bemannt ist und wo alle Waffen und der ganze Pulvervorrat des Schiffes sich befinden. Mit anderen Worten: Sie befürchten eine Meuterei."

„Herr Doktor!" sagte der Kapitän; „ich habe nicht die Absicht, Sie zu beleidigen, aber ich erkläre Ihnen: Sie haben kein Recht, mir Worte in den Mund zu legen, die ich nicht gesprochen habe! Kein Kapitän, Herr Doktor, hätte das Recht, überhaupt in See zu gehen, wenn er tatsächliche Gründe hätte, so etwas zu sagen. Von Herrn Arrow glaube ich, daß er ein durchaus ehrlicher Mann ist; dasselbe gilt von einigen unter der Mannschaft; vielleicht sind sie sogar alle ehrlich – das weiß ich nicht. Aber ich bin verantwortlich für die Sicherheit des Schiffes und für das Leben von Mann und Maus an Bord. Ich sehe Dinge vorgehen, die nach meiner Meinung nicht ganz richtig sind. Und ich bitte Sie, gewisse Vorsichtsmaßregeln zu treffen oder mich von meiner Stellung zurücktreten zu lassen. Und das ist alles."

„Kapitän Smollett," begann der Doktor mit einem Lächeln, „haben Sie vielleicht mal die Fabel von dem Berg und von der Maus gehört? Sie werden freundlichst entschuldigen – aber Sie erinnern mich an diese Fabel. Als Sie in die Kajüte traten, hatten Sie mehr im Sinn – darauf würde ich meine Perücke wetten!"

„Doktor," sagte der Kapitän, „Sie sind ein kluger Mann. Als ich eintrat, hatte ich die Absicht, meine Entlassung zu verlangen. Ich dachte nicht, daß Herr Trelawney auch nur ein Wort von mir anhören werde."

„Das hätte ich auch nicht getan!" rief der Squire. „Wäre Livesey nicht hier gewesen, ich hätte Sie zum Kuckuck geschickt! Aber nun habe ich Sie ja einmal angehört. Ich will tun, was Sie wünschen; aber ich sage Ihnen offen: es gefällt mir nicht von Ihnen!"

„Das können Sie halten, wie Sie wollen, Herr Trelawney!" sagte der Kapitän. „Sie werden finden, daß ich meine Pflicht tue."

Und damit empfahl er sich.

„Trelawney," sagte der Doktor, „entgegen allen meinen Erwartungen glaube ich, es ist Ihnen gelungen, zwei ehrliche Männer an Bord zu bekommen – diesen Mann und John Silver."

„Silver – da gebe ich Ihnen recht!" rief der Squire; „aber dieser unerträgliche Schwätzer – nein! Ich erkläre Ihnen, ich halte sein Benehmen für unmännlich, unseemännisch und geradezu unenglisch!"

„Na, wir werden sehen,“ sagte der Doktor.

Als wir wieder auf Deck kamen, hatten die Leute bereits angefangen, die Waffen und das Pulver umzupacken; sie sangen bei ihrer Arbeit, und der Kapitän und Steuermann Arrow standen dabei und beaufsichtigten sie.

Die neue Anordnung war ganz nach meinem Sinne. Der ganze Schoner war umgepackt; am Stern waren sechs Kojen eingerichtet, die früher zum Schlafraum der Mannschaft gehört hatten; und diese Kojen waren mit der Kombüse und der Vorderback nur durch einen Gang an der Pfortlukenseite verbunden. Es war ursprünglich beabsichtigt worden, daß der Kapitän, Arrow, Hunter, Joyce, der Doktor und der Squire diese sechs Kojen haben sollten. Jetzt wurde bestimmt, daß Redruth und ich zwei davon bekommen sollten, während Arrow und der Kapitän auf Deck in der sogenannten Hundehütte schlafen sollten, die um soviel höher gemacht wurde, daß man sie beinahe eine Deckshütte nennen konnte. Natürlich war sie trotzdem noch sehr niedrig, aber sie bot Platz genug, um zwei Hängematten anzubringen; diese Anordnung schien auch dem Steuermann zu gefallen. Auch er hatte vielleicht seine Zweifel in bezug auf die Mannschaft gehabt; aber hierüber kann ich nur eine Vermutung aussprechen; denn wir hatten, wie man bald hören wird, nicht lange Gelegenheit, seine Ansichten zu vernehmen.

Wir waren alle tüchtig an der Arbeit, das Pulver und die Kojen an ihren neuen Platz zu bringen, als die letzten paar Leute, und mit ihnen Long John, in einem Hafenboot ankamen.

Der Koch kletterte so gewandt wie ein Affe an der Schiffswand herauf, und sobald er sah, was auf Deck vorging, rief er:

„Hoho, Jungens! was ist das?“

„Wir packen das Pulver um, Jack,“ antwortete einer.

„Nanu, Gottverdammich!“ rief Long John, „wenn wir das tun, versäumen wir die Morgenflut!“

„Mein Befehl!“ sagte der Kapitän, kurz angebunden. „Ihr könnt hinuntergehen, mein Mann, die Mannschaft wird Abendessen nötig haben.“

„Jawoll, Herr!“ antwortete der Koch, legte die Hand an den Hut und verschwand sofort nach seiner Kombüse.

„Das ist ein guter Mann, Kapitän,“ sagte der Doktor.

„Sehr wahrscheinlich, Herr Doktor," antwortete Kapitän Smollett. „Fix, Leute, fix!" rief er den Leuten zu, die das Pulver umpackten; plötzlich bemerkte er, daß ich das Drehgeschütz betrachtete, das wir mitten auf dem Deck hatten, einen langen Messing-Neunpfünder. Da rief er:

„Heda, du, Schiffsjunge! Fort da! Geh zum Koch und mach dir was zu schaffen!"

Während ich schnell nach der Kombüse lief, hörte ich ihn ganz laut zum Doktor sagen:

„Günstlinge will ich auf meinem Schiff nicht haben!"

Ich kann versichern, ich war vollständig der Meinung des Squires und haßte den Kapitän von ganzem Herzen.

Zehntes Kapitel

Die Seefahrt

Den ganzen Tag hatten wir viel zu tun, alles richtig zu verstauen; ganze Boote voll von des Squires Freunden, wie Herr Blandly und so weiter, kamen an Bord, um ihm gute Reise und baldige Heimkehr zu wünschen. Im „Admiral Benbow" hatten wir niemals an einem Abend auch nur halb soviel zu tun gehabt, und ich war hundemüde, als kurz vor der Morgendämmerung der Bootsmann pfiff und die Mannschaft an die Ankerwinde trat.

Aber wäre ich noch einmal so müde gewesen, so wäre ich doch nicht von Deck gegangen; alles war für mich so neu und merkwürdig: die kurzen Befehle, der schrille Klang der Pfeife, die Eile, womit die Leute im trüben Licht der Schiffslaternen an ihre Plätze eilten.

„Na, Barbecue, stimm' uns ein Lied an!" rief eine Stimme.

„Das alte!" schrie ein anderer.

„Jawoll, Jungens!" sagte Long John, der mit seiner Krücke unter dem Arm dabei stand, und sofort stimmte er die Weise und die Worte an, die ich so gut kannte:

Fünfzehn Mann bei des Toten Kist' –

und die ganze Mannschaft fiel im Chor ein:

Johoho, und 'ne Buddel, Buddel Rum!

und beim dritten Ho! warfen sie sich mit Macht auf das Gangspill.

Trotz der Aufregung des Augenblicks fühlte ich mich im Nu wieder in den alten „Admiral Benbow“ zurückversetzt; und es war mir, wie wenn ich die Stimme des Kapteins aus dem Chor heraushörte. Aber bald war der Anker über Wasser; bald hing er triefend am Bug; bald begannen die Segel sich zu blähen, und Land und Schiffe glitten zu beiden Seiten an uns vorüber; und bevor ich mich hinlegen konnte, um ein Stündchen Schlaf zu erwischen, hatte die Hispaniola ihre Fahrt nach der Schatzinsel begonnen.

Ich will diese Fahrt nicht in all ihren Einzelheiten beschreiben. Sie ging gut vonstatten, das Schiff erwies sich als ein guter Segler, die Leute waren tüchtige Matrosen, und der Kapitän verstand seine Sache. Aber bevor wir an der Schatzinsel anlegten, ereignete sich allerlei, was ich hier mitteilen muß.

Vor allen Dingen zeigte der Steuermann Arrow sich noch schlimmer, als der Kapitän gefürchtet hatte. Er hatte keine Gewalt über die Mannschaft, und die Leute sprangen mit ihm um, wie sie Lust hatten. Aber das war noch nicht einmal das schlimmste; denn kaum waren wir ein paar Tage auf See, so fing er an mit verschwommenen Augen, rotem Gesicht, stotternder Zunge und anderen Anzeichen von Betrunkenheit auf Deck zu erscheinen. Wieder und wieder wurde er mit Schimpf und Schande in seine Koje geschickt. Manchmal fiel er und verletzte sich dabei; manchmal lag er den ganzen Tag in seiner kleinen Koje an der einen Seite der Deckshütte; manchmal war er einen Tag oder sogar zwei beinahe nüchtern und versah seinen Dienst wenigstens leidlich.

Dabei konnten wir niemals herausbringen, woher er den Branntwein bekam. Es war unser Schiffsgeheimnis. Wir mochten noch so scharf aufpassen, es gelang uns nicht, dies Geheimnis aufzuklären; fragte man ihn gerade ins Gesicht, so lachte er nur, wenn er betrunken war; und wenn er nüchtern war, behauptete er feierlich, er trinke niemals einen Tropfen außer Wasser.

Er war nicht nur als Offizier nicht zu gebrauchen und übte nicht nur einen schlechten Einfluß auf die Leute aus, sondern es war auch klar, daß er bei solcher Lebensweise nicht lange mehr leben konnte; daher war kein Mensch sonderlich überrascht oder auch nur betrübt, als er in einer dunklen Nacht bei schwerem Seegang vollständig verschwand und nicht mehr gesehen wurde.

„Über Bord!“ sagte der Kapitän. „Nun, meine Herren, das erspart uns die Verlegenheit, ihn in Eisen zu legen.“

Aber nun hatten wir keinen Steuermann; es war daher natürlich notwendig, einen von den Matrosen zu dieser Stelle zu befördern. Der Bootsmann Hiob Andersen schien sich von allen an Bord noch am besten dazu zu eignen; er behielt zwar seinen Rang, aber er hatte gewissermaßen den Dienst als Steuermann. Herr Trelawney war viel zur See gefahren, und seine Kenntnisse machten ihn sehr nützlich; denn bei gutem Wetter hielt er oft eine Wache. Der Schaluppmeister Israel Hands war ein sorgsamer, besonnener und erfahrener alter Seemann, dem man im Notfall so ziemlich alles anvertrauen konnte.

Er war sehr befreundet mit Long John Silver, und so bringt mich die Erwähnung seines Namens ganz naturgemäß darauf, hier von unserem Schiffskoch zu sprechen: Barbecue, wie die Leute ihn nannten.

Seitdem er an Bord war, trug er seine Krücke an einem Bindfaden um den Hals, um beide Hände möglichst frei zu haben. Es war wirklich der Mühe wert, ihm zuzusehen, wie er das Fußende seiner Krücke gegen einen Balken stemmte, sich auf diese Weise stützte und, jeder Bewegung des Schiffes nachgebend, seine Kocherei so flink und gewandt besorgte, wie wenn er auf festem Lande gewesen wäre. Noch merkwürdiger war es anzusehen, wie er im schwersten Sturmwetter über Deck ging. Er hatte sich ein paar Tauringe an geeigneten Stellen angebracht, um über die weitesten Zwischenräume hinüberzukommen. Long Johns Ohrringe wurden sie genannt; mit deren Hilfe bewegte er sich von einer Stelle zur andern, indem er sich bald auf seine Krücke stemmte, bald diese an dem Bindfaden hinter sich herschleppte, und das machte er so schnell, wie irgendein anderer Mensch laufen konnte. Trotzdem sprachen einige von den Leuten, die schon früher mit ihm zur See gefahren waren, oftmals davon, wie jammerschade es doch sei, daß der Mann in solchem Zustande sich befinde.

„Der ist kein gewöhnlicher Mensch, unser Barbecue!“ sagte der Schaluppmeister eines Tages zu mir. „Er hat in seinen jungen Tagen was in der Schule gelernt und kann wie ein Buch sprechen, wenn er gerade Lust hat; und mutig ist er – ein Löwe ist nicht zu vergleichen mit Long John. Ich habe gesehen, wie er vier Mann packte und mit den Köpfen zusammenstieß – dabei war er unbewaffnet!“

Die ganze Mannschaft achtete ihn und gehorchte ihm sogar. Er hatte eine besondere Art, mit jedem zu sprechen und jedem einzelnen ganz besonders gefällig zu sein. Zu mir war er unablässig freundlich; er freute sich immer, wenn ich zu ihm in seine Kombüse kam, die er so sauber hielt wie eine neue Schüssel;

die Pfannen hingen blank geputzt an ihren Haken, und in der einen Ecke saß sein Papagei in einem Käfig.

„Komm' mal rein, Hawkins!“ sagte er oftmals; „komm' und erzähle dir ein bißchen mit John! Bist mir immer willkommen, mein Sohn. Setz' dich und höre, was es Neues gibt. Hier ist Käpp'n Flint – ich nenne meinen Papagei Käpp'n Flint, nach dem berühmten Seeräuber – hier ist Käpp'n Flint und prophezeit unserer Reise Erfolg. Nicht wahr, Käpp'n?“

And der Papagei schrie dann mit großer Zungenfertigkeit: „Piaster! Piaster! Piaster!“ – bis John sein Taschentuch über den Käfig warf.

„Na, sieh mal,“ sagte er dann, „dieser Vogel, der ist vielleicht zweihundert Jahre alt, Hawkins – sie leben beinahe ewig; und wenn einer mehr Ruchlosigkeiten gesehen hat, dann muß das der Teufel selber sein. Der Vogel ist mit England gefahren, mit dem großen Käpp'n England, dem Piraten. Er ist auf Madagaskar gewesen und auf Malabar und in Surinam und Providence und Portobello. Er war dabei, als die gescheiterten Silberschiffe wieder aufgefischt wurden. Da hat er dies Geplapper von den Piastern gelernt, und das ist wohl kein Wunder: Dreihundertundfünfzigtausend waren's, Hawkins! Er war dabei, als der Vizekönig von Indien aus dem Hafen von Goa herausgeholt wurde, jawoll, das war er! Und wenn du ihn so ansiehst, möchtest du denken, er wäre unschuldig wie ein kleines Kind – aber du hast Pulver gerochen – nicht wahr, Käpp'n?“

„Mach', daß du weiterkommst!“ kreischte der Papagei.

„Tscha, er ist ein hübsches Kerlchen!“ sagte der Koch und gab ihm ein Stück Zucker aus der Tasche, und dann hackte der Vogel gegen die Stäbe des Käfigs und fluchte dabei so greulich, wie man sich's nicht vorstellen kann.

„Tscha,“ pflegte John dann zu sagen, „man kann kein Pech anfassen und dabei reine Finger behalten, mein Junge! Hier flucht mein armer, alter, unschuldiger Vogel das Blaue vom Himmel herunter und hat dabei keine Ahnung, was er sagt – darauf kannst du dich verlassen. Er würde ebenso fluchen, wenn er mit einem Kaplan zusammen wäre, und würde denken, es sei bloß eine gemütliche Unterhaltung.“

Und dabei tippte John sich auf die Stirn und machte dazu ein so frommes Gesicht, daß ich überzeugt war, er sei der beste Mensch auf der Welt.

Während dieser ganzen Zeit standen der Squire und Kapitän Smollett immer noch auf sehr gespanntem Fuß zueinander. Der Squire machte gar kein Hehl daraus, daß er von dem Kapitän gering dachte. Der Kapitän seinerseits sprach nur, wenn er angeredet wurde, und dann waren seine Antworten scharf und kurz und trocken – niemals ein Wort zuviel. Wenn er in die Ecke getrieben wurde, gab er zu, er scheine in bezug auf die Mannschaft sich geirrt zu haben; einige von ihnen seien wirklich flotte Matrosen, und alle hätten sich ziemlich gut benommen. In das Schiff war er geradezu verliebt. Oftmals sagte er:

„Sie liegt einen Strich näher am Wind, als ein Mann von seiner eigenen Ehefrau verlangen kann! Aber," setzte er dann immer hinzu, „ich sage bloß so viel: wir sind noch nicht zu Hause, und die ganze Kreuzfahrt gefällt mir nicht."

Dann drehte der Squire sich um, warf das Kinn in die Luft und marschierte so auf dem Deck auf und ab.

„Wenn ich von dem Mann noch ein bißchen mehr kriege," pflegte er zu sagen, „dann geh' ich in die Luft!"

Wir hatten zuweilen schweres Wetter; aber dabei zeigten sich die großartigen Eigenschaften der Hispaniola nur um so besser. Alle Leute an Bord schienen recht zufrieden zu sein, und sie hätten allerdings von Natur sehr unzufriedene Menschen sein müssen, wenn es anders der Fall gewesen wäre; denn ich bin der Meinung: niemals ist eine Schiffsmannschaft so verwöhnt worden, seit Noah in See stach. Doppelter Grog wurde bei jedem nur erdenklichen Anlaß ausgeteilt; mitten in der Woche gab es Pudding, zum Beispiel, wenn der Squire hörte, daß einer von den Leuten Geburtstag hätte; und eine Tonne voll von Äpfeln stand offen auf dem Mitteldeck, so daß jeder nur zuzulangen brauchte, wenn er Lust hatte.

„Habe noch nie gehört, daß so was gut getan hätte!" sagte der Kapitän zu Doktor Livesey. „Verwöhnst du die Matrosen, machst du Teufel aus ihnen! sagt das Sprichwort, und das ist auch meine Meinung."

Indessen tat die Apfeltonne doch etwas Gutes, wie man hören wird; denn wäre die nicht gewesen, so hätten wir keine Warnung bekommen und wären vielleicht alle meuchlerisch ermordet worden.

Und das kam so:

Wir waren vor den Passatwinden gefahren, um auf die Luvseite der von uns gesuchten Insel zu kommen – deutlicher darf ich mich nicht ausdrücken – und hielten jetzt Tag und Nacht scharfen Ausguck nach unserem Ziel. Nach allen Berechnungen mußten wir am letzten Tage unserer Ausreise sein; wahrscheinlich noch in der Nacht, oder jedenfalls vor dem nächsten Mittag mußten wir die Schatzinsel sichten. Wir steuerten nach Süd-Südwest, hatten eine steife Brise im Stern und eine ruhige See. Die Hispaniola fuhr ihren sicheren Kurs und tauchte ab und zu ihr Bugspriet ein, daß eine Sprühwelle über sie wegging. Alles ging gut vonstatten, und alle Leute waren in bester Stimmung, weil wir jetzt dem Ende des ersten Teiles unseres Abenteuers nahe waren.

Als ich gleich nach Sonnenuntergang mit aller meiner Arbeit fertig war und nach meiner Koje ging, da fiel mir ein, daß ich wohl Lust auf einen Apfel hätte. Ich lief auf Deck. Die Leute von der Wache sahen alle nach vorne, nach der Insel aus. Der Mann am Helm sah nach den Segeln und pfiff leise vor sich hin, und das war der einzige Ton, der zu hören war außer dem Klatschen der Wellen gegen den Bug und die Seiten des Schiffes.

Ich stieg in die Apfeltonne hinein und fand, daß kaum noch ein Apfel übrig war; aber ich hockte mich im Dunkeln hin, und da muß mich das Klatschen des Wassers und die wiegende Bewegung des Schiffes wohl schläfrig gemacht haben; ich war entweder schon eingeschlafen oder war jedenfalls dicht davor, als plötzlich ein Mensch sich schwer gegen das Faß setzte. Die Tonne schwankte, als er seinen Rücken anlehnte, und ich wollte gerade aufspringen, da begann der Mann zu sprechen. Es war Silvers Stimme, und bevor ich ein Dutzend Worte gehört hatte, hätte ich nicht um die ganze Welt mich sehen lassen, sondern ich hockte da in meinem Faß und horchte, vor Angst und Neugierde zitternd; denn dieses Dutzend Worte zeigte mir, daß das Leben aller ehrlichen Menschen an Bord von mir allein abhing.

Elftes Kapitel

Was ich in der Apfeltonne hörte

„I Gott bewahre! Flint war Käpp'n; ich war Schiemann, trotz meinem Holzbein. Von derselben Breitseite, die mir mein Bein wegriß, verlor der alte Pew seine Gucker. Der Doktor, der mich amputierte, war ein großartiger Arzt – auf Hochschulen gewesen und alles, was man haben wollte –, Latein eimerweise, und was nicht alles; aber er wurde gehängt wie ein Hund und an der Sonne getrocknet wie die übrigen, in Corso Castle. Es waren Roberts seine Leute, die da baumelten – und das kam davon, daß sie die Namen von ihren Schiffen änderten

– „Royal Fortune“ und so weiter. Nee, wie ein Schiff mal getauft ist, so laßt es weiter heißen – das sage ich! So war es mit der Cassandra, die uns alle heil und gesund von Malabar nach Hause brachte, als England den Vizekönig von Indien gefangen hatte; so war es mit dem alten „Walroß“, Flints altem Schiff, das sah ich ganz schlipperig vom roten Blut und mit Gold beladen bis zum Sinken!“

„Ah!“ rief eine andere Stimme, offenbar voll von Bewunderung; ich erkannte den jüngsten Matrosen, den wir an Bord hatten; „ha! der war doch der großartigste Kerl von allen, der Flint!“

„Na, Davis war auch ein Mann, das will ich meinen!“ sagte Silver. „Ich bin allerdings niemals mit ihm gefahren; ich war erst bei England und dann bei Flint, und damit ist meine Geschichte aus; und nun bin ich hier auf meine eigene Rechnung, sozusagen. Neunhundert Pfund legte ich auf die Kante, die verdiente ich unter England; und dann zweitausend, das war mein Anteil, als ich bei Flint war. Das ist gar nicht so schlecht für einen Mann vorm Mast – und sie liegen alle sicher in der Bank. Daß man Geld verdient, tut es noch nicht allein; man muß es auch zu sparen wissen, glaubt mir das! Wo Englands Leute jetzt sind? Das weiß ich nicht. Wo Flints Leute? Na, die meisten von ihm sind hier an Bord, und sind froh, daß sie ihr Futter haben – mancher von ihnen hat vorher betteln müssen. Der alte Pew, der seine Augen verloren hatte, der gab zwölfhundert Pfund in einem Jahr aus wie ein Lord im Parlament. Hätte sich was schämen sollen. Wo er jetzt ist? Nu, tot ist er und unter der Erde; aber die letzten zwei Jahre vor seinem Tode, Gottverdammich, da hat der Mann gehungert! Er bettelte und stahl und schnitt Kehlen ab – und bei alledem hat er gehungert, Gottverdammich!“

„Tscha, viel Gutes kommt schließlich nicht dabei heraus,“ sagte der junge Matrose.

„Für Dummköpfe allerdings nicht, darauf kannst du dich verlassen – nicht bloß nicht viel, sondern gar nichts!“ rief Silver. „Aber nun hör' mal: jung bist du ja freilich, aber du, du bist helle wie ein Dreierlicht. Das sah ich, als ich dich zum erstenmal zu sehen kriegte, und darum will ich zu dir reden, wie zu 'nem Mann!“

Man kann sich vorstellen, was ich dabei fühlte, als ich den fürchterlichen alten Schurken zu einem anderen genau dieselben schmeichelhaften Worte sagen hörte, mit denen er mich angeredet hatte. Ich glaube: wäre ich dazu imstande gewesen, ich hätte ihn auf der Stelle durch die Apfeltonne hindurch getötet.

Mittlerweile sprach er weiter, ohne eine Ahnung zu haben, daß ein Mensch ihm zuhörte.

„Mit den Gentlemen des Glücks ist es so: sie haben ein hartes Leben und riskieren den Strick, aber sie essen und trinken wie Kampfhähne, und wenn eine Kreuzfahrt zu Ende ist, na, dann haben sie Hunderte von Pfunden Sterling in ihrer Tasche statt ein paar hundert Pfennigen. Na, das meiste geht für Rum drauf und lustiges Leben, und dann gehen sie wieder zu See und haben bloß das Hemd auf dem Leibe. Aber das ist nicht meine Art! Ich lege alles auf die Kante, ein bißchen hierhin, und ein bißchen dahin, und ja nicht zu viel auf eine Stelle, damit's keinen Verdacht gibt. Ich habe meine fünfzig Jahr auf dem Buckel, verstehst du? Sobald ich von dieser Fahrt zurück bin, spiele ich den feinen Mann und bleibe einer. Ist auch höchste Zeit, meinst du. Ja ja – aber ich habe die ganze Zeit gut gelebt; habe mir niemals etwas abgehen lassen, was mein Herz begehrte, und habe alle meine Lebtage sanft geschlafen und lecker gegessen, außer wenn ich auf See war. Und wie fing ich an? Vor dem Mast – genau wie du!"

„Nu ja," sagte der andere; „aber alle die andern haben doch jetzt kein Geld mehr, nicht wahr? Und wo ist dein Geld? Du darfst dich doch in Bristol nachher nicht mehr sehen lassen!"

„Puh! wo glaubst du wohl, wo mein Geld ist?" fragte Silver höhnisch.

„In Bristol, bei Banken und sonstwo," antwortete sein Kamerad.

„Da war es," sagte der Koch; „da war es, als wir den Anker lichteten. Aber jetzt hat meine alte Deern das ganze. Und das „Fernrohr" ist verkauft – Wirtschaft und Ausrüstung und Kundschaft; und die alte Deern ist schon unterwegs und weiß, wo sie mich trifft. Ich würde dir sagen, wo das ist – denn ich traue dir; aber es würde die anderen Kameraden eifersüchtig machen."

„Und kannst du dich denn auf deine Frau verlassen?" fragte der andere.

„Glücksgentlemen," antwortete der Koch, „trauen für gewöhnlich wenig einander, und da haben sie auch recht, verlaß dich drauf. Aber ich habe so was Besonderes an mir, weißt du. Wenn einer sonst auch nicht so ganz zuverlässig ist – ich meine: einer, der mich kennt – so wird er sich mit dem alten John doch vorsehen. Da waren einige, die hatten vorm alten Pew Angst, und einige hatten Angst vor Flint; aber Flint selber hatte Angst vor mir. Hatte Angst vor mir und war stolz auf mich. Das war die schlimmste Bande auf der ganzen See, Flints Leute; der Teufel selber hätte Angst gehabt, mit ihnen in See zu gehen. Na, ich sage dir, – prahlen ist sonst nicht meine Art, und du siehst selber, was für ein netter Kamerad ich bin; aber als ich Schiemann war, da waren Flints alte Piraten wie Lämmer, sag' ich dir. Oh, du brauchst keine Angst zu haben auf dem Schiff, wo der alte John drauf ist!"

„Na, ich will dir was sagen," rief der Junge; „die Geschichte gefiel mir eigentlich ganz und gar nicht, bis ich dies Gespräch mit dir hatte; aber hier ist jetzt meine Hand drauf!"

„Und ein braver Junge warst du, und helle bist du auch!" antwortete der Silver, und sie schüttelten sich so ernstlich die Hände, daß die ganze Apfeltonne zitterte; „und einen schöneren Kopf für einen Glückgentleman haben meine Augen nie gesehen!"

Ich begann mittlerweile ihre Ausdrücke zu verstehen. Unter einem „Glücksgentleman" verstanden sie offenbar nicht mehr noch weniger als einen gemeinen Piraten, und die kleine Szene, die ich belauscht hatte, war der letzte Akt der Verführung eines von den ehrlichen Matrosen – vielleicht des letzten solchen, der noch an Bord war. Aber in dieser Hinsicht sollte ich bald Gewitzheit haben; denn Silver stieß einen leisen Pfiff aus, und da kam ein dritter heran und setzte sich zu den beiden anderen.

„Dick ist unser," sagte Silver. „Oh, ich wußte, daß Dick unser sein würde," antwortete die Stimme des Schaluppmeisters Israel Hands. „Dick ist ja doch kein Schafskopf!" Bei diesen Worten spuckte er seinen Tabakssaft aus. „Aber hör' mal," fuhr er fort, „ich möchte das wissen, Barbecue: wie lange soll das noch so weiter gehen? Ich habe von Käpp'n Smollett nun bald genug gehabt; er hat mich lange genug geschurigelt, zum Donner nochmal! Ich will jetzt seine Kajüte haben! Ich will ihre eingemachten Sachen haben und ihren Wein und so weiter!"

„Israel," sagte Silver, „dein Kopf ist nicht viel wert; ist es nie gewesen. Aber du kannst wohl hören, denk' ich; deine Ohren sind wenigstens groß genug dazu. Na, hör' mal, was ich dir sage: du bleibst vorn bei uns anderen schlafen und arbeitest und sprichst vernünftig und bleibst nüchtern, bis ich das Losungswort gebe. Und darauf kannst du dich verlassen, mein Sohn!"

„Nun – ich sage ja auch nicht, daß ich das nicht will, nicht wahr?" murrte der Schaluppmeister. „Ich frage bloß: wann? Weiter frage ich nichts."

„Wann! Gottverdammich!" rief Silver. „Na, wenn du's durchaus wissen willst, so will ich dir sagen, wann es sein soll. So spät, wie ich es irgend machen kann;

da hast du deine Antwort auf die Frage: wann. Da ist ein Seemann erster Güte, Käpp'n Smollett, der dies verdammte Schiff für uns segelt. Da ist dieser Squire und der Doktor mit einer Karte und so weiter. Ich weiß auch nicht, wo der Kram liegt, nicht wahr? Du weißt es auch nicht? Na also! Ich meine, dieser Squire und dieser Doktor sollen das Zeug finden und sollen uns helfen, es an Bord zu kriegen, Gottverdammich noch einmal! Und dann wollen wir sehen. Wenn ich euch alle sicher wüßte, ihr Söhne von doppelten Holländern, so sollte Käpp'n Smollett uns das Schiff den halben Weg zurückbringen, bevor ich zuschlüge!“

„Nu, wir sind doch lauter Seeleute hier an Bord, sollte ich meinen,“ sagte der junge Dick.

„Wir sind alle Leute vor dem Mast, meinst du!“ schnauzte Silver ihn an. „Wir können einen Kurs steuern – aber wer soll den Kurs angeben? Darüber kommt ihr Herren alle zu Fall, vom ersten bis zum letzten. Wenn es nach dir ginge, sollte Käpp'n Smollett uns mindestens bis in die Passatwinde zurückbringen; dann hätten wir keine verdammten Rechenfehler und einen Löffel voll Wasser täglich. Aber ich kenne eure Sorte! Ich will mit ihnen noch auf der Insel Schluß machen, sobald der Plunder an Bord ist, aber jammerschade ist es. Aber ihr seid ja nicht zufrieden, bis ihr besoffen seid! Hol' mich der Geier, mir tut das Herz weh, mit solchen Leuten wie ihr zu segeln!“

„Man sachte, Long John!“ rief Israel. „Wer hat dir denn was getan?“

„Na, wie viele große Schiffe, meint ihr, habe ich entern sehen? And wie manchen fixen Kerl habe ich in der Sonne am Galgen trocknen sehen?“ rief Silver; „und alles wegen dieses: man schnell! man schnell! man schnell! Versteht ihr mich? Ich habe allerlei auf See gesehen, das will ich meinen. Wenn ihr nur den richtigen Kurs steuert und euch stramm vorm Wind halten wolltet, ihr könntet als seine Leute in Kutschen fahren, jawoll! Aber fällt euch ja gar nicht ein! Ich kenne euch. Ihr wollt morgen euren Mund voll Rum haben und wenn's zum Galgen geht!“

„Das weiß ja jeder, daß du so eine Art von Paster bist, John; aber da sind andere, die ebensogut wie du eine Sache deichseln konnten,“ sagte Israel. „Sie waren gerne ein bißchen lustig, na ja. Sie waren eben nicht so langweilig und so trocken, sondern wollten mal eben ihren Jux haben, als lustige Kerls, einer wie der andere!“

„So?“ sagte Silver. „Na, und wo sind sie nun? Pew war einer von der Sorte, und er starb als Bettler. Flint war auch einer, und der starb in Savannah am Rum. Oh, sie waren eine famose Bande, gewiß, das waren sie! Bloß – wo sind sie?“

„Aber,“ fragte Dick, „wenn wir sie nun auf den Rücken legen, was sollen wir dann eigentlich mit ihnen anfangen?“

„Das ist der rechte Mann für mich!“ rief der Koch, scheinbar voll Bewunderung. „Das nenne ich Geschäft. Na, was meint ihr wohl? Sie an Land auszusetzen? So hätte England es gemacht. Oder sie abzustechen wie Schweine? Das wäre Flints Art gewesen und Billy Bones' seine.“

„Billi war der Mann dazu,“ sagte Israel. „Tote Leute beißen nicht – sagte er. Na, nun ist er selber tot; er weiß jetzt das Lange und das Breite davon, und wenn je ein wüster Kerl zu Hafen gekommen ist, so war Billy es.“

„Da hast du recht,“ sagte Silver; „wüst war er und fix. Aber nun hör' mal zu: ich bin ein netter Kerl – ich bin ein richtiger Gentleman, sagst du; aber diesmal ist es Ernst. Pflicht ist Pflicht, Kameraden! Ich gebe meine Stimme ab – Tod! Wenn ich im Parlament bin und in meiner Kutsche fahre, dann will ich nicht, daß diese Herren aus der Kajüte auf einmal ganz unerwartet nach Hause kommen wie der Teufel, wenn einer betet! Abwarten, sage ich! Aber wenn die Zeit da ist, na – dann marsch mit ihnen!“

„John!“ rief der Schaluppmeister, „du bist ein Mann!“

„Das wirst du sagen, Israel, wenn es so weit ist,“ sagte Silver. „Für mich verlange ich bloß eins – ich verlange diesen Trelawney. Dem will ich seinen Kalbskopf vom Leibe abtrennen, mit diesen meinen eigenen Händen! Dick!“ rief er plötzlich, „oh, spring mal schnell auf, mein lieber Junge, und bringe mir einen Apfel; mir ist die Kehle ganz trocken!“

Man kann sich vorstellen, welchen Schreck ich bekam! Wenn ich die Kraft gehabt hätte, wäre ich aus der Tonne gesprungen und davongelaufen; aber mir versagten die Glieder ebenso wie mein Mut. Ich hörte, wie Dick aufstand; dann aber hielt offenbar einer ihn zurück, und ich hörte Israels Stimme, der ausrief:

„Oh, laß das doch! Was willst du mit dem faden Zeug, John, laß uns einen guten Schluck Rum haben!“

„Dick,“ sagte Silver, „ich traue dir. Übrigens habe ich ein Zeichen gemacht. Hier ist der Schlüssel; du füllst ein Kännchen und bringst es ran.“

So sehr ich auch in Angst war, mußte ich doch unwillkürlich bei mir denken, daß offenbar auf diesem Wege der Steuermann Arrow den Branntwein bekommen hatte, der sein Tod wurde.

Dick war nur eine kleine Weile fort, und während seiner Abwesenheit flüsterte Israel die ganze Zeit über dem Koch etwas ins Ohr. So konnte ich nur ein paar Worte aufschnappen; indessen bekam ich dadurch doch noch eine wichtige Nachricht; denn ich hörte deutlich, wie er sagte: „Von den anderen will kein einziger mehr mit uns gehen."

Es waren also noch einige treue Leute an Bord.

Als Dick zurückkam, nahm einer nach dem anderen von dem Trio das Kännchen und brachte einen Spruch aus.

„Gut Glück!" sagte der eine. Der andere sagte:

„Das bring' ich dem alten Flint!"

Und Silver selbst machte eine Art von Vers:

„Dies auf uns selber, und haltet euch steif! 'nen Haufen Geld, und was Gutes in 'n Bauch!"

Gerade in diesem Augenblicke fiel ein heller Schein in die Tonne, und als ich aufblickte, fand ich, daß der Mond aufgegangen war und den Hauptmast versilberte und weiß auf das Focksegel schien; und beinahe in demselben Augenblicke rief der Mann am Ausguck:

„Land!"

Zwölftes Kapitel

Kriegsrat

Ich hörte ein lautes Getrappel von Füßen auf dem Deck. Ich hörte, wie Leute von der Kajüte und von der Vorderback auf Deck stürzten. Im Nu sprang ich aus meiner Tonne heraus, duckte mich hinter das Focksegel, schlich mich nach dem Stern zurück und kam gerade in dem Augenblick auf das freie Deck, als Hunter und Dr. Livesey nach dem Bugspriet liefen.

Dort war schon die ganze Schiffsmannschaft versammelt. Beinahe gleichzeitig mit dem Aufgehen des Mondes hatte ein Nebelgürtel sich verflüchtigt. Nach Südwesten zu sahen wir zwei niedrige Hügel, die etwa zwei Meilen voneinander entfernt sein mochten, und hinter einem von ihnen einen dritten, höheren Berg, dessen Gipfel noch vom Nebel bedeckt war. Alle drei Berge waren von scharfumrissener kegelförmiger Gestalt.

Soviel sah ich beinahe wie in einem Traum; denn ich hatte mich noch nicht von der gräßlichen Angst erholt, die ich ein paar Minuten vorher ausgestanden hatte. Die Hispaniola war ein paar Striche näher an den Wind gelegt worden und segelte jetzt einen solchen Kurs, daß sie gerade um die Ostspitze der Insel herumfahren mußte.

Als alle Segel gerefft waren, sagte der Kapitän:

„Nun, Leute, hat einer von euch das Land da vor uns schon einmal gesehen?"

„Das habe ich, Herr!" sagte Silver; „ich habe hier mit einem Kauffahrer Wasser eingenommen; ich fuhr als Koch mit."

„Der Ankergrund ist wohl auf der Südseite, hinter einer kleinen Insel, denke ich mir?" sagte der Kapitän.

„Jawoll, Herr, das ist die sogenannte Skelettinsel. Die Hauptinsel war früher ein Lieblingsplatz der Piraten, und einer, den wir an Bord hatten, kannte alle die Namen, die sie den einzelnen Plätzen gegeben hatten. Den Berg da nach Norden zu nennen sie den Fockmast-Berg; drei Berge laufen in einer Reihe von Norden nach Süden – Fock-, Haupt- und Besanmast-Berg, Herr. Aber den Hauptmastberg – das ist der große da, mit der Wolke oben drauf –, den nannten sie für gewöhnlich das Fernrohr, weil sie da oben gewöhnlich einen Ausguck hielten, während sie auf dem Ankergrund lagen und ihr Schiff ausputzten; denn das taten sie immer auf der Stelle, Herr, bitte um Verzeihung."

„Ich habe hier eine Karte," sagte Kapitän Smollett. „Seht mal zu, ob das der Platz ist."

Dem langen John glühten die Augen im Kopf, als er die Karte in die Hand nahm; ich erkannte aber gleich an dem neuen Aussehen des Papiers, daß ihm eine Enttäuschung bevorstände. Es war nicht die Karte, die wir in Billy Bones' Seekiste gefunden hatten, sondern eine genaue Kopie, auf welcher alles vollständig angegeben war: Namen und Höhen und Tiefenlotungen; mit der einzigen Ausnahme, daß die roten Kreuze und die handschriftlichen Erläuterungen fehlten. So groß sein Ärger gewesen sein muß, so hatte Silver doch die Selbstbeherrschung, ihn sich nicht anmerken zu lassen.

„Jawoll, jawoll, Herr," sagte er, „freilich ist das die Stelle; und sehr sauber aufgezeichnet! Ich möchte wohl wissen, wer das hat machen können! Die Piraten waren wohl zu unwissend dazu, sollte ich meinen. Aha, da steht es: Käpp'n Kidds Ankergrund – genau der Name, den mein Schiffsmaat der Stelle gab. Ein starker Strom läuft an der Küste nach Süden, und dann wieder an der Westküste hinauf nach Norden. Das war recht von Ihnen, Herr Käpp'n, den Wind abzukneifen und auf die Wetterseite der Insel zu halten. Wenigstens wenn Sie die Absicht gehabt haben, hier vor Anker zu gehen und das Schiff auszuputzen; denn dafür gibt es keine bessere Stelle in diesen ganzen Gewässern."

„Danke Euch, mein Mann," sagte Kapitän Smollett. „Ich werde Euch später bitten, uns an die Hand zu gehen. Ihr könnt jetzt gehen."

Ich war erstaunt über die Kaltblütigkeit, mit der John zugab, daß er die Insel kenne; und ich gestehe, daß ich einen Schreck bekam, als ich sah, wie er auf mich zuging. Allerdings wußte er sicherlich nicht, daß ich sein Gespräch bei der Apfeltonne belauscht hatte; aber ich hatte einen solchen Abscheu vor seiner Grausamkeit, Falschheit und Gefährlichkeit, daß ich kaum einen Schauder unterdrücken konnte, als er die Hand auf meinen Arm legte und zu mir sagte:

„Ei, das ist ein famoser Ort, diese Insel – ein famoser Ort für einen Jungen, der mal an Land gehen möchte. Da wirst du baden und wirst auf Bäume klettern und wirst Ziegen jagen, eija – und wirst selber wie eine Ziege auf die Berge da klettern. Wahrhaftig, der Anblick macht mich wieder jung! Ich vergaß beinah mein Holzbein! Es ist ein angenehmes Ding, jung zu sein und zehn Zehen zu haben, darauf kannst du dich verlassen. Wenn du gern mal eine kleine Streife unternehmen möchtest, so frage nur den alten John, und er wird dir einen Happenpappen zurecht machen, den du mitnehmen kannst."

Er schlug mir in der freundschaftlichsten Weise auf die Schulter und humpelte dann davon, in seine Kombüse hinunter.

Kapitän Smollett, der Squire und Dr. Livesey standen auf dem Quarterdeck beisammen und unterhielten sich miteinander, und so dringlich es auch war, daß ich ihnen meine Geschichte erzählte, so durfte ich doch nicht offen an sie herantreten und sie unterbrechen. Während ich noch darüber nachdachte, wie ich eine glaubhafte Entschuldigung finden konnte, rief Dr. Livesey mich zu sich heran. Er hatte seine Pfeife unten gelassen, und da er ohne Tabak nicht leben konnte, so wollte er sie sich von mir heraufholen lassen; aber sobald ich so nahe bei ihm war, daß ich mit ihm sprechen konnte, ohne von anderen gehört zu werden, brach ich in die Worte aus:

„Herr Doktor, lassen Sie mich sprechen! Veranlassen Sie den Kapitän und den Squire, mit Ihnen in die Kajüte hinunterzugehen, und lassen Sie mich dann aus irgendeinem Vorwande rufen! Ich habe fürchterliche Neuigkeiten für Sie!"

Der Doktor wurde ein bißchen blaß, fand aber sofort seine Selbstbeherrschung wieder und sagte laut:

„Danke, Jim! Das war alles, was ich wissen wollte," – wie wenn er mich nach etwas gefragt hätte.

Damit drehte er sich auf dem Absatz herum und trat wieder zu den beiden anderen Herren heran. Sie sprachen eine kurze Weile miteinander, und obgleich keiner von ihnen eine Bewegung der Überraschung machte oder seine Stimme erhob oder auch nur vor sich hinpfiff, so war doch klar und deutlich, daß Dr. Livesey ihnen meine Bitte mitgeteilt hatte; denn das nächste, was ich hörte, war ein Befehl, den der Kapitän dem Bootsmann Hiob Anderson gab, und alle Leute wurden auf Deck gepfiffen. Dann sagte Kapitän Smollett:

„Jungens! Ich habe euch ein Wort zu sagen. Dieses Land, das wir gesichtet haben, ist der Ort, nach dem wir segeln. Herr Trelawney, der ein sehr freigebiger Herr ist, wie wir alle wissen, hat mich eben gefragt, wie ihr euch benommen habt, und da ich ihm sagen konnte, daß jeder Mann an Bord, oben und unten, seine Pflicht getan hätte, wie ich es gar nicht besser verlangen könnte, na, so gehen er und ich und der Doktor jetzt in die Kajüte hinunter, um auf euer Wohl und gut Glück zu trinken, und euch soll Grog ausgeteilt werden, um auf unser Wohl und Glück zu trinken. Ich will euch sagen, wie ich das finde: ich finde es fein! Und wenn ihr ebenso denkt wie ich, so werdet ihr jetzt ein gutes Seemannshurra ausbringen auf den Herrn, der sich so benimmt!"

Das Hurra wurde gerufen – das war ja auch selbstverständlich; aber es klang so laut und herzlich, daß ich gestehen muß, ich konnte kaum glauben, daß diese selben Leute nach unserem Blut trachteten.

„Noch ein Hurra, für Käpp'n Smollett!" schrie Long John, als das erste Hurra verklungen war.

Auch dieses wurde laut und kräftig ausgebracht.

Dann gingen die drei Herren in die Kajüte hinunter, und es dauerte nicht lange, so kam Bescheid, daß Jim Hawkins kommen solle.

Ich fand alle drei um den Tisch herum sitzen, auf dem eine Flasche spanischer Wein und einige Rosinen standen; der Doktor rauchte heftig und hatte seine Perücke auf dem Schoß liegen; dies war, wie ich wußte, ein Zeichen, daß er aufgeregt war. Das Fenster im Stern stand offen, denn es war eine warme Nacht, und man konnte den Mond auf das Kielwasser des Schiffes scheinen sehen.

„Nun, Hawkins," sagte der Squire, „du hast etwas zu sagen. Heraus damit!"

Ich tat nach seinem Befehl und erzählte so gut wie möglich Silvers Gespräch mit den beiden Matrosen in allen Einzelheiten. Keiner unterbrach mich, bis ich fertig war, und keiner von den dreien machte auch nur eine Bewegung, aber sie sahen mich alle vom ersten bis zum letzten Wort unverwandt an. Dann sagte Dr. Livesey:

„Jim, nimm dir einen Stuhl."

Und sie ließen mich an ihrer Seite am Tisch sitzen, schenkten mir ein Glas Wein ein, gaben mir ein paar Hände voll Rosinen und tranken alle drei, einer nach dem andern und jeder mit einer Verbeugung, auf meine Gesundheit und dankten mir für mein Glück und meinen Mut. Dann sagte der Squire:

„Nun, Kapitän, Sie haben recht gehabt, und ich hatte unrecht. Ich erkläre mich selber für einen Esel, und ich erwarte Ihre Befehle."

„Sie waren kein größerer Esel als ich, Herr Trelawney," antwortete der Kapitän. „Ich habe nie davon gehört, daß eine Mannschaft an Meuterei gedacht hat, ohne daß man vorher Anzeichen davon bemerkte, so daß jeder, der Augen in seinem Kopfe hat, den Unrat wittern und dementsprechende Maßregeln ergreifen konnte. Aber diese Mannschaft hat mich geschlagen."

„Mit Ihrer Erlaubnis, Kapitän," sagte der Doktor, „es war dieser Silver. Ein ganz außerordentlicher Mann."

„Der sich außerordentlich gut ausnehmen würde, wenn er an einer Rahe hinge, Doktor!" antwortete der Kapitän, „aber dies ist lauter Gerede, das zu nichts führt. Ich sehe hier drei oder vier Dinge, die, mit Herrn Trelawneys Erlaubnis, ich nennen möchte."

„Sie sind der Kapitän, Herr Smollett, Ihre Sache ist es, zu sprechen," sagte Trelawney mit einer großartigen Handbewegung.

„Also erstens," begann Smollett: „wir müssen weiter gehen, weil wir nicht zurück können. Wenn ich den Befehl gäbe, wieder umzukehren, würden sie sofort losbrechen. Zweitens: wir haben Zeit vor uns – wenigstens so lange, bis dieser Schatz gefunden ist. Drittens: es sind noch treue Leute da. Nun, meine Herren – zu Schlägen kommt es früher oder später doch; darum schlage ich vor, die Gelegenheit an der Stirnlocke zu fassen, wie man zu sagen pflegt, um selber eines schönen Tages loszuschlagen, wenn sie es am wenigsten erwarten. Ich nehme an, daß wir auf Ihre eigenen Bedienten, die Sie von Hause mitgebracht haben, uns verlassen können, Herr Trelawney?“

„Wie auf mich selber!“ erklärte der Squire.

„Das sind drei,“ berechnete der Kapitän; „dazu wir selber, das macht sieben, Hawkins hier mitgerechnet. Wie steht es nun mit den ehrlichen Leuten?“

„Höchstwahrscheinlich sind das die, die Trelawney selbst angenommen hat,“ sagte der Doktor; „ich meine die Matrosen, die er sich aussuchte, bevor er an diesen Silver geriet.“

„Nein,“ antwortete der Squire; „Hands war einer von *meinen*!“

„Ich dachte, dem Hands hätte ich trauen können,“ bemerkte der Kapitän.

„Und daß das alles Engländer sind!“ brach der Squire los. „Herrgott nochmal, ich hätte Lust, das ganze Schiff in die Luft fliegen zu lassen!“

„Nun, meine Herren,“ sagte der Kapitän, „ich kann nicht viel Gutes sagen. Wir müssen abwarten, wenn es Ihnen recht ist, und scharf aufpassen. Ich weiß wohl, das ist für einen Menschen eine schwere Aufgabe. Es wäre angenehmer, einfach loszuschlagen. Aber das geht nun einmal nicht anders, bis wir nicht unsere Leute kennen. Ruhig liegen bleiben und auf den rechten Wind warten – das ist meine Meinung von der Sache.“

„Jim hier“, sagte der Doktor, „kann uns mehr helfen als irgendein anderer. Die Leute haben kein Mißtrauen gegen ihn, und Jim ist ein aufgeweckter Junge.“

„Hawkins, ich habe kolossales Vertrauen zu dir!“ rief der Squire.

Diese Bemerkungen freuten mich nicht; denn ich fühlte mich vollständig hilflos. Und doch fügte es durch eine merkwürdige Reihe von Umständen sich so, daß die Rettung sich nur durch mich fand.

Einstweilen stand es so, soviel wir auch reden mochten: von den sechsundzwanzig waren es nur sieben, auf die wir uns verlassen konnten, soviel wir genau wußten. Und von diesen sieben war der eine ein Knabe, so daß also nur sechs erwachsene Männer auf unserer Seite den neunzehn auf der anderen gegenüberstanden.

III. Mein Abenteuer an Land

Dreizehntes Kapitel

Der Anfang meines Landabenteuers

Als ich am nächsten Morgen auf Deck kam, sah die Insel ganz anders aus. Obwohl es jetzt vollkommen windstill war, hatten wir doch während der Nacht eine gute Strecke zurückgelegt; jetzt lagen wir in der Kalmte ungefähr eine halbe Meile südöstlich von der flachen Ostküste. Graugrüne Wälder bedeckten einen großen Teil des Bodens. Diese gleichmäßige Färbung war allerdings durch Streifen gelben Sandes in dem niedrigen Teil der Insel unterbrochen, sowie durch viele große Bäume, dem Anschein nach Nadelholz, die über die Wälder emporragten – manche einzeln, manche in kleinen Gruppen; aber die allgemeine Färbung war eintönig und trübe. Über den Wäldern erhoben die Berge sich als nackte Felsen. Diese waren alle von seltsamer Form, und das „Fernrohr", das um drei- oder vierhundert Fuß über die anderen emporragte, war zugleich auch in bezug auf die Gestalt am sonderbarsten; denn der Berg fiel beinahe auf allen Seiten steil ab und war an der Spitze plötzlich scharf abgebrochen, wie ein Sockel für ein Denkmal.

Die Hispaniola schwankte in der Dünung des Ozeans. Das Steuerruder schlug hin und her, und das ganze Schiff stöhnte und ächzte. Ich mußte mich fest an das Bollwerk anklammern, und mir wurde schwarz vor den Augen; denn obgleich ich unterwegs leidlich seefest war, so konnte ich mich doch niemals daran gewöhnen, so auf einer Stelle stillzuliegen und wie eine Flasche herumgerollt zu werden; besonders morgens auf nüchternen Magen fühlte ich mich immer übel.

Vielleicht war es dieses Unwohlsein – vielleicht war es auch der Anblick der Insel mit ihren grauen, trübseligen Wäldern und den wilden Felsenbergen, und der Brandung, die schäumend sich an der steilen Küste brach und deren Donnern ich hörte. Obgleich die Sonne hell und warm schien, und die Strandvögel rings um uns herum fischten und schrien, und obgleich man hätte meinen sollen, jeder wäre gern an Land gegangen, nachdem er so lange auf See gewesen war – so sank mir doch das Herz in die Stiefel, wie man zu sagen pflegt; und bei dem ersten Blick haßte ich den bloßen Gedanken an diese Schatzinsel.

Wir hatten eine harte Morgenarbeit vor uns; denn da es vollkommen windstill war, so mußten die Boote ausgesetzt und bemannt werden, um das Schiff drei oder vier Meilen weit um die Ecke der Insel herumzuschleppen, bis wir in dem engen Sund hinter der Skelettinsel waren. Ich ging als Freiwilliger in eins der Boote, wo ich natürlich nichts zu tun hatte. Die Hitze war fürchterlich drückend, und die Leute schimpften mächtig bei ihrer Arbeit. Anderson hatte den Befehl über mein Boot, und schimpfte so laut wie die schlimmsten, anstatt seine Leute in Zucht zu halten.

„Na," sagte er mit einem Fluch: „es ist ja nicht für ewig!"

Ich hielt dies für ein sehr schlimmes Zeichen; denn bis zu diesem Tage hatten die Leute eifrig und willig ihre Arbeit getan; aber der bloße Anblick der Insel hatte die Mannszucht gelockert.

Während der ganzen Fahrt stand Long John neben dem Mann am Steuerruder auf dem Schiff und gab die Richtung an. Er kannte das Fahrwasser wie seine Handfläche; und obgleich der Mann, der die Tiefen lotete, überall mehr Wasser fand, als auf der Karte angegeben war, brauchte John sich niemals auch nur einen Augenblick zu besinnen.

„Die Ebbe bringt einen starten Strom," sagte er, „und diese Fahrtrinne hier ist sozusagen mit dem Spaten ausgegraben."

Wir machten genau an der Stelle halt, wo auf der Karte der Anker eingezeichnet war, ungefähr eine Drittelmeile von beiden Küsten entfernt, von der der Hauptinsel auf der einen Seite, von der der Skelettinsel auf der anderen. Der Boden war reiner Sand. Als unser Anker in das Wasser plumpste, erhoben sich Wolken von Vögeln flatternd und kreischend über die Wälder; aber in weniger als einer Minute waren sie wieder auf ihren Bäumen, und alles war wieder still.

Der Ort war auf allen Seiten von Land umschlossen und lag in Wäldern vergraben, deren Bäume bis unmittelbar an die Hochwassermarke herankamen; der Strand war beinahe ganz flach, und die Berggipfel standen in der Ferne wie ein Amphitheater, einer hier, einer dort. Zwei kleine Flüsse, oder besser gesagt zwei Sümpfe, ergossen sich in diesen Teich, wie man das Gewässer nennen konnte; und das Laubwerk an diesem Teil des Strandes hatte eine Art von giftgrüner Farbe. Vom Schiff aus konnten wir weder vom Hause noch von dem Palisadenwerke etwas sehen; denn beide lagen vollständig in den Bäumen verborgen; hätten wir nicht die Karte in unserer Kajüte gehabt, so hätten wir glauben können, wir seien die ersten, die jemals an dieser Stelle ankerten, seitdem die Insel aus dem Meere aufgetaucht war.

Kein Lüftchen regte sich und kein Laut war zu hören, außer dem Donnern der Brandung, die in der Entfernung einer halben Meile gegen den Strand und die Klippen anschlug. Ein eigentümlicher Geruch hing über dem Ankerplatz – wie von vermodernden Blättern und faulem Holz. Ich bemerkte, wie der Doktor fortwährend schnüffelte wie einer, der ein faules Ei riecht.

„Vom Schatzsuchen verstehe ich nichts," sagte er, „aber ich will meine Perücke darauf wetten, daß hier Fieber ist!"

Wenn die Haltung der Leute in den Booten schon beunruhigend gewesen war, so wurde sie tatsächlich bedrohlich, als sie wieder an Bord gekommen waren. Sie lagen auf dem Deck herum und schimpften untereinander. Der geringste Befehl wurde mit düsteren Blicken entgegengenommen und wurde widerwillig und nachlässig ausgeführt. Selbst die ehrlichen Leute mußten davon angesteckt sein; denn keiner an Bord machte es besser als die anderen. Es war klar und deutlich, daß Meuterei wie eine Gewitterwolke über uns in der Luft hing.

Aber nicht nur wir von der Kajütenpartei bemerkten die Gefahr. Long John war eifrig an der Arbeit, ging von einer Gruppe zur anderen, gab überall guten Rat; kein Mensch hätte ein besseres Beispiel geben können. Er überbot sich selber an Bereitwilligkeit und Höflichkeit; für alle hatte er ein freundliches Lächeln. Wenn ein Befehl gegeben wurde, war augenblicklich John auf seiner Krücke da, mit dem freudigsten „Jawoll, Herr!" von der Welt; und wenn nichts anderes zu tun war, stimmte er ein Lied nach dem anderen an, wie wenn er auf diese Weise das Mißvergnügen der anderen verbergen wollte.

Von allen trüben Vorzeichen dieses trüben Nachmittags erschien diese offenbare Ängstlichkeit des langen John als das schlimmste.

Wir hielten in der Kajüte Kriegsrat.

„Herr Trelawney," sagte der Kapitän, „wenn ich noch einen Befehl riskiere, wird die ganze Mannschaft über uns herfallen. Sie sehen selber, wie es steht. Ich bekomme eine grobe Antwort, nicht wahr? Nun, wenn ich darauf ein Wort sage, kommt es im Nu zum Schlagen; tu ich das nicht, so wird Silver begreifen, daß ich eine bestimmte Absicht dabei habe, und dann sind wir ebensoweit. Wir haben jetzt einen einzigen Menschen, auf den wir uns verlassen können."

„Und wer ist das?" fragte der Squire.

„Silver, Herr Trelawney!" antwortete der Kapitän; „er ist so ängstlich wie Sie und ist darauf bedacht, daß alles seinen ruhigen Gang geht. Die augenblickliche Stimmung der Leute ist nur eine kleine Verdrießlichkeit; die wird er ihnen bald ausreden, wenn er nur eine Möglichkeit dazu hat, und darum schlage ich vor, daß wir ihm diese Möglichkeit gewähren. Lassen Sie uns der Mannschaft erlauben, heute nachmittag an Land zu gehen. Wenn sie alle gehen, nun, dann können wir das Schiff verteidigen. Wenn keiner von ihnen gehen will, dann wehren wir uns in der Kajüte, und Gott möge das Recht beschützen! Wenn aber einige gehen – glauben Sie meinen Worten –, so wird Silver sie so sanft wie Lämmer an Bord zurückbringen."

Es wurde beschlossen, diesen Rat zu befolgen; alle sicheren Leute bekamen geladene Pistolen; Hunter, Joyce und Redruth wurden ins Vertrauen gezogen. Sie nahmen die Nachricht mit geringerer Überraschung und mit größerem Mut auf, als wir erwartet hatten. Dann ging der Kapitän auf Deck und hielt eine Ansprache an die Mannschaft:

„Jungens!" sagte er; „wir haben einen heißen Tag gehabt und sind alle müde und nicht in Stimmung. Eine kleine Fahrt an Land wird keinem was schaden; die Boote sind noch zu Wasser; ihr könnt die Gigs nehmen, und wer von euch Luft hat, kann für den Nachmittag an Land gehen. Eine halbe Stunde vor Sonnenuntergang werde ich eine Kanone abfeuern."

Ich glaube, die dummen Tröpfe müssen geglaubt haben, sie würden sich die Schienbeine an Schätzen zerstoßen, sobald sie an Land kämen; denn ihre verdrießliche Laune war im Nu verschwunden, und sie brachten ein Hurra aus, das von den Bergen in der Ferne widerhallte, so daß die Vögel wieder aufflogen und um den Ankerplatz herumflatterten.

Der Kapitän war zu klug, um ihnen im Wege zu stehen. Er verschwand sofort in der Kajüte und überließ es Silver, alle Anordnungen für den Ausflug zu treffen; und ich glaube, es war gut, daß er das tat. Wäre er auf Deck geblieben, so hätte er nicht länger so tun können, wie wenn er die Lage der Dinge nicht begriffe. Das war so klar wie der Tag. Silver war der Kapitän, und eine verdammt rebellische Mannschaft hatte er unter sich! Die ehrlichen Leute – und es stellte sich, wie ich sehen sollte, bald heraus, daß solche an Bord waren – müssen sehr dumm gewesen sein. Oder vielleicht lag die Sache so, daß alle Leute von dem Beispiel der Rädelsführer angesteckt waren – einige mehr, andere weniger; ein paar aber, die im Grunde gute Leute waren, konnten nicht weiter gebracht werden. Solche Leute können wohl verdrießlich sein, weil ihnen die Arbeit nicht paßt, es ist aber doch eine ganz andere Sache, ein Schiff mit Gewalt zu nehmen und eine ganze Anzahl unschuldiger Menschen zu ermorden.

Endlich war die Gesellschaft zum Aufbruch bereit. Sechs Leute wollten an Bord bleiben, und die anderen dreizehn, unter ihnen Silver, gingen in die Boote.

Und in diesem Augenblick hatte ich den ersten von den eigentlich verrückten Einfällen, die so viel dazu beitrugen, unser Leben zu retten. Wenn sechs Leute von Silver zurückgelassen wurden, so war es klar, daß die anderen dreizehn nicht das Schiff mit Gewalt angreifen konnten; und da nur sechs zurückblieben, so war ebenfalls klar, daß die Kajütenpartei für den Augenblick einer Hilfe nicht bedurfte.

So kam ich auf den Gedanken, mit an Land zu gehen. Im Nu hatte ich mich an der Schiffswand heruntergelassen und im Vorderteil des nächsten Bootes zusammengekauert, und beinahe in demselben Augenblick stieß dieses ab.

Nein, niemand achtete auf mich, nur der Mann, der zunächst am Bug ruderte, sagte zu mir:

„Bist du das, Jim? Ducke deinen Kopf unter!“

Aber Silver blickte vom anderen Boot scharf herüber und rief, ob ich drin sei; und von diesem Augenblick an begann es mir leid zu tun, daß ich mich auf das Abenteuer eingelassen hatte.

Die Mannschaften der beiden Boote ruderten um die Wette, wer zuerst an Land sei; aber das Boot, worin ich war, war dem anderen etwas voraus, und da es zugleich auch leichter und besser bemannt war, so gewann ich einen weiten Vorsprung. Es war schon zwischen ein paar Bäumen am Strande auf den Sand gelaufen, und ich hatte einen Ast ergriffen und mir einen Schwung gegeben, der mich in das nächste Dickicht brachte, als Silver mit seinen Leuten noch mindestens um hundert Schritte vom Ufer entfernt war.

„Jim! Jim!“ hörte ich ihn rufen.

Aber man kann sich wohl denken, daß ich auf sein Geschrei nicht achtete; springend und mich duckend und durch die Büsche brechend lief ich immer geradeaus, immer meiner Nase nach, bis ich nicht mehr konnte.

Vierzehntes Kapitel

Der erste Schlag

Ich war so voller Freude, dem langen John entwischt zu sein, daß ich mit einem gewissen Behagen mich auf dieser merkwürdigen Insel umsah.

Ich war zuerst über eine sumpfige Wiese gekommen, die von Binsen, Weiden und seltsamen, ausländischen Sumpfgewächsen eingefaßt war; und ich befand mich jetzt auf dem Saum eines welligen Sandstriches, der sich ungefähr eine Meile weit hinzog; auf diesem Sande wuchsen ein paar Fichten und zahlreiche, knorrige Bäume, die eine gewisse Ähnlichkeit mit Eichen hatten, aber von blassem Laube waren wie Weiden. Jenseits dieses offenen Landes erhob sich einer der Berge mit zwei zackigen Felsspitzen, die in der Sonne strahlten.

Ich fühlte zum erstenmal in meinem Leben den Genuß einer Entdeckungsreise. Die Insel war unbewohnt; meine Schiffskameraden hatte ich hinter mir gelassen, und rings um mich herum waren nur Tiere und Vögel. Ich streifte nach allen Seiten durch die Bäume. Hier und da wuchsen blühende Pflanzen, die mir unbekannt waren; hier und da sah ich Schlangen, und eine von diesen erhob ihren Kopf von einem Felsblock und zischte mich an; sie machte dabei ein Geräusch, das ungefähr wie das Schnurren eines Kreisels klang. Ich hatte damals noch keine Ahnung, daß es eine gefährliche Giftschlange war, nämlich eine Klapperschlange.

Dann kam ich in ein weites Dickicht dieser eichenartigen Bäume; wie ich später hörte, nennt man sie Lebens- oder immergrüne Eichen. Sie wuchsen auf dem Sande wie Brombeeren; ihre Zweige waren ineinander verflochten und das Laub bildete ein dichtes Dach. Dieses Dickicht erstreckte sich von der Höhe eines der Sandhügel herab, und die Büsche wurden allmählich immer größer, bis sie den Rand einer breiten, mit Rohr bewachsenen Fenne erreichten, durch die der eine der von mir erwähnten kleinen Flüsse nach der Ankerstelle floß. Die Marschfenne dampfte in der heißen Sonne, und die Umrisse des Fernrohrs erschienen hinter einem zitternden Dunstschleier.

Plötzlich begann in den Binsen sich etwas zu regen; eine wilde Ente flog quäkend auf; eine andere folgte ihr; und bald hing über der ganzen Oberfläche der Fenne eine dichte Wolke von Vögeln, die schreiend in der Luft ihre Kreise zogen. Ich nahm sofort an, daß einige von meinen Schiffskameraden sich dem Rande der Fenne näherten. Ich hatte mich auch nicht geirrt; denn bald hörte ich in der Ferne die leisen Töne einer menschlichen Stimme, die allmählich lauter wurde und näher kam.

Ich geriet in große Furcht und kroch unter den nächsten Eichbusch in Deckung, legte mich auf den Boden, hielt mich so still wie eine Maus und lauschte.

Eine andere Stimme antwortete; dann sprach wieder die erste Stimme, die ich jetzt als die des langen John erkannte, und sprach eine ganze Weile, nur ab und zu durch eine kurze Zwischenbemerkung des anderen unterbrochen. Aus dem Klang der Stimmen konnte ich schließen, daß sie über ernste Dinge verhandelten; sie schienen sogar beinahe zornig zu sein; indessen konnte ich etwas Bestimmtes nicht unterscheiden.

Schließlich kam es mir vor, wie wenn die Sprechenden eine Pause machten; vielleicht hatten sie sich sogar auf den Boden gesetzt; denn sie kamen nicht nur nicht mehr näher, sondern auch die Vögel wurden allmählich ruhiger und ließen sich wieder auf die sumpfige Wiese nieder.

Und jetzt begann ich zu fühlen, daß ich meine Aufgabe vernachlässigte; denn da ich nun einmal so waghalsig gewesen war, mit diesen verzweifelten Burschen an Land zu gehen, so mußte ich zum mindesten herauszubekommen versuchen, welche Anschläge sie hatten. Es war also ganz einfach meine Pflicht, mich so nahe wie möglich an sie heranzumachen, und zu diesem Zwecke konnte das Gestrüpp mir gut als Hinterhalt dienen.

Die Richtung, in der die Sprechenden sich befanden, konnte ich ziemlich genau abschätzen, nicht nur nach dem Klang ihrer Stimmen, sondern auch nach dem Betragen der paar Vögel, die immer noch voller Unruhe über den Häuptern der Eindringlinge hin und her flogen.

Auf allen vieren kriechend, näherte ich mich ihnen langsam, aber unablässig; schließlich hob ich den Kopf, spähte durch eine Öffnung im Laub und sah deutlich in eine kleine, grünbewachsene Mulde neben der Fenne hinunter. Hier standen einige Bäume dicht beieinander und unter ihnen waren Long John Silver und einer von der Mannschaft in einem eifrigen Gespräch begriffen. Der Sonnenschein fiel prall auf sie. Silver hatte seinen Hut neben sich auf den Erdboden geworfen, und sein breites, glattrasiertes, blondes Gesicht, das in der Hitze von Schweiß glänzte, sah dem anderen mit einem bittenden Ausdruck in die Augen.

„Maat!“ hörte ich ihn sagen; „es ist ja nur, weil du in meinen Augen wie echter Goldstaub bist – wie Goldstaub, sag' ich dir! Wenn mir nicht so viel an dir läge, glaubst du denn, ich hätte mir die Mühe genommen, dich zu warnen? Es ist nun mal so weit – dabei kannst du nichts machen und kannst nichts daran ändern; ich spreche ja bloß zu dir, weil ich deinen Hals retten will – und wenn einer von den Wilden unter uns etwas davon wüßte, wo wäre ich da – ja, sage mir: wo wäre ich da?“

„Silver,“ sagte der andere – und ich bemerkte, daß er nicht nur rot im Gesicht war, sondern auch so heiser wie eine Krähe sprach, und daß seine Stimme zitterte – „Silver,“ sagte er, „du bist ein alter Mann, und du bist ein ehrlicher Kerl oder giltst wenigstens dafür; und außerdem hast du auch Geld, was eine Masse armer Matrosen nicht haben; und du bist mutig, oder ich müßte mich sehr irren. Und willst du mir sagen, du hättest dich verführen lassen von diesen jämmerlichen Kerlen? Du doch nicht! So wahr Gott mich sieht, lieber wollte ich meine Hand verlieren! Wenn ich gegen meine Pflicht und Schuldigkeit handle“

Und in diesem Augenblicke wurde er plötzlich von einem Lärm unterbrochen. Ich hatte einen von den ehrlichen Leuten gefunden – nun, hier, in diesem selben Augenblick, kam etwas Neues von einem anderen! In der Ferne, jenseits der Mastfenne, erhob sich plötzlich ein lauter Schrei wie von einem zornigen Mann, und dann gleich darauf ein anderer Schrei; und dann ein einziges gräßliches, langgezogenes Kreischen. Die Felswände des Fernrohrs warfen den Widerhall ein dutzendmal zurück; der ganze Schwarm der Sumpfvögel erhob sich wieder mit einem gleichzeitigen Flügelschlagen in solcher Menge, daß der Himmel verfinstert wurde; und jener Todesschrei war längst verklungen, als endlich wieder Schweigen herrschte, und nur das Rascheln der wieder in das Rohr schlüpfenden Vögel und das Rauschen der fernen Brandung ließ sich in der Nachmittagshitze hören.

Tom war bei dem Schrei aufgesprungen wie ein Pferd, das die Sporen fühlt; aber Silver hatte nicht mit der Wimper gezuckt. Er blieb ruhig stehen, sich leicht auf seine Krücke lehnend, und beobachtete seinen Kameraden wie eine zum Sprung bereite Schlange. Da streckte der Matrose die Hand aus und sagte:

„John!“

„Hände weg!“ rief Silver laut und sprang dabei einen Schritt zurück, so schnell und sicher wie ein geübter Akrobat.

„Hände weg – meinetwegen, John Silver!“ sagte der andere. „Nur ein schwarzes Gewissen kann dir Angst vor mir machen. Aber um Gottes willen – sage mir: was war das?“

„Das?“ erwiderte Silver; er lächelte dabei, aber mit einem ganz besonders listigen Ausdruck; seine Augen sahen in dem großen Gesicht so klein wie Nadelköpfe aus, aber sie funkelten wie Glasscherben. „Das? Oh, ich nehme an, das wird Alan sein.“

Da fuhr der arme Tom auf wie ein Held und rief:

„Alan! Dann möge seine arme Seele Ruhe haben, wie ein braver Seemann sie verdient! und du, John Silver – lange bist du mein Maat gewesen, aber mein Maat bist du nicht mehr. Wenn ich sterben soll wie ein Hund, so will ich für meine Pflicht sterben. Ihr habt Alan ermordet, nicht wahr? Schlag' auch mich tot, wenn du kannst! Tu's nur!“

Mit diesen Worten drehte der brave Bursche dem Koch den Rücken zu und ging nach dem Strand hinunter. Aber er sollte nicht weit kommen.

Mit einem wilden Schrei griff John nach einem Baumast, riß die Krücke aus seiner Achselhöhle heraus und wirbelte das furchtbare Wurfgeschoß durch die Luft. Es traf den armen Tom mit der Spitze mitten auf den Rücken zwischen die Schulterblätter. Seine Hände flogen in die Luft, er stöhnte kurz auf und fiel auf sein Gesicht.

Ob er schwer oder leicht verletzt war, hat nie ein Mensch sagen können. Nach dem Klang zu urteilen, wurde wahrscheinlich sein Rückgrat sofort gebrochen. Jedenfalls hatte er keine Zeit, zur Besinnung zu kommen. Schnell wie ein Affe, auch ohne seine Krücke, war Silver im nächsten Augenblick über ihm und hatte zweimal sein Messer bis ans Heft in den wehrlosen Leib gestoßen. Ich konnte von meinem Versteck aus ihn laut keuchen hören, während er zustieß.

Ich weiß nicht so recht, was eigentlich eine Ohnmacht ist; aber das weiß ich: für den nächsten kurzen Augenblick schwand die ganze Welt um mich herum wie in einem wirbelnden Nebel: Silver und die Vögel und der hohe Fernrohrberg gingen vor meinen Augen um und um, kopfüber, kopfunter, und in meinen Ohren war es, wie wenn unzählige Glocken klingelten und ferne Stimmen riefen.

Als ich wieder zu mir kam, hatte das Scheusal sich aufgerafft und stand aufrecht, die Krücke unter dem Arm und den Hut auf dem Kopf. Unmittelbar vor ihm lag Tom bewegungslos auf dem Grase; aber der Mörder kümmerte sich um ihn nicht im geringsten, sondern reinigte sein blutiges Messer, indem er es mit einem Grasbüschel abwischte.

Sonst war alles unverändert; die Sonne schien noch immer erbarmungslos heiß auf die dampfende Mastfenne und auf den hohen Gipfel des Berges, und ich konnte kaum glauben, daß hier unmittelbar vor meinen Augen wirklich ein Mord geschehen war, daß ein Menschenleben grausam zum Ende gebracht worden war.

Aber jetzt steckte John die Hand in die Tasche, zog eine Bootsmannpfeife heraus und blies darauf verschiedene Signale, die weit durch die heiße Luft klangen. Ich konnte natürlich nicht sagen, was das Signal bedeutete; aber es erweckte augenblicklich alle meine Ängste von neuem. Es würden noch mehr herankommen; ich konnte entdeckt werden. Zwei von den ehrlichen Leuten hatten sie bereits erschlagen; konnte nach Tom und Alan ich nicht als nächster an der Reihe sein?

Ich machte mich sofort aus den Ranken los und begann so schnell und so leise wie nur möglich nach dem lichtern Teil des Waldes zurückzukriechen. Während ich dies tat, hörte ich, wie zwischen dem alten Seeräuber und seinen Kameraden Rufe gewechselt wurden, und diese gefahrvollen Klänge liehen mir Flügel.

Sobald ich aus dem Dickicht heraus war, lief ich so schnell, wie ich noch niemals in meinem Leben gelaufen war. In welche Richtung ich lief, darum bekümmerte ich mich wenig, solange ich mich nur von den Mördern entfernte; während ich lief, wurde meine Angst immer größer, bis sie schließlich beinah zu einer Art von Wahnsinn stieg.

Konnte ein Mensch so rettungslos verloren sein wie ich? Wie durfte ich es wagen, nach dem Abfeuern des Kanonenschusses zu den Booten hinunterzugehen, unter diese Teufel, deren Hände noch von dem Blute ihrer Opfer rauchten? Würde nicht der erste, der mich sähe, mir den Hals umdrehen wie einem Krammetsvogel? Würde nicht meine Abwesenheit an und für sich schon ihnen ein Beweis sein, daß ich mich fürchtete, also irgend etwas wissen müßte?

Ich dachte: es ist alles aus! Leb wohl, Hispaniola! Lebt wohl, Squire, Doktor und Kapitän! Ich hatte keine anderen Aussichten mehr, als entweder zu verhungern oder von den Händen der Meuterer zu sterben.

Während alle diese Gedanken mir durch den Kopf gingen, lief ich, wie gesagt, immer weiter. So war ich, ohne zu wissen wie, dicht an den Fuß des niedrigen Berges mit den beiden Gipfeln gekommen und damit in einen Teil der Insel, wo die Lebenseichen weiter auseinanderstanden und an Wuchs und Größe mehr wie Waldbäume aussahen. Zwischen ihnen wuchsen einzelne Fichten, die vielleicht fünfzig Fuß, vielleicht sogar siebzig hoch sein mochten. Auch die Luft war frischer als unten bei den Sumpfwiesen.

Und hier ließ ein neuer Schreck mich plötzlich still stehen, und das Herz klopfte mir.

Fünfzehntes Kapitel

Der Inselmann

Von dem Abhang des Berges, der hier steil und felsig war, löste sich ein Kiesel und fiel rasselnd und mehrere Male aufschlagend durch die Bäume.

Ich wandte triebmäßig meine Augen nach dieser Richtung und sah eine Gestalt, die mit großer Schnelligkeit hinter den Stamm einer Fichte sprang. Was es war – ein Bär oder ein Mensch oder ein Affe, das konnte ich durchaus nicht sagen. Es schien mir etwas Dunkles und Zottiges zu sein; mehr wußte ich nicht. Aber der Schreck vor dieser neuen Erscheinung war so groß, daß ich stehenblieb.

Ich war jetzt, so schien es, von beiden Seiten abgeschnitten; hinter mir die Mörder, vor mir dieses huschende, unbestimmte Wesen. Und auf der Stelle begann ich die mir bekannten Gefahren den mir unbekannten vorzuziehen. Sogar Silver schien im Vergleich mit diesem Geschöpf der Wälder weniger schrecklich zu sein, und ich drehte mich auf dem Absatz um, warf einen schnellen Blick über meine Schulter zurück und begann in der Richtung auf die Boote zurückzulaufen.

Sofort erschien die Gestalt wieder, machte einen weiten Bogen und begann, mir den Weg abzuschneiden. Ich war sehr müde; aber wäre ich auch ganz frisch gewesen, so sah ich doch bald, daß es ein vergebliches Unterfangen für mich war, es an Schnelligkeit mit einem solchen Gegner aufzunehmen. Von Baum zu Baum huschte das Geschöpf mit der Schnelligkeit eines Hirsches; es lief wie ein Mensch auf zwei Beinen, aber ganz anders als irgendein Mensch, den ich je gesehen hatte, denn es bückte sich dabei beinahe zur Erde; aber ein Mensch war es; daran konnte ich nicht länger zweifeln.

Mir fielen die Geschichten ein, die ich von Menschenfressern gehört hatte. Ich wollte um Hilfe schreien. Aber die bloße Tatsache, daß es ein Mensch war, wenn auch ein Wilder, hatte mich etwas beruhigt, und im gleichen Verhältnis begann meine Furcht vor Silver wieder aufzuleben.

Ich stand daher still und sah mich um, ob nicht irgendwelche Rettung möglich sei; und als ich darüber nachdachte, fiel mir plötzlich ein, daß ich ja eine Pistole bei mir hatte. Sobald ich wußte, daß ich nicht wehrlos war, glühte in meinem Herzen auch wieder Mut auf. Ich beschloß, es mit diesem Inselmenschen aufzunehmen, und ging schnell auf ihn los.

Er hatte sich inzwischen wieder hinter einem Baumstamm versteckt; aber er mußte mich genau beobachtet haben; denn sobald ich mich in seiner Richtung bewegte, erschien er wieder und ging mir einen Schritt entgegen. Dann zögerte er, sprang zurück und ging wieder vorwärts. Und schließlich warf er sich zu meiner Verwunderung und Verwirrung auf die Knie und streckte mir flehend seine gefalteten Hände entgegen.

Infolgedessen blieb ich wieder stehen und fragte: „Wer seid Ihr?“

„Ben Gunn,“ antwortete er, und seine Stimme klang heiser und ungeschickt, wie wenn in einem verrosteten Schloß ein Schlüssel herumgedreht wird. „Ich bin der arme Ben Gunn, ja; und ich habe seit drei Jahren mit keinem Christenmenschen gesprochen.“

Ich konnte jetzt sehen, daß er ein Weißer war wie ich selbst, und seine Gesichtszüge waren sogar hübsch von Natur. Aber seine Haut war an allen bloßen Stellen von der Sonne verbrannt; sogar seine Lippen waren schwarz, und seine blauen Augen sahen ganz sonderbar in diesem dunklen Gesicht aus. So zerlumpt, wie er war, hatte ich noch keinen Bettler in der Wirklichkeit oder im Traume gesehen. Er war mit Fetzen von alten Schiffssegeln und Matrosenröcken bekleidet, und dieses außerordentliche Flickwerk wurde durch alle nur denkbaren Befestigungsmittel zusammengehalten: Messingknöpfe, Bindfadenenden und dünne Zweige. Am den Leib trug er einen alten Ledergürtel mit einem Messingschloß, und dies war das einzige Solide an seiner ganzen Ausrüstung.

„Drei Jahre!“ rief ich; „habt Ihr Schiffbruch erlitten?“

„Nein, Maat,“ sagte er – „maruniert!“

Ich hatte das Wort gehört und wußte, daß es eine furchtbare Strafe bedeutete, die von den Freibeutern ziemlich häufig angewandt wurde: der Missetäter wird mit etwas Pulver und Schrot an irgendeiner einsamen, öden Insel ausgesetzt.

„Vor drei Jahren wurde ich maruniert," fuhr er fort, „und habe seitdem von Ziegen und Beeren und Austern gelebt. Wo ein Mann ist, sage ich, da kann einer auch leben. Aber, Maat, mein Herz sehnt sich nach christlichem Essen! Hast du nicht zufällig ein Stück Käse bei dir? Nein? Ach, manche lange Nacht habe ich von Käse geträumt – besonders von geröstetem –, und dann wachte ich wieder auf und war hier auf dieser Insel!"

„Wenn ich wieder an Bord kommen kann," sagte ich, „sollst du Käse haben, pfundweise, soviel dein Herz begehrt!"

Während dieser ganzen Zeit hatte er den Stoff meiner Jacke befühlt, meine Hände gestreichelt, nach meinen Stiefeln gesehen und überhaupt ein kindisches Vergnügen an der Gegenwart eines Mitmenschen gezeigt. Aber bei meinen letzten Worten wurde er anscheinend mißtrauisch; er machte ein schlaues Gesicht und fragte:

„Du sagtest: wenn du wieder an Bord kommen kannst? Nun, wer kann dich denn daran hindern?"

„Du nicht, das weiß ich wohl!" war meine Antwort.

„Da hast du recht!" rief er; „nun, wie heißest du denn eigentlich, Maat?"

„Jim."

„Jim – Jim!" wiederholte er; mein Name gefiel ihm augenscheinlich. „Na, Jim, nun hör' mal: ich habe wüst gelebt; du würdest dich schämen, wenn ich dir davon erzählte. Zum Beispiel – wenn du mich so ansiehst, so würdest du wohl nicht denken, daß ich eine fromme Mutter gehabt habe?"

„Hm, allerdings – eigentlich nicht," antwortete ich.

„Na ja. Aber ich hatte eine – sogar eine *ganz* besonders fromme Mutter. Und ich war ein höflicher, frommer Junge und konnte meinen Katechismus herunterrasseln – so schnell, daß kein Wort vom andern zu unterscheiden war. So weit bin ich nun heruntergekommen, Jim, und ich fing an mit Murmelspielen auf dem Kirchhof! Damit fing es an, aber es blieb nicht dabei; und meine Mutter sagte es mir voraus – prophezeite, wie alles kommen würde – jawoll, das tat sie! Aber die Vorsehung, die hat mich auf diese Insel hier gebracht. Ich habe es mir alles durchgedacht, auf dieser einsamen Insel hier, und ich bin nun wieder fromm geworden. Rum trinken – damit fängst du mich nicht mehr. Bloß einen Fingerhut voll, auf gut Glück, natürlich – den will ich haben, sobald ich die erste Gelegenheit habe. Ich werde gewiß ein guter Mensch sein, und ich sehe auch den guten Weg vor mir. Und, Jim," – dabei sah er sich um und senkte seine Stimme zu einem ganz leisen Flüstern – „ich bin reich!"

Ich war jetzt überzeugt, daß der arme Bursche in seiner Einsamkeit verrückt geworden wäre, und dies Gefühl muß wohl auf meinem Gesicht zu lesen gewesen sein; denn er wiederholte ganz aufgeregt seine Behauptung:

„Reich! reich – sage ich dir. Und ich will dir was sagen: ich will einen Mann aus dir machen, Jim. Oh, Jim! Du wirst deinen Stern dafür segnen, daß du der erste warst, der mich gefunden!"

Plötzlich aber kam ein Schatten über sein Gesicht; er packte meine Hand mit einem festen Griff und hielt mir drohend den Zeigefinger vor die Augen und fragte:

„Nun, Jim – jetzt sage mir die Wahrheit; das ist doch nicht Flints Schiff?"

Da hatte ich eine glückliche Eingebung. Ich begann zu glauben, daß ich einen Verbündeten gefunden hätte, und antwortete ihm ohne Zögern:

„Es ist nicht Flints Schiff, und Flint ist tot; aber ich will dir die Wahrheit sagen, wie du es von mir verlangst: es sind einige von Flints Leuten an Bord, und das ist schlimm für uns andere!"

„Doch nicht ein Mann – mit einem – Bein?"

„Silver?" fragte ich.

„Richtig – Silver! Das war sein Name."

„Er ist der Koch, und außerdem der Rädelsführer."

Er hielt mich immer noch beim Handgelenk fest; und als ich diese Worte gesagt hatte, drehte er mir beinahe den Arm um und sagte:

„Wenn Long John dich geschickt hat, bin ich so gut wie geliefert – das weiß ich. Aber was meinst du wohl, was ich mit dir machen werde?"

Ich hatte mich im Nu entschlossen und erzählte ihm, anstatt seine Frage zu beantworten, die ganze Geschichte unserer Reise und die schwierige Lage, in der wir uns befänden. Er hörte mich mit gespannter Aufmerksamkeit an, und als ich fertig war, tätschelte er mir die Backe und sagte:

„Du bist ein guter Junge, Jim! Und ihr seid alle in der Klemme, nicht wahr? Na, setzt nur euer Vertrauen auf Ben Gunn – Ben Gunn ist der Mann, dies zu machen. Nun sage mal: Würdest du es für wahrscheinlich halten, daß Euer Squire sich anständig bezeigen würde, wenn er Hilfe bekäme, da er doch in der Klemme ist, wie du bemerkst?“

Ich sagte ihm, der Squire sei der anständigste und freigebigste Mann von der Welt.

„Ei ja, aber siehst du,“ antwortete Ben Gunn, „ich meinte damit nicht, daß er mich zum Torwächter machen und mir eine Livree geben sollte und so weiter; daran liegt mir nichts, Jim. Was ich meine, ist dies: Würde er wohl von dem Gelde, das jetzt schon so gut wie mein ist, mir was abgeben – sagen wir: vielleicht eintausend Pfund Sterling?“

„Ich bin überzeugt, das wird er tun. Es war überhaupt schon bestimmt, daß alle Leute einen Anteil bekommen sollten.“

„Und freie Überfahrt nach Hause?“ fügte er hinzu, indem er ein ganz besonders pfiffiges Gesicht machte.

„Oh!“ rief ich; „der Squire ist ein Gentleman. Außerdem – wenn wir die andern loswerden, brauchen wir dich ja, damit wir das Schiff nach Hause bringen können.“

„Richtig – dazu hättet ihr mich nötig!“

Und er schien sich sehr erleichtert zu fühlen. Nach einer kurzen Pause fuhr er fort:

„Nun, Jim, ich will dir was sagen. So viel will ich dir sagen, und nicht mehr: Ich war auf Flints Schiff, als er den Schatz vergrub; er und sechs Mann – sechs starke Seeleute. Sie waren nahezu eine Woche an Land, und wir lagen die ganze Zeit vor Anker, das alte „Walroß“. Eines schönen Tages geht das Signal hoch, und da kommt Flint, ganz allein in einem kleinen Boot, und um den Kopf ein blaues Tuch gebunden. Die Sonne ging gerade auf, und totenblaß sah er aus, Käpp'n Flint. Aber, er war da, verstehst du – und alle sechs waren tot – tot und begraben. Wie er's gemacht hatte, das konnte keiner bei uns an Bord herausbringen. Er hatte gefochten und gemordet und plötzlich zugeschlagen wahrscheinlich – er allein gegen sechs. Billy Bones war der Steuermann; Long John, der war

Schiemann; sie fragten ihn, wo der Schatz wäre. „Oh", rief er, „ihr könnt ja an Land gehen, wenn ihr Lust habt, und könnt da bleiben," sagte er; „aber das Schiff, das segelt gleich wieder aus, um mehr zu holen, beim Donner nochmal!" Ja, das sagte er.

„Na, vor drei Jahren war ich auf einem anderen Schiff, und wir kriegten diese Insel in Sicht. „Jungens," sag' ich, „da ist Flints Schatz! Laßt uns landen und ihn suchen!" Dem Käpp'n gefiel das nicht; aber meine Meßmaate waren alle miteinander dafür, und wir landeten. Zwölf Tage lang suchten sie darnach, und jeden Tag schimpften sie fürchterlich auf mich, bis eines schönen Morgens alle miteinander wieder an Bord gingen. „Du, Benjamin Gunn," sagen sie, „kriegst eine Muskete," sagen sie, „und einen Spaten und eine Hacke. Du kannst hier bleiben und für dich alleine Flints Geld finden!" sagen sie.

„Na, Jim – drei Jahre bin ich hier gewesen, und von dem Tage an bis heute habe ich keinen Mundvoll christliches Essen gehabt. Aber trotz alledem – sieh mich mal an. Sehe ich aus wie ein gewöhnlicher Matrose? Nein, sagst du. Und ich war es auch nicht, sage ich."

Und bei diesen Worten zwinkerte er mir zu und drückte mir das Handgelenk zusammen. Dann fuhr er fort:

„Sage bloß diese Worte zu deinem Squire, Jim: „er war es auch nicht" – das sind genau die Worte, die du sagen mußt. „Drei Jahre war er der Herr auf dieser Insel, bei Tag und Nacht, in Regen und Sonnenschein; und manchmal dachte er vielleicht an ein Gebet (sagst du) und manchmal dachte er vielleicht an seine alte Mutter (sagst du), ob sie wohl noch am Leben wäre; aber der größte Teil von Gunns Zeit (so mußt du sagen) – der größte Teil von seiner Zeit ging auf was anderes drauf". Und dann gibst du ihm einen kleinen Wink, wie ich jetzt dir."

Und dabei zwinkerte er mir wieder sehr vertraulich zu.

„Und dann," fuhr er fort, „dann kommt die Hauptsache; dann sagst du dies: „Gunn ist ein guter Mensch – so mußt du sagen –, und er hat viel mehr Zuvertrauen – *viel mehr*, vergiß nicht, das zu sagen! – zu einem Gentleman, der als Gentleman geboren ist, als zu diesen Glücks-Gentlemen, wie er selber einer gewesen ist."

„Höre," sagte ich, „ich verstehe kein Wort von dem, was du da gesagt hast. Aber das ist ja auch ganz einerlei – denn wie soll ich an Bord kommen?"

„Hm – da liegt der Hund begraben; da hast du recht. Aber na, ich habe da ein Boot, das ich mit meinen eigenen zwei Händen mir gemacht habe, ich habe es unter der weißen Klippe. Wenn es zum Allerschlimmsten kommt, könnten wir es damit versuchen, sobald es dunkel geworden ist. Oho!" rief er plötzlich: „Was ist das?"

Denn gerade in diesem Augenblick, obgleich bis zum Sonnenuntergang noch mindestens eine Stunde war, donnerte ein Kanonenschuß, der alle Echos der Insel erweckte.

„Das Gefecht hat begonnen!" rief ich. „Komm mit!"

Und ich begann nach dem Ankerplatz hinunterzulaufen; alle meine Ängste waren vergessen. Dicht an meiner Seite trabte leichtfüßig der ausgesetzte Matrose in seinem Ziegenfell.

„Links! Links!" sagte er; „halte dich links, Maat Jim. Fix unter die Bäume! Da schoß ich meine erste Ziege. Sie kommen jetzt nicht mehr hier herunter; sitzen alle oben auf den Bergen, aus Angst vor Benjamin Gunn. Ah! und da ist der Friedhof! siehst du die Grabhügel? Hierher kam ich ab und zu und betete, wenn ich dachte, es könnte wohl wieder ein Sonntag sein. Es ist ja eigentlich keine Kirche, aber es kam mir doch feierlicher vor; und dann, nicht wahr? – Ben Gunn hatte es ja ein bißchen knapp; keinen Paster, nicht mal eine Bibel und eine Flagge, verstehst du!"

So plapperte er immerzu, während ich rannte, so schnell ich konnte; natürlich bekam er keine Antworten, aber er erwartete auch keine.

Dem Kanonenschuß folgte nach einem ziemlich langen Zeitraum eine Salve Kleingewehrfeuer.

Wieder gab es eine Pause, und dann sah ich, eine Viertelmeile von mir entfernt, die englische Flagge über einem Walde hoch in der Luft flattern.

Sechzehntes Kapitel

Der Doktor setzt die Erzählung fort: Wie das Schiff aufgegeben wurde

Es war ungefähr halb zwei Uhr – drei Glasen, wie die Schiffer sagen –, als die beiden Boote von der Hispaniola an Land fuhren. Der Kapitän, der Squire und ich besprachen den Stand der Dinge in der Kajüte. Wäre nur eine Mütze voll

Wind dagewesen, so wären wir über die sechs Meuterer hergefallen, die man bei uns an Bord gelassen hatte, hätten die Kabel gekappt und wären in See gegangen. Aber es fehlte uns gänzlich an Wind, und um unsere Hilflosigkeit noch zu vermehren, kam Hunter in die Kajüte herunter und brachte die Nachricht, Jim Hawkins sei heimlich in eins der Boote geschlüpft und mit den übrigen an Land gefahren.

Wir zweifelten keinen Augenblick an Jim Hawkins; aber wir waren wegen seiner Sicherheit besorgt. Bei der Gemütsverfassung, in der die Leute sich befanden, war es ziemlich wahrscheinlich, daß wir den Jungen niemals wiedersehen würden. Wir liefen auf Deck. Das Pech war in den Fugen geschmolzen und warf Blasen; der faulige Geruch in der Luft machte mir übel; wenn es jemals irgendwo nach Fieber und Ruhr gerochen hatte, so war es auf diesem schrecklichen Ankerplatz. Die sechs Schurken saßen auf dem Vorderdeck unter einem Segel und schimpften; am Land sahen wir die Gigs festmachen; dicht an der Stelle, wo der Fluß mündet. In jedem Boot saß ein Mann; der eine pfiff den „Lillabullero“.

Dieses tatenlose Warten fiel auf die Nerven, und es wurde beschlossen, daß Hunter und ich in der Jolle an Land gehen sollten, um Kundschaft einzuziehen.

Die Boote der Meuterer waren weiter abwärts nach rechts zu gelandet; aber Hunter und ich ruderten scharf geradeaus in der Richtung auf die Stelle, wo nach der Karte das Pfahlschanzwerk sich befinden mußte. Die beiden Matrosen, die als Wachen an den Booten zurückgeblieben waren, schienen verdutzt zu sein, als wir plötzlich auftauchten; das Lillabulleropfeifen hörte auf, und ich konnte sehen, wie die beiden sich darüber stritten, was sie tun sollten. Wären sie zu Silver gegangen, um ihm Meldung zu machen, so wäre vielleicht alles ganz anders gekommen; aber sie hatten vermutlich ihre Befehle und beschlossen daher, ruhig sitzenzubleiben und sich wieder mit Lillabullero zu unterhalten.

Das Ufer machte einen kleinen Vorsprung, und ich steuerte so, daß ich diesen zwischen uns und die beiden Leute brachte; wir waren noch nicht gelandet, da hatten wir schon die Gigs aus dem Gesicht verloren. Ich sprang an Land und rannte so schnell, wie ich es bei der Hitze wagen konnte; der Kühlung wegen hatte ich mir ein großes seidenes Taschentuch unter meinen Hut gelegt; ein paar gespannte Pistolen hielt ich vorsichtshalber schußfertig. Ich hatte kaum hundert Schritte gemacht, da traf ich auf das Pfahlwerk.

Dieses war folgendermaßen beschaffen: Eine Süßwasserquelle entsprang dicht hinter dem Gipfel eines kleinen Hügels. Auf diesem Hügel hatten die Piraten ein starkes Blockhaus erbaut, das auch die Quelle mit einschloß; es war so groß, daß es im Notfall ungefähr vierzig Mann fassen konnte, und war auf allen Seiten mit Schießscharten für Musketen versehen. Rund um das Blockhaus herum hatten sie einen großen Platz von Bäumen klar gemacht und dann die Befestigung durch ein sechs Fuß hohes Pfahlwerk ohne eine Tür oder sonstige Öffnung vervollständigt; es war zu stark, um es ohne Zeitverlust und Arbeit zu zerstören, und zugleich standen die Pfähle zu weit auseinander, um etwaigen Belagerern Deckung zu gewähren. Die Leute im Blockhaus hatten sie vor ihren Gewehren; sie standen ruhig in Deckung und schossen die anderen wie Rebhühner ab. Alles was sie brauchten, war gutes Wachehalten und Proviant; denn wenn sie nicht vollständig überrumpelt wurden, konnten sie ihre Festung gegen ein Regiment verteidigen.

Besonders erfreulich war mir die Quelle. Denn wenn auch die Kajüte der Hispaniola ein leicht zu verteidigender Posten war, da wir über reichliche Waffen und Munition verfügten, genug zu essen und ausgezeichnete Weine hatten, so war doch eins übersehen worden: wir hatten kein Wasser.

Gerade als ich hierüber nachdachte, gellte über die ganze Insel hin der Todesschrei eines Menschen. Für mich war dies nichts Neues – ich habe unter Seiner Königlichen Hoheit dem Herzog von Cumberland gedient und bin selber bei Fontenay verwundet worden – aber als ich diesen Schrei hörte, da stand mir das Herz still. „Jim Hawkins ist hin!" war mein erster Gedanke.

Es ist etwas wert, ein alter Soldat gewesen zu sein; aber es ist noch mehr wert, ein Arzt zu sein. Da ist keine Zeit, lange zu fackeln. Und so war ich sofort entschlossen, lief, ohne eine Sekunde zu verlieren, wieder an den Strand hinunter und sprang in die Jolle.

Zum Glück war Hunter ein guter Ruderer. Das Boot flog nur so durch das Wasser und lag gleich darauf neben der Hispaniola, und im Nu war ich auf Deck des Schoners.

Natürlich waren alle ganz erschüttert. Der Squire hatte sich hingesetzt, so weiß wie ein Bettlaken; er dachte an das Ungemach, das er über uns gebracht hatte, die gute Seele! Und einem von den sechs Leuten auf dem Vorderdeck war wohl nicht viel besser zumute.

„Da ist einer," sagte Kapitän Smollett, indem er mit einem Kopfnicken uns den Mann bezeichnete, „dem so etwas noch neu ist. Er fiel beinahe in Ohnmacht, Doktor, als er den Schrei hörte. Wir brauchen den Mann nur noch mal anzutippen und er kommt zu uns herüber."

Ich setzte dem Kapitän meinen Plan auseinander, und wir verabredeten alle Einzelheiten der Ausführung.

Den alten Redruth stellten wir in dem schmalen Gang zwischen der Kajüte und dem Vorderdeck auf und gaben ihm drei oder vier geladene Musketen, sowie zu seinem Schutz eine Matratze. Hunter brachte das Boot unter die Heckpforte, und Joyce und ich machten uns sofort an die Arbeit, es mit Pulversäckchen, Musketen, Pökelfleischtonnen, Zwiebacksäcken, einem Fäßchen Kognak und meinem unschätzbaren Medizinkasten zu beladen.

Mittlerweile blieben der Squire und der Kapitän auf Deck, und der letztere rief den Schaluppmeister an, der den Befehl über die anderen Meuterer hatte.

„Hört mal, Hands," sagte er, „wir sind hier zwei, jeder mit einem Paar Pistolen. Wenn irgendeiner von euch Sechsen ein Signal gibt, gleichgültig welches – der ist ein toter Mann!"

Sie bekamen keinen kleinen Schreck; nachdem sie sich einen Augenblick beraten hatten, sprangen sie alle miteinander die Leiter in den vorderen Schiffsraum hinunter; ohne Zweifel glaubten sie, sie könnten uns auf diesem Wege in den Rücken kommen. Als sie aber sahen, daß Redruth in dem schmalen Gang auf sie wartete, kehrten sie sofort um, und gleich darauf tauchte wieder ein Kopf aus der Luke auf.

„Kopf weg, du Hund!" schrie der Kapitän.

Der Kopf duckte sofort wieder unter, und wir hörten eine ganze Zeitlang nichts mehr von diesen sechs nicht eben tapferen Matrosen.

Inzwischen hatten wir unsere Sachen kunterbunt in die Jolle hineingeworfen und das Boot so schwer beladen, wie wir es wagen durften. Joyce und ich stiegen durch die Sternpfortluke ins Boot und ruderten wieder, so schnell wir konnten, nach dem Strande.

Diese zweite Fahrt brachte die beiden Wachtposten in den Gigs in große Aufregung. Der Lillabullero verstummte wieder; und kurz bevor wir an der kleinen Landzunge sie außer Sicht verloren, sprang einer von ihnen an Land und verschwand. Ich dachte einen Augenblick daran, meinen Plan zu ändern und ihre Boote zu zerstören; aber ich fürchtete, Silver und die anderen könnten ganz in der Nähe sein, und so könnten wir alles verlieren, weil wir zu viel versuchten.

Bald waren wir wieder an derselben Stelle gelandet und begannen das Blockhaus zu verproviantieren. Den ersten Gang machten wir alle drei, schwer beladen. Wir warfen unsere Sachen einfach über das Pfahlwerk hinüber und ließen Joyce zu ihrer Bewachung zurück; das war allerdings ein einziger Mann, aber er hatte ein halbes Dutzend geladene Musketen. Hunter und ich gingen nach der Jolle zurück und bepackten uns wieder wie vorher. So arbeiteten wir ohne Ruhepause und ohne uns nur ein einziges Mal zu verschnaufen, bis die ganze Ladung hinübergebracht war. Hierauf bezogen die beiden Diener ihren Posten im Blockhaus; ich aber ruderte mit aller Macht nach der Hispaniola hinüber.

Daß wir es wagten, noch eine zweite Bootsladung hinüberzuschaffen, mag kühner erscheinen, als es in Wirklichkeit war. Die Meuterer waren uns natürlich an Zahl weit überlegen, aber wir hatten den Vorteil der Bewaffnung. Kein einziger von den Leuten am Lande hatte eine Muskete, und wir waren überzeugt, daß wir mindestens ein halbes Dutzend von ihnen außer Gefecht setzen könnten, bevor sie in Pistolenschußweite kämen.

Der Squire erwartete mich an der Sternluke; alle seine Schwäche war verflogen. Er fing das Tau auf, das ich ihm zuwarf, und machte es fest, und dann beluden wir das Boot so schnell, wie wenn es um unser Leben ginge. Gepökeltes Schweinefleisch, Pulver und Schiffszwieback war die Ladung; außerdem nahmen wir nur je eine Muskete und je einen Stutzsäbel für den Squire und mich und Redruth und den Kapitän mit. Die übrigen Waffen und den Rest des Pulvers warfen wir über Bord in dritthalb Faden tiefes Wasser; wir konnten den blanken Stahl auf dem reinen Sandboden tief unter uns in der Sonne schimmern sehen.

Inzwischen hatte die Ebbe eingesetzt, und das Schiff drehte sich an seinem Anker herum. In der Richtung auf die beiden Gigs hörten wir ein schwaches Rufen, und obgleich uns dies die Beruhigung gab, daß Joyce und Hunter in Sicherheit waren – denn sie befanden sich ein gutes Stück weiter nach Osten zu –, so war es doch für uns eine dringende Aufforderung, uns aufzumachen.

Redruth zog sich von seinem Posten im Verbindungsgang zurück und sprang in das Boot, das wir hierauf an die Gilling heranbrachten, damit Kapitän Smollett bequemer einsteigen könnte. Bevor er aber dies tat, rief er:

„Nun, Leute – hört ihr mich?“

Vom Vorderschiff kam keine Antwort.

„Ich meine dich, Abraham Gray!“

Immer noch keine Antwort.

„Gray,“ rief Smollett noch lauter, „ich verlasse jetzt das Schiff, und ich befehle Euch, Eurem Kapitän zu folgen. Ich weiß, Ihr seid im Grunde ein braver Mann, und ich bin auch überzeugt, kein einziger von euch allen ist in Wirklichkeit so schlecht, wie er sich stellt. Ich halte meine Uhr hier in der Hand; ich gebe Euch dreißig Sekunden Zeit, zu mir zu kommen!“

Einen Augenblick war alles still.

„Kommt, mein braver Junge!“ fuhr der Kapitän fort; „besinnt Euch nicht so lange! Ich riskiere mit jeder Sekunde mein Leben und das dieser guten Herren hier.“

Plötzlich hörten wir ein Gebalge, einen Lärm von Faustschlägen, und heraus sprang Abraham Gray mit einem Messerschnitt auf der Wange und lief zum Kapitän herüber, wie ein Hund, dem sein Herr gepfiffen hat, und sagte:

„Ich halte zu Ihnen, Herr!“

Im nächsten Augenblick waren er und der Kapitän zu uns ins Boot gesprungen; wir stießen ab und fuhren davon.

Vom Schiff waren wir also herunter; aber wir waren noch nicht an Land und erst recht nicht in unserem Pfahlwerk.

Siebzehntes Kapitel

Fortsetzung der Erzählung des Doktors: Die letzte Fahrt der Jolle

Diese fünfte Überfahrt war ganz verschieden von allen anderen. Erstens war unsere kleine Nußschale von einem Boot weit über ihre Tragkraft beladen. Fünf erwachsene Männer waren überhaupt schon mehr, als die Jolle eigentlich tragen konnte, zumal da drei von ihnen – Trelawney, Redruth und der Kapitän – mehr als sechs Fuß hoch waren. Hierzu kam noch das Pulver, das Schweinefleisch und die Zwiebacksäcke. Das Wasser ging bis ans Dollbord und schwappte verschiedene Male über, wenn auch nicht viel hineinlief; aber meine Hose und meine Rockschöße waren klitschnaß, bevor wir hundert Yards zurückgelegt hatten.

Der Kapitän ließ uns so sitzen, daß das Boot besser im Gleichgewicht war. Trotzdem wagten wir kaum zu atmen.

Außerdem wurde der Ebbstrom jetzt stärker. Eine kräftige Strömung ging nach Westen durch das Wasserbecken und dann südwärts nach dem engen Sund zu, durch den wir am Morgen eingefahren waren. Für unser überladenes Fahrzeug waren sogar die leichten Kräuselwellen eine Gefahr; das schlimmste aber war, daß wir aus unserem richtigen Kurs kamen und über unsere eigentliche Landungsstelle hinaus abgetrieben wurden. Wenn wir uns von der Strömung mitnehmen ließen, mußten wir dicht neben den Gigs landen, wo jeden Augenblick die Piraten erscheinen konnten.

„Ich kann nicht auf das Pfahlwerk zuhalten, Kapitän!" sagte ich zu Smollett. Ich steuerte, während er und Redruth, die noch frisch bei Kräften waren, die Riemen führten. „Der Ebbstrom treibt uns fortwährend ab. Könnten Sie vielleicht etwas stärker rudern?"

„Nicht ohne daß uns das Boot voll läuft," sagte er.

„Sie müssen dicht heranhalten, Doktor, wenn Sie so gut sein wollen – immer dicht heran, bis Sie sehen, daß wir der Strömung Herr werden."

Ich versuchte es und fand bald, daß der Ebbstrom uns nach Westen riß, wenn ich nicht genau nach Osten steuerte; das war aber im rechten Winkel in der Richtung, in der wir fahren mußten.

„Auf diese Weise kommen wir nie und nimmer an Land," sagte ich.

„Wenn es der einzige mögliche Kurs ist, Doktor, so müssen wir ihn eben steuern," antwortete der Kapitän. „Wir müssen gegen den Strom halten. Sehen Sie, – wenn wir einmal leewärts von dem Landungsplatz kommen, dann ist es schwer zu sagen, an welcher Stelle wir an den Strand kommen; ganz abgesehen von der Möglichkeit, daß die Gigs uns über den Hals kommen. Wenn wir aber einfach weiterfahren, muß die Strömung allmählich schwächer werden, und dann können wir dicht am Strande wieder zurückfahren."

„Der Strom ist schon weniger, Herr," sagte der Matrose Gray, der vorne am Bug saß; „Sie können hier ein bißchen mehr freien Weg geben."

„Danke Euch, mein Mann,“ sagte ich ganz ruhig, wie wenn gar nichts vorgefallen wäre; denn wir waren stillschweigend alle darüber einig, ihn wie unseresgleichen zu behandeln.

Plötzlich stieß der Kapitän einen Ruf aus, und es kam mir vor, wie wenn seine Stimme etwas verändert wäre.

„Die Kanone!“ sagte er.

„Ich habe daran gedacht,“ sagte ich; denn ich war überzeugt, daß er an ein Bombardement des Pfahlwerks dachte. „Sie können die Kanone unmöglich an Land schaffen; und selbst wenn ihnen das gelänge, könnten sie sie doch nicht durch den Wald schleppen.“

„Sehen Sie sich um, Doktor!“ antwortete der Kapitän.

Wir hatten den langen Neunpfünder ganz und gar vergessen und sahen jetzt auf einmal zu unserem Entsetzen, daß die fünf Halunken eifrig beschäftigt waren, der Kanone die Jacke auszuziehen, wie man die starke Segelleinwand nennt, mit der sie während der Fahrt zugedeckt ist. Und es war nicht nur das; sondern in demselben Augenblick fiel mir ein, daß wir die Vollkugeln und das Pulver für die Kanone zurückgelassen hatten; ein einziger Streich mit der Axt mußte die Munition in den Besitz der fünf Bösewichte bringen.

„Israel war Flints Kanonier!“ sagte Gray mit eigener Stimme.

Aller Gefahr zum Trotz lenkten wir das Boot schnurstracks auf den Landungsplatz zu. Wir waren mittlerweile so weit aus der Strömung herausgekommen, daß das Boot selbst trotz unserem naturgemäß sehr langsamen Rudern genug Steuerfahrt hatte, und ich konnte gerade auf das Ziel loshalten. Aber das schlimmste dabei war, daß wir bei dem jetzigen Kurse der Hispaniola unsere Breitseite anstatt unseres Sterns zudrehten, so daß wir also ein Ziel wie ein Scheunentor darboten.

Ich konnte nicht nur hören, sondern auch sehen, wie der Schuft mit dem versoffenen Branntweinsgesicht, Israel Hands, eine Vollkugel auf das Deck warf.

„Wer ist der beste Schütze?“ fragte der Kapitän.

„Herr Trelawney, ohne allen Zweifel,“ sagte ich.

„Herr Trelawney, wollen Sie mir bitte einen von diesen Leuten wegputzen? Wenn möglich Hands!“ sagte der Kapitän. Trelawney war kalt wie Stahl; er sah nach dem Zündkraut seines Gewehrs.

„Aber sachte mit der Flinte, Herr!“ rief der Kapitän; „sonst läuft uns das Boot voll. Alle sitzen ganz ruhig, während er zielt!“

Der Squire erhob seine Muskete; das Rudern hörte auf, und wir beugten uns nach der anderen Seite hinüber, um das Gleichgewicht herzustellen. Dies alles wurde so genau gemacht, daß kein Tropfen Wasser ins Boot kam.

Die Meuterer hatten unterdessen die Kanone auf ihrem Pfosten herumgedreht; Hands, der mit dem Wischer bei der Mündung stand, war infolgedessen am wenigsten gedeckt. Aber wir hatten kein Glück; denn gerade in dem Augenblick, als Trelawney feuerte, bückte Hands sich; die Kugel pfiff über ihn hinweg, und es fiel einer von den anderen vier.

Auf den Schrei, den er ausstieß, antworteten nicht nur seine Kameraden an Bord, sondern auch zahlreiche Stimmen vom Strande; und als ich nach jener Richtung lugte, sah ich, wie die Piraten truppweise zwischen den Bäumen hervorkamen und in ihre Boote sprangen.

„Jetzt kommen die Gigs, Kapitän!“ rief ich.

„Dann nur einfach geradeaus!“ schrie der Kapitän. „Es darf uns jetzt nicht mehr darauf ankommen, ob wir Wasser ins Boot bekommen. Wenn wir es nicht an Land bringen können, ist alles aus!“

„Nur eine von den Gigs wird bemannt,“ sagte ich zum Kapitän; „die Mannschaft des anderen Bootes geht wahrscheinlich den Strand entlang, um uns abzuschneiden.“

„Das wird ihnen Schweiß kosten, Doktor,“ antwortete der Kapitän. „Sie wissen, wie schlecht zu Fuß Hans Maat zu Lande ist. Nein, die machen uns hier keine Sorgen; wohl aber die Vollkugel der Kanone. Zimmerkegelspiel! Mylady Kammerjungfer könnte nicht vorbeischießen. Sagen Sie uns, Squire, sobald Sie die Lunte sehen; wir werden dann rückwärts rojen.“

Mittlerweile waren wir für ein so schwer beladenes Boot ziemlich schnell vorwärts gekommen, und es war dabei nur wenig Wasser ins Boot gelaufen. Wir waren jetzt dicht an unserem Ziel; dreißig oder vierzig Ruderschläge mußten uns an Land bringen; denn die Ebbe hatte bereits einen schmalen Sandstreifen unterhalb der Bäume freigelegt. Der Ebbstrom, der uns in so unangenehmer Weise aufgehalten hatte, glich jetzt den Schaden für uns wieder aus, indem er unsere Verfolger aufhielt. Die einzige Gefahr drohte uns von dem Geschütz.

„Wenn ich es wagen dürfte,“ sagte der Kapitän, „würde ich einen Augenblick halten und noch einen wegputzen.“

Aber es war klar, daß die Meuterer sich durch nichts aufhalten lassen wollten. Sie hatten sich nach ihrem gefallenen Kameraden nicht einmal umgesehen, obgleich er nicht tot war; denn ich sah, wie er von der Kanone wegzukriechen versuchte.

„Fertig!“ rief der Squire.

„Halt!“ rief der Kapitän, schnell wie ein Echo.

Und er und Redruth setzten mit aller Wucht die Riemen rückwärts ein, und der Stern des Bootes kam unter Wasser. In demselben Augenblick kam der Knall der Kanone. Dies war der erste Schuß, den Jim hörte; denn der Knall von dem Musketenschuß des Squires hatte ihn nicht erreicht. Wie die Kugel flog, konnte keiner von uns genau sagen; aber ich denke mir, sie muß über unsere Köpfe weg geflogen sein, und der Luftdruck, den sie verursachte, mag wohl zu unserem Mißgeschick beigetragen haben.

Jedenfalls sank das Boot, den Stern voran, in drei Fuß tiefes Wasser; der Kapitän und ich blieben einander gegenüber auf unseren Füßen stehen. Die andern drei kamen mit dem ganzen Körper ins Wasser und schnauften und sprudelten, als sie wieder auftauchten.

Dies hatte nicht viel zu bedeuten. Kein Leben war verloren gegangen, und wir konnten in Sicherheit an den Strand waten. Aber alle unsere Vorräte lagen im Wasser, und, was noch schlimmer war, von den fünf Musketen waren nur noch zwei brauchbar. Die meinige hatte ich, sozusagen triebmäßig, über den Kopf gehalten. Der Kapitän hatte seine Büchse an einem Riemen über der Schulter getragen, und zwar als ein kluger Mann mit dem Schloß nach oben. Die anderen drei Musketen waren völlig naß geworden, als das Boot versank.

Unsere Sorgen wurden noch dadurch vermehrt, daß wir bereits Stimmen im Walde am Strande näher kommen hörten; es bestand daher nicht allein die Gefahr, daß wir in unserem halb wehrlosen Zustande von dem Pfahlwerk abgeschnitten wurden, sondern wir mußten auch befürchten, daß Hunter und Joyce vielleicht nicht so kaltblütig sein würden, standzuhalten, wenn sie von einem halben Dutzend Piraten angegriffen würden. Hunter war allerdings zuverlässig – das wußten wir; mit Joyce aber war es zweifelhaft: er war ein freundlicher, höflicher Mann – ein guter Bedienter, der zuverlässig einen Rock sauber ausbürstete, aber nicht eigentlich ein Kriegsmann.

Mit allen diesen Befürchtungen im Herzen, wateten wir so schnell, wie wir konnten, an Land; die arme Jolle und die größte Hälfte unseres ganzen Mundvorrates und Pulvers ließen wir hinter uns.

Achtzehntes Kapitel

Fortsetzung der Erzählung des Doktors: Der Ausgang des Gefechtes am ersten Tage

Wir liefen so schnell wie möglich durch das schmale Stück Wald, das uns vom Pfahlwerk trennte, und bei jedem Schritt, den wir machten, klangen die Stimmen der Meuterer näher. Bald konnten wir ihre eiligen Schritte hören und das Knacken der Zweige, wenn sie durch ein Gebüsch brachen.

Ich begann zu merken, daß wir ein ernstliches Gefecht haben würden, sah nach dem Zündkraut meiner Muskete und sagte:

„Kapitän! Trelawney ist ein sicherer Schütze. Geben Sie ihm Ihr Gewehr; sein eigenes ist unbrauchbar."

Sie tauschten ihre Gewehre aus, und Trelawney, der sich die ganze Zeit über sehr ruhig und kaltblütig benommen hatte, blieb einen Augenblick stehen, um nachzusehen, ob das Gewehr vollkommen in Ordnung sei. Da ich bemerkte, daß Gray unbewaffnet war, gab ich ihm meinen Stutzsäbel. Es tat uns allen vom Herzen gut, zu sehen, wie er in die Hand spuckte, seine Augenbrauen zusammenzog und die Klinge durch die Luft pfeifen ließ. Wir sahen an jeder Muskel seines Körpers klar und deutlich, daß unser neuer Waffengefährte sein Salz wert war.

Vierzig Schritte weiter kamen wir an den Waldsaum und sahen das Pfahlwerk gerade vor uns liegen. Wir erreichten die Umzäunung ungefähr an der Mitte der Südseite, und fast in demselben Augenblick erschienen sieben Meuterer – an ihrer Spitze der Bootsmann, Hiob Anderson – in vollem Lauf an der Südwestecke.

Sie prallten zurück, wie wenn unsere Anwesenheit sie überraschte; und bevor sie zur Besinnung kamen, hatten nicht nur der Squire und ich, sondern auch Hunter und Joyce im Blockhause, Zeit genug, um zu feuern. Die vier Schüsse kamen nicht als Salve, sondern plackerten etwas; aber sie erfüllten ihren Zweck:

einer von den Feinden stürzte zu Boden, und die übrigen kehrten sofort um und verschwanden unter den Bäumen.

Nachdem wir wieder geladen hatten, gingen wir an der Außenseite der Palisade entlang, um nach dem gefallenen Feinde zu sehen. Er war mausetot – durchs Herz geschossen.

Wir frohlockten über unseren guten Erfolg; da krachte gerade in demselben Augenblick ein Pistolenschuß aus dem Gebüsch, eine Kugel pfiff dicht an meinem Ohr vorüber, und der arme Redruth taumelte und fiel der Länge nach zu Boden. Der Squire sowohl wie ich erwiderten den Schuß; da wir aber kein Ziel sahen, so vergeudeten wir wahrscheinlich nur unser Pulver. Hierauf luden wir wieder unsere Gewehre und wandten unsere Aufmerksamkeit dem armen Tom zu.

Der Kapitän und Gray waren schon dabei, ihn zu untersuchen, und ich sah mit einem halben Blick, daß alles vorüber war.

Ich glaube, die Schnelligkeit, womit wir den Pistolenschuß erwidert hatten, hatte die Meuterer abermals auseinandergejagt; denn sie ließen uns ohne weitere Belästigung den braven alten Förster über die Palisade heben; sodann trugen wir den stöhnenden Mann, der viel Blut verlor, ins Blockhaus.

Der arme alte Bursche! Er hatte vom ersten Beginn unserer Schwierigkeiten bis zu diesem Augenblick, da wir ihn im Blockhaus zum Sterben niederlegten, kein Wort von Überraschung, Klage, Furcht oder auch nur Zustimmung geäußert. Wie ein Trojaner hatte er seinen Posten hinter der Matratze in dem schmalen Gang behauptet; er hatte jeden Befehl schweigend, hartnäckig und genau ausgeführt; er war zwanzig Jahre älter als der älteste von uns; und nun mußte dieser brummige, aber treue und nützliche alte Diener für uns sterben.

Der Squire fiel neben ihm auf die Knie nieder und küßte seine Hand und weinte dabei wie ein Kind.

„Muß ich gehen, Herr Doktor?“ fragte Tom.

„Tom, mein Mann,“ sagte ich, „Ihr geht heim.“

„Ich wollte, ich hätte ihnen mit meiner Flinte erst einen aufbrennen können!“ antwortete er.

„Tom,“ sagte der Squire, „sagt mir, daß Ihr mir vergebt – wollt Ihr das tun?“

„Wäre das respektvoll, Squire?“ war seine Antwort. „Indessen – so sei es, Amen!“

Nach einem kurzen Schweigen sagte er, nach seiner Meinung solle wohl einer von uns ein Gebet lesen.

„Es ist mal der Brauch so, Herr,“ sagte er, wie wenn er um Entschuldigung zu bitten hätte. Nicht lange darauf verschied er, ohne noch ein Wort zu sprechen.

Unterdessen hatte der Kapitän, dessen Taschen, wie mir bereits aufgefallen war, merkwürdig bepackt waren, eine große Menge verschiedener Gegenstände hervorgeholt – die britische Flagge, eine Bibel, ein Knäuel ziemlich dicken Bindfaden, Tinte, Federn, das Logbuch und mehrere Pfundpakete Tabak. Er hatte innerhalb der Einzäunung einen ziemlich langen Fichtenstamm gefunden, dessen Zweige bereits abgehackt waren; diesen richtete er mit Hunters Hilfe an der Ecke des Blockhauses auf, wo die Baumstämme im rechten Winkel aufeinanderstießen. Dann kletterte er auf das Dach und zog mit eigener Hand die englischen Farben auf.

Diese Handlungen schienen sein Herz sehr zu erleichtern. Er betrat wieder das Blockhaus und begann unsere Vorräte aufzuzeichnen, wie wenn es sonst nichts auf der Welt gäbe. Bei alledem hatte er sich auch um Tom gekümmert, und sobald alles vorüber war, trat er mit einer zweiten Flagge heran und breitete diese ehrfurchtsvoll über die Leiche aus. Dann schüttelte er dem Squire die Hand und sagte:

„Nehmen Sie sich's nicht zu sehr zu Herzen, Herr Trelawney! Ihm ist wohl; um einen Mann, der für seine Pflicht, für seinen Kapitän und seinen Herrn gestorben ist, brauchen wir keine Sorge zu haben, daß er nicht in den Himmel kommt. Das ist vielleicht nach der Glaubenslehre nicht richtig, aber es ist Tatsache.“

Hierauf zog er mich beiseite und sagte:

„Doktor Livesey, in wieviel Wochen erwarten Sie und der Squire die Ankunft des zweiten Schiffes, das uns nachgesandt werden sollte?“

Ich sagte ihm, es handle sich dabei nicht um Wochen, sondern um Monate; erst wenn wir gegen Ende August nicht zurück wären, sollte Blandly das zweite Schiff schicken, um nach uns zu suchen; aber weder früher noch später.

„Sie können sich's also selber ausrechnen,“ sagte ich.

„Hm, ja," antwortete der Kapitän und kratzte sich den Kopf, „und wenn ich noch so sehr auf die Güte der Vorsehung rechne, Doktor, möchte ich sagen, wir sind in einer ziemlich ekligen Klemme!"

„Wieso?"

„Es ist jammerschade, Doktor, daß wir die zweite Bootsladung verloren haben," antwortete der Kapitän. „Mit unserem Pulver und Blei werden wir reichen. Aber die Rationen sind knapp, sehr knapp – so knapp, Doktor Livesey, daß es vielleicht ebensogut ist, diesen Esser weniger zu haben." Und mit diesen Worten zeigte er auf den Leichnam unter der Flagge.

Gerade in diesem Augenblick flog sausend eine Vollkugel hoch über das Dach des Blockhauses hinweg und schlug weit hinter uns in den Wald ein.

„Oho!" rief der Kapitän; „pulvert nur los! Ihr habt jetzt schon wenig genug Pulver, meine Jungens."

Der zweite Schuß war besser gezielt: die Kugel schlug innerhalb der Palisade ein und warf eine Sandwolke auf, richtete aber sonst keinen Schaden an.

„Kapitän," sagte der Squire, „das Haus ist vom Schiff aus vollständig unsichtbar, es muß die Flagge sein, wonach sie zielen. Wäre es nicht weiser, sie einzuziehen?"

„Meine Flagge streichen!" rief der Kapitän. „Nein, Herr – das tu ich nicht!"

Und ich glaube, wir alle waren seiner Meinung, sobald er diese Worte gesprochen hatte. Denn es war nicht nur eine Äußerung kräftigen Seemannsmutes, sondern es war auch politisch klug; denn die Flagge zeigte unseren Feinden, daß wir ihre Kanonade verachteten.

Den ganzen Abend donnerten sie mit ihrer Kanone. Eine Vollkugel nach der anderen flog über uns hinweg oder war zu kurz gezielt oder wirbelte in der Umzäunung den Sand auf; sie mußten aber so hoch im Bogen schießen, daß die Kugel sich unschädlich in den weichen Sand einbohrte. Wir brauchten kein Abprallen der Kugel zu fürchten; eine schlug allerdings durch das Dach des Blockhauses und fuhr durch den Fußboden wieder heraus, aber wir gewöhnten uns bald an den Spaß und kümmerten uns so wenig darum, wie wenn Kricket gespielt würde.

„Ein Gutes hat das alles," bemerkte der Kapitän: „Der Wald zwischen uns und dem Strande ist wahrscheinlich vom Feinde nicht besetzt. Die Ebbe ist mittlerweile ein gutes Stück zurückgegangen, wahrscheinlich liegen unsere Vorräte jetzt nicht mehr im Wasser. Freiwillige vor, um das Pökelfleisch zu holen!"

Gray und Hunter waren die ersten, die vortraten. Gut bewaffnet schlichen sie sich aus dem Pfahlwerk heraus; aber ihr Unternehmen erwies sich als unausführbar. Die Meuterer waren kühner, als wir geglaubt hatten, oder sie hatten mehr Vertrauen zu Israels Schießkunst. Denn vier oder fünf von ihnen waren emsig beschäftigt, unsere Vorräte wegzuschleppen und wateten mit ihnen bis zu einer der Gigs, die ganz in der Nähe lag und ab und zu mit einem Ruderschlag sich gegen die Strömung hielt. Silver saß hinten und führte das Kommando, und jeder einzelne von ihnen war jetzt mit einer Muskete versehen, die sie aus irgendeinem geheimen Magazin genommen haben mußten.

Der Kapitän setzte sich an sein Logbuch und begann seine Eintragungen folgendermaßen:

„Alexander Smollett, Schiffer; David Livesey, Schiffsarzt; Abraham Gray, Zimmermannsmaat; John Trelawney, Eigentümer; John Hunter und Richard Joyce, Diener des Eigentümers, keine Seeleute. Dies sind alle, die von der Schiffsgesellschaft treu geblieben sind. Sie kamen mit Vorräten für zehn Tage bei knappen Rationen heute an Land und zogen auf dem Blockhaus der Schatzinsel die englische Flagge auf. Thomas Redruth, Diener des Eigentümers, Förster, von den Meuterern erschossen; James Hawkins, Kajütsjunge –"

In demselben Augenblick dachte ich bei mir selber, wie es wohl dem armen Jim Hawkins gegangen ist.

Da wurde auf der Landseite des Blockhauses gerufen.

„Einer ruft uns an," sagte Hunter, der die Wache hatte.

„Doktor! Squire! Kapitän! Hallo, Hunter, seid Ihr das?" rief es draußen.

Und ich lief an die Tür und kam gerade noch zur rechten Zeit, um Jim Hawkins heil und gesund über die Palisaden klettern zu sehen.

Neunzehntes Kapitel

Jim Hawkins nimmt die Erzählung wieder auf: Die Garnison im Pfahlwerk

Sobald Ben Gunn die britische Flagge sah, blieb er stehen, zupfte mich am Arm und setzte sich nieder.

„Nun," sagte er, „da sind ja deine Freunde!"

„Es ist wohl wahrscheinlicher, daß es die Meuterer sind," antwortete ich.

„Das?" rief er. „Oh! an einem solchen Ort wie hier, wohin niemals ein Mensch außer dem Glücksgentleman kommt, würde Silver den Jolly Roger hissen –, darauf kannst du dich verlassen. Nein, das sind deine Freunde. Es hat Hiebe gegeben, und ich denke mir, deine Freunde haben die Oberhand behalten, und hier sind sie nun an Land in dem alten Pfahlwerk, das vor Jahren und Jahren von Flint gebaut wurde. Oh, der Flint – der hatte ein Köpfchen! Wäre nicht der Rum gewesen, er hätte niemals seinesgleichen gehabt. Er hatte vor keinem Menschen Angst, der Flint. Nur der Silver – der Silver war so schlau."

„Nu ja, das kann ja sein – meinetwegen!" sagte ich; „um so mehr Grund, daß ich mich beeile, zu meinen Freunden zu kommen."

„Nein, Maat – nur nicht so eilig! Du bist ein guter Junge, daran zweifle ich nicht; aber du bist doch schließlich nur ein Junge. Nun, Ben Gunn ist pfiffig! Rum würde mich nicht zu deinen Freunden bringen, zu denen du gehst – Rum reizt mich nicht; erst muß ich deinen Gentleman sehen, der als Gentleman geboren war, und muß sein Ehrenwort haben. Und vergiß meine Worte nicht: „man immer mit Vertrauen (so mußt du zu ihm sagen), – man immer mit Vertrauen!" Und dabei kannst du ihn mal zwicken."

Und wirklich zwickte er mich in demselben Augenblick zum drittenmal in den Arm und machte dabei wieder das schlaue Gesicht.

„Und wenn Ben Gunn gebraucht wird, dann weißt du, wo du ihn finden kannst, Jim. Gerade da, wo du ihn heute fandest. Und wer kommt, der soll was Weißes in der Hand haben – und der soll allein kommen. Und dann noch eins: Du mußt sagen: „Ben Gunn", sagst du, „hat seine bestimmten Gründe!""

„Schön, ich glaube, ich versteh dich. Du hast irgendeinen Vorschlag zu machen und möchtest den Squire oder den Doktor sehen; und du bist an der Stelle zu finden, wo ich dich zuerst traf. Ist das alles?"

„Und wann? meinst du noch?“ sagte Ben. „Na, von ungefähr mittags bis sechs Glasen.“

„Gut! Und nun kann ich wohl gehen?“

„Du wirst doch nicht vergessen?“ fragte er ängstlich. „„Man immer Vertrauen, und seine besonderen Gründe“ – so muß du sagen. „Seine besonderen Gründe“ – das ist die Hauptsache. Na, dann denke ich, du kannst gehen.“

Er hielt mich aber immer noch am Arm fest und fuhr fort:

„Und, Jim, solltest du Silver sehen, so wirst du doch Ben Gunn nicht verraten. Nein, sagst du? Keine vier Pferde würden es aus dir herausziehen? Und wenn die Piraten sich am Strande lagern, Jim – was würdest du dazu sagen, wenn's morgen früh Witwen gäbe?“

Hier wurde er durch einen lauten Knall unterbrochen, und eine Kanonenkugel sauste durch die Bäume, riß Äste herunter und schlug in den Sand ein – keine hundert Schritte von der Stelle, wo wir standen und sprachen. Im nächsten Augenblick waren wir beide in verschiedenen Richtungen davongelaufen.

Eine Viertelstunde lang donnerte ein Schuß nach dem anderen über die Insel. Kanonenkugeln fuhren krachend durch die Bäume. Ich lief von einem Versteck zum anderen, fortwährend von diesen schrecklichen Wurfgeschossen verfolgt – wenigstens kam es mir so vor. Aber gegen Ende des Bombardements war ich doch wieder etwas zuversichtlicher geworden, obgleich ich mich noch immer nicht in die Nähe des Pfahlwerks wagen durfte, wo die Kugeln am häufigsten einschlugen; nachdem ich einen Umweg in östlicher Richtung gemacht hatte, kroch ich schließlich wieder unter die Bäume am Strande.

Die Sonne war eben untergegangen; die Seebrise rauschte durch das Laub des Waldes und kräuselte die graue Oberfläche des Ankerplatzes; die Ebbe hatte große Fortschritte gemacht und weite Strecken Land lagen frei; nach der Hitze des Tages war die Luft kühl geworden und ich fühlte ihre Kälte durch meine Jacke hindurch.

Die Hispaniola lag immer noch an derselben Stelle vor Anker; aber von der Spitze ihres Hauptmastes flatterte der Jolly Roger, die schwarze Seeräuberflagge. Während ich hinübersah, kam wieder ein roter Blitz der Kanone und ein Knall, der von den Bergen widerhallte, und eine Vollkugel tanzte durch die Luft. Es war der letzte Schuß der Kanonade.

Ich lag noch eine Weile in meinem Versteck und beobachtete das Streiten der Meuterer, nachdem sie den Angriff eingestellt hatten. Ein paar Leute schlugen mit Beilen auf einen Gegenstand los, der am Strande in der Nähe des Pfahlwerks lag; wie ich später entdeckte, war es die unglückselige Jolle. In der Ferne, dicht an der Flußmündung, loderte ein großes Feuer, dessen rote Glut durch die Bäume schien, und zwischen dieser Stelle und dem Schiff fuhr eine der Gigs fortwährend hin und her. Die Matrosen, die ich zuletzt so verdrießlich gesehen hatte, jauchzten beim Rudern wie Kinder. Aber in ihren Stimmen war ein Klang, der auf Rum schließen ließ.

Nach einiger Zeit dachte ich, es möchte wohl gut sein, wenn ich wieder nach dem Pfahlwerk zurückginge. Ich befand mich ziemlich weit unten auf der niedrigen sandigen Landzunge, die den Ankerplatz nach Osten zu abschließt und bei halber Ebbe mit der Skelettinsel in Verbindung steht. Als ich aufstand, sah ich ein Stück weiter die Landzunge hinunter aus einem niedrigen Gebüsch einen einzelnen Felsen aufsteigen, der mir durch seine weiße Farbe auffiel. Ich dachte mir, dies könnte wohl die weiße Klippe sein, von welcher Ben Gunn gesprochen hatte, und daß vielleicht einmal ein Boot gebraucht werden könnte und daß ich dann wüßte, wo ich zu suchen hätte.

Ich schlich mich nun durch den Wald, bis ich wieder die Landseite des Pfahlwerks erreicht hatte, und wurde bald von meinen treuen Kameraden willkommen geheißen.

Schnell hatte ich meine Geschichte erzählt, und dann begann ich mich umzusehen. Das Blockhaus war aus unbehauenen Fichtenstämmen erbaut – Dach, Wände und Fußboden. Dieser letztere befand sich an verschiedenen Stellen einen oder anderthalb Fuß hoch über dem Sandgrunde. An der Tür war ein Vorbau, und an dieser Stelle ergoß eine kleine Quelle sich in einen recht eigentümlichen Behälter – es war nämlich weiter nichts als ein großer eiserner Schiffskessel, dessen Boden herausgeschlagen war, und den man in den Sand eingelassen hatte.

Im Hause war nicht viel mehr vorhanden als die kahlen Wände; aber in der einen Ecke lag ein Stein, der als Herd benutzt wurde, und auf diesem stand ein rostiger eiserner Korb, in welchem das Holz brannte.

Die Abhänge des Hügels und der ganze Innenraum des Pfahlwerks waren gelichtet worden, und mit den gefällten Bäumen hatte man das Blockhaus erbaut; an den Stümpfen konnten wir noch sehen, was für ein schöner hoher

Wald hier zerstört worden war. Ein großer Teil des Erdreichs war vom Regen hinweggewaschen worden, nachdem die Bäume es nicht mehr zusammenhielten; nur wo das Bächlein von dem Kessel aus über den Abhang floß, war in dem dürren Sande noch ein dichter Moosteppich mit einigen Farnkräutern und verkrüppelten Gebüschen. Rings um die Palisaden herum stand noch hoher und dichter Wald, der auf der Landseite aus lauter Fichten bestand, nach der Seeseite zu aber stark mit Lebenseichen gemischt war.

Die kalte Abendbrise, von der ich sprach, pfiff durch jede Ritze des ungefügen Gebäudes und wehte fortwährend feinen Sand herein, der den Fußboden bedeckte. Sand hatten wir in den Augen, Sand in den Zähnen, Sand in unserem Abendessen, und auf dem Grunde des Kessels tanzte in dem Quellwasser Sand, daß es genau aussah wie eine Mehlsuppe, die zu kochen beginnt.

Unseren Schornstein bildete ein viereckiges Loch im Dach; nur ein kleiner Teil des Rauches zog durch dieses ab; der Rest erfüllte das ganze Haus, so daß wir fortwährend husten und uns die Augen wischen mußten.

Hierzu kam noch, daß Gray, der neue Mann, das Gesicht verbunden hatte; er hatte bei der Balgerei mit den Meuterern einen Hieb in die Wange bekommen; und an der Wand lag der arme alte Tom Redruth, noch unbeerdigt, steif und starr unter dem Union Jack.

Wenn wir nichts getan hätten, würden wir die Nerven verloren haben; aber Kapitän Smollett war nicht der Mann, solche Unvernünftigkeit zuzulassen. Die ganze Mannschaft wurde aufgerufen und von ihm in Wachen eingeteilt. Der Doktor, Gray und ich bildeten die eine Wache, der Squire, Hunter und Joyce die andere. So müde wir alle waren, wurden doch zwei ausgeschickt, um Brennholz zu holen; zwei andere mußten ein Grab für Redruth machen; der Doktor wurde zum Koch ernannt; ich wurde als Schildwache an die Tür gestellt; und der Kapitän selber ging vom einen zum andern, sprach uns Mut ein und legte mit Hand an, wo es nötig war.

Von Zeit zu Zeit kam der Doktor an die Tür, um ein wenig frische Luft zu schöpfen und seine Augen zu kühlen, die der Rauch ihm beinahe aus dem Kopfe trieb; und jedesmal, wenn er das tat, hatte er ein Wort für mich.

„Der Kapitän Smollett“, sagte er bei einer solchen Gelegenheit, „ist ein tüchtigerer Mann als ich. Und wenn ich so etwas sage, so will dies etwas heißen.“

Ein anderes Mal kam er und war eine Weile still. Dann legte er den Kopf auf die eine Seite, sah mich an und fragte:

„Ist dieser Ben Gunn ein vernünftiger Mensch?“

„Ich weiß es nicht, Herr Doktor. Ich bin nicht ganz sicher, ob er seinen Verstand hat.“

„Wenn in dieser Beziehung irgendein Zweifel besteht, so *hat* er ihn,“ antwortete der Doktor. „Ein Mensch, der drei Jahre lang auf einer unbewohnten Insel gewesen ist und an seinen Nägeln gekaut hat, Jim, der kann nicht so vernünftig erscheinen wie du oder ich. Das kann man nicht erwarten. Es liegt nicht in der menschlichen Natur. Sagtest du nicht etwas davon, daß er besondere Lust hätte, etwas zu essen? Ich glaube, Käse?“

„Jawoll, Herr Doktor, Käse.“

„Na, Jim, da kannst du sehen, daß es manchmal zu etwas gut ist, wenn ein Mensch Wert auf gutes Essen legt. Du hast doch mal meine Schnupftabaksdose gesehen, nicht wahr? Aber du hast mich niemals schnupfen gesehen! Der Grund davon ist der, daß ich in meiner Dose keinen Schnupftabak, sondern immer ein Stück Parmesankäse bei mir trage – das ist ein Käse, der in Italien gemacht wird – sehr nahrhaft. Na, das ist was für Ben Gunn!“

Bevor wir uns zum Abendessen setzten, begruben wir den alten Tom im Sande und standen eine Weile barhäuptig im Abendwind um sein Grab herum. Eine Menge Fichtenholz war in das Blockhaus gebracht worden, aber nach des Kapitäns Meinung noch lange nicht genug; er schüttelte den Kopf und sagte, wir müßten uns am nächsten Morgen fleißiger dazuhalten!

Nachdem wir unser Pökelfleisch gegessen und jeder ein gutes, steifes Glas Grog getrunken hatten, setzten die drei Anführer sich in einer Ecke zusammen, um unsere Aussichten zu besprechen.

Wie mir scheint, waren sie ratlos, was wir tun sollten; der Mundvorrat war so gering, daß der Hunger uns zur Übergabe zwingen mußte, bevor Hilfe kommen konnte. Sie waren darüber einig, daß unsere beste Hoffnung darin bestände, die Piraten einzeln abzuschießen, bis sie entweder ihre Segel strichen oder mit der Hispaniola davonsegelten. Ihre Zahl war bereits von neunzehn auf fünfzehn heruntergebracht; zwei andere waren verwundet und einer davon – der Mann, den der Squire neben der Kanone getroffen hatte – zum mindesten schwer verwundet, wenn er nicht gar tot war. Sooft wir Gelegenheit hatten, einen Schuß auf sie zu tun, sollten wir sie benutzen, dabei aber äußerst vorsichtig sein, uns nicht selber auszusetzen. Außerdem hatten wir noch zwei gute Verbündete – den Rum und das Klima.

Was den Rum anbetrifft, so konnten wir die Meuterer bis spät in die Nacht singen hören, obwohl wir ungefähr eine halbe Meile entfernt waren; und in bezug auf das Klima erklärte der Doktor, er wolle seine Perücke zum Pfande setzen, daß die Hälfte von ihnen vor Ablauf einer Woche auf dem Rücken liegen würden; denn ihr Lager befände sich in der sumpfigen Marsch, und sie hätten keine Arzneien.

„Darum werden sie," so schloß er, „wenn sie nicht vorher alle tot geschossen sind, froh sein, mit dem Schoner abzuschieben. Es ist immerhin ein Schiff, und sie können ihr Piratenleben wieder beginnen, nehme ich an."

„Das erste Schiff, das ich in meinem Leben verloren habe!" sagte Kapitän Smollett.

Ich war todmüde, wie man sich vorstellen kann. Trotzdem wälzte ich mich noch lange schlaflos auf meinem Lager; aber als ich endlich einschlief, da schlief ich auch wie ein Stück Holz.

Die übrigen waren längst aufgestanden, hatten schon gefrühstückt und den Brennholzhaufen um die Hälfte der Menge vermehrt, als ich von einem Geräusch und lautem Rufen aufgeweckt wurde.

„Ein Parlamentär!" hörte ich irgendeinen sagen; und gleich darauf setzte er mit einem Ausruf der Überraschung hinzu:

„Silver in eigener Person!"

Da sprang ich auf, rieb mir den Schlaf aus den Augen und lief an eine Schießscharte an der Wand.

Zwanzigstes Kapitel

Silver als Parlamentär

Richtig – zwei Männer standen dicht an der Umpfählung; einer von ihnen schwenkte ein weißes Tuch; der andere – kein Geringerer als Silver selbst– stand ruhig neben ihm.

Es war noch recht früh, und es war der kälteste Morgen, den ich jemals im Freien verbracht habe; eine Kälte, die mir durch Mark und Bein drang. Der

Himmel droben war klar und wolkenlos, und die Wipfel der Bäume leuchteten rosig in der Sonne. Aber die Stelle, wo Silver mit seinem Begleiter stand, lag noch ganz im Schatten, und sie wateten knietief in einem dichten weißen Nebel, der während der Nacht vom Sumpf heraufgekrochen war. Die Kälte und dieser Nebel redeten eine deutliche Sprache; sie bewiesen, daß diese Insel ein trübseliger Aufenthalt sein mußte, offenbar ein feuchter, fieberausdünstender, ungesunder Ort.

„Bleibt im Hause, Leute!“ sagte der Kapitän. „Es ist zehn gegen eins zu wetten, daß sie eine Hinterlist vorhaben.“

Dann rief er die Piraten an:

„Wer da? Steht, oder wir schießen!“

„Parlamentär!“ rief Silver.

Der Kapitän stand im Vorbau, deckte sich aber sorgfältig gegen einen Schuß aus dem Hinterhalt, falls ein solcher etwa beabsichtigt sein sollte. Er wandte sich zu uns und sagte:

„Doktors Wache zum Ausguck! Doktor Livesey, übernehmen Sie bitte die Nordseite; Jim die Ostseite; Gray die Westseite. Alle Musketen geladen! Fix, Leute, fix, Leute, und paßt sorgfältig auf!“

Dann wandte er sich wieder zu den Meuterern und rief:

„Und was wollt ihr mit eurem Parlamentär?“

Dieses Mal antwortete der andere Mann:

„Käpp'n Silver, Herr, möchte an Bord kommen und über die Bedingungen verhandeln!“ rief er.

„Käpp'n Silver! Kenn ich nicht! Wer ist das?“ rief der Kapitän. Und wir konnten hören, wie er leise vor sich hinsagte:

„Käpp'n, sagt er? I du liebe Güte, das ist schnelle Beförderung!“

Long John antwortete selber:

„Ich, Herr. Diese armen Jungens haben mich zu ihrem Käpp'n gemacht, nachdem Sie, Herr, desertiert waren.“ Er legte einen besonderen Ton auf das Wort „desertiert“. „Wir sind willens, uns mit Ihnen zu einigen, wenn wir zu vernünftigen Bedingungen kommen können, und ohne Widerwärtigkeiten. Ich verlange weiter nichts als Ihr Wort, Käpp'n Smollett, daß Sie mich heil und gesund aus diesem Pfahlwerk hier wieder herauslassen, und daß ich eine Minute habe, bevor ein Gewehr abgefeuert wird."

„Mein Mann," sagte Kapitän Smollett, „ich habe nicht das geringste Verlangen, mit Euch zu reden. Wenn Ihr mit mir zu reden wünscht, so könnt Ihr kommen, und damit fertig. Wenn es irgendeine Verräterei gibt, so wird die auf Eurer Seite sein, und der Herrgott mag ihm gnädig sein."

„Das genügt, Käpp'n!" rief Long John fröhlich. „Ein Wort von Ihnen genügt. Ich weiß, was ein Gentleman ist, darauf können Sie sich verlassen."

Wir konnten sehen, daß der Mann mit der weißen Flagge Silver zurückzuhalten versuchte. Das war auch nicht zu verwundern, denn des Kapitäns Antwort war sehr kavaliermäßig gewesen, aber Silver lachte ihn laut aus und klopfte ihm auf den Rücken, wie wenn es lächerlich gewesen wäre, sich irgendwie zu beunruhigen. Dann trat er an die Palisaden heran, schwang seine Krücke herüber und stieg mit großer Kraft und Gewandtheit über den Zaun, auf dessen anderer Seite er wohlbehalten ankam. Ich will gestehen, daß ich von den Vorgängen zu sehr in Anspruch genommen war, um hier als Schildwache auch nur das geringste nützen zu können; ich hatte meine Schießscharte an der Ostwand verlassen und war hinter den Kapitän gekrochen, der sich jetzt auf die Schwelle gesetzt hatte. Er stützte seine Ellenbogen auf die Knie, seinen Kopf auf die Hände und sah auf die Quelle, die aus dem alten eisernen Kessel über den Sand sprudelte, und pfiff vor sich hin die Melodie: „Kommt, Jungens und Deerns!"

Silver hatte eine harte Arbeit, den Abhang hinaufzukommen. Zwischen den dicken Baumstümpfen und in dem losen Sand des steilen Hügels war er mit seiner Krücke so hilflos wie ein steuerloses Schiff. Aber er quälte sich tapfer ab, ohne ein Wort zu sagen, und stand vor dem Kapitän, den er mit großem Anstand grüßte. Er hatte seinen besten Anzug angezogen: ein ungeheuer großer blauer Rock mit unzähligen Messingknöpfen ging ihm bis zu den Knien herunter; ein Dreimaster, der mit schöner Goldspitze besetzt war, saß ihm auf dem Hinterkopf.

„So, da seid Ihr ja, mein Mann," sagte der Kapitän, indem er aufblickte. „Es ist wohl am besten, wenn Ihr Platz nehmt."

„Sie wollen mich nicht hereinkommen lassen?" sagte Long John in vorwurfsvollem Tone. „Es ist ganz gewiß ein verdammt kalter Morgen, Herr, so im Freien auf dem Sande zu sitzen!"

„Na, Silver," sagte der Kapitän, „wenn es Euch genügt hätte, ein ehrlicher Mann zu bleiben, hättet Ihr in Eurer Kombüse sitzen können. Ihr seid selber schuld. Ihr seid entweder mein Schiffskoch – und als solcher wurdet Ihr anständig behandelt, – oder Ihr seid Käpp'n Silver, ein gemeiner Meuterer und Seeräuber, und dann könnt Ihr Euch hängen lassen!"

„Nu, schön, Käpp'n," antwortete der Schiffskoch, indem er sich auf den Sand setzte, wie ihm befohlen war. „Sie werden mir die Hand reichen müssen, damit ich wieder hoch komme, das ist alles. Ein recht nettes Plätzchen haben Sie ja hier. Ah, da ist ja Jim! Recht schönen guten Morgen, Jim. Doktor, Ihr ergebener Diener. Na, da sitzen ja alle beisammen, wie eine glückliche Familie sozusagen."

„Wenn Ihr mir etwas zu sagen habt, mein Mann, so ist es besser, Ihr sagt es!" sagte der Kapitän.

„Da haben Sie recht, Käpp'n Smollett!" antwortete Silver. „Pflicht ist Pflicht – ganz gewiß. Na, nun hören Sie mal: da haben Sie gestern abend einen guten Streich gemacht. Ich glaube nicht, daß es ein guter Streich war. Einige von Ihnen sind recht fix mit einer Handspeiche! Und ich will auch nicht leugnen, daß einige von meinen Leuten einen kleinen Schrecken bekamen – vielleicht bekamen sie alle einen; vielleicht bekam ich selber einen Schrecken; vielleicht ist das der Grund, warum ich hier bin, um über Ihre Bedingungen zu sprechen. Aber merken Sie sich das, Kapitän: ich werde das nicht zum zweitenmal tun, zum Donnerwetter nochmal! Wir werden einen Postendienst einrichten müssen und ein bißchen sparsamer mit dem Rum umgehen. Vielleicht denken Sie, wir hätten alle einen kleinen sitzen gehabt. Aber ich sage Ihnen, ich war nüchtern! Ich war bloß hundemüde. Wenn ich eine Sekunde früher aufgewacht wäre, hätte ich Sie dabei abgefaßt. Er war noch nicht tot, als ich zu ihm kam."

„Nun?" sagte Kapitän Smollett, vollkommen gleichgültig und kalt.

Jedes Wort, das Silver sagte, war für den Kapitän ein Rätsel; aber das hätte seinem Ton kein Mensch anmerken können. Übrigens begann mir eine Ahnung aufzugehen. Ben Gunns letzte Worte kamen mir in den Sinn. Ich begann zu vermuten, daß er den Piraten einen Besuch abgestattet hatte, während sie alle betrunken um ihr Feuer herumlagen, und ich rechnete mir mit Vergnügen aus, daß wir nur noch mit vierzehn Feinden zu tun hatten.

„Na, also die Sache ist so," sagte Silver: „Wir wollen den Schatz haben, und wir kriegen ihn – das ist für uns die Hauptsache! Sie möchten ebenso gerne Ihr Leben retten, denke ich mir; und das ist für Sie die Hauptsache. Sie haben eine Karte, nicht wahr?"

„Das mag wohl sein," antwortete der Kapitän.

„Oh, Sie haben eine, das weiß ich! Sie brauchen nicht so kurz angebunden zu sein; das hat nicht den geringsten Zweck, darauf können Sie sich verlassen. Was ich meine, ist dies: wir wollen Ihre Karte haben! Nun, ich habe gegen Sie selber niemals etwas gehabt."

„Euer Reden hat bei mir gar keinen Zweck, mein Mann," unterbrach ihn der Kapitän. „Wir wissen ganz genau, was Ihr zu tun beabsichtigt, und wir machen uns nichts daraus; denn jetzt, seht mal, könnt Ihr es nicht tun."

Und der Kapitän sah ihn dabei ganz ruhig an und stopfte sich eine Pfeife.

„Wenn Abe Gray –" rief Silver laut.

„Still davon!" rief Smollett; „Gray hat mir nichts gesagt, und ich hab' ihn nichts gefragt. Und ich will Euch was sagen: ehe ich das täte, wollte ich lieber Euch und ihn und die ganze Insel in die Luft fliegen sehen! Also hierüber wißt Ihr nun Bescheid, mein Mann!"

Dieser kleine Zornausbruch schien Silver etwas abzukühlen. Vorher hatte er sich beleidigt gestellt, aber jetzt nahm er sich zusammen und sagte:

„Das kann ich mir wohl denken. Ich habe nicht darüber zu urteilen, was nach der Meinung solcher Herren wie Sie Schiffsrecht ist oder nicht. Und da ich sehe, daß Sie eine Pfeife rauchen wollen, Käpp'n, so will ich so frei sein, desgleichen zu tun."

Und er stopfte sich eine Pfeife und zündete sie an. So saßen die beiden Männer eine ganze Weile schweigend da und rauchten; zuweilen sahen sie einander ins Gesicht, zuweilen drückten sie ihren Tabak nieder, zuweilen beugten sie sich vor, um auszuspucken. Es war so gut wie eine Theatervorstellung, ihnen zuzusehen.

„Na also," fing endlich Silver wieder an, „die Sache ist so: Sie geben uns die Karte, damit wir den Schatz kriegen können, und schießen keine armen Matrosen mehr tot, und schneiden ihnen nicht mehr die Kehle ab, wenn sie schlafen. Also das ist Ihre Leistung, und dafür stellen wir Ihnen folgendes zur Wahl: entweder kommen Sie zu uns an Bord, sobald der Schatz auf dem Schiffe ist, und dann geb ich Ihnen mein Affy-Davi, auf mein Ehrenwort, Sie irgendwo, wo Sie Lust haben, heil und gesund an Land zu setzen, oder wenn Ihnen das nicht paßt, weil einige von meinen Leuten etwas rauh sind und eine alte Rechnung mit Ihnen haben, von wegen früheren Anschnauzens, dann können Sie auch hier bleiben. Wir wollen alle Vorräte mit Ihnen teilen, Mann für Mann; und ich gebe Ihnen mein Affy-Davy wie vorher, das erste Schiff, das ich treffe, anzurufen und hierher zu schicken, um Sie aufzunehmen. Nun, Sie werden zugeben, daß das ein Wort ist. Etwas Besseres können Sie ganz gewiß nicht erwarten! Und ich hoffe" – dabei erhob er seine Stimme –, „daß alle Leute in dem Blockhause hier meine Worte vernehmen; denn was ich einem sage, das gilt für alle!"

Kapitän Smollett stand auf und klopfte seine Pfeife in seine linke Handfläche aus.

„Ist das alles?" fragte er.

„Mein allerletztes Wort, zum Donner!" antwortete John. „Weisen Sie es zurück, so werden Sie von mir nichts mehr zu sehen kriegen, außer Musketenkugeln!"

„Sehr schön!" sagte der Kapitän. „Jetzt sollt Ihr hören, was ich Euch zu sagen habe: wenn ihr einer nach dem andern, einzeln, unbewaffnet hier heraufkommt, so will ich mich verpflichten, euch alle in Eisen zu legen und euch nach England zu bringen, damit ihr vor den Gerichtshof kommt. Wollt ihr das nicht – mein Name ist Alexander Smollett, ich habe hier meines Königs Flagge gehißt, und ich will euch alle zum Teufel schicken. Ihr könnt den Schatz nicht finden. Ihr könnt das Schiff nicht segeln – unter euch ist kein einziger imstande, das Schiff zu führen. Ihr könnt es im Kampf nicht mit uns aufnehmen – den Gray hier konnten fünf von euch nicht halten. Euer Schiff liegt fest, Meister Silver; Ihr liegt an einer Leeküste, und das werdet Ihr bald herausfinden. Hier stehe ich und sage Euch das; und dies sind die letzten guten Worte, die Ihr von mir kriegt. Denn, so wahr ein Gott im Himmel ist, ich will Euch eine Kugel in Euren Wanst jagen, wenn ich Euch noch einmal sehe. Marsch, mein Junge! Hinaus hier, bitte, Hand über Hand, und ein bißchen fix!"

Silvers Gesicht war zum Malen. Vor Wut quollen ihm die Augen aus dem Kopf. Er klopfte seine Pfeife aus und schrie:

„Reichen Sie mir eine Hand, daß ich aufstehen kann!"

„Denke nicht dran," antwortete der Kapitän.

„Wer will mir aufhelfen?“ brüllte er.

Keiner von uns rührte sich.

Die fürchterlichsten Flüche brüllend, kroch Silver über den Sand, bis er an den Vorbau kam und sich an diesem aufrichten konnte. Er stützte sich auf seine Krücke. Dann spie er in die Quelle und rief:

„Da! So denke ich von euch. Bevor eine Stunde vorüber ist, will ich euch in eurem Blockhaus ausräuchern. Lacht nur, zum Donner, lacht nur! Bevor eine Stunde vorüber ist, werden andere Leute lachen! Dann werden die, die tot sind, die Glücklichen sein!“

Und mit einem letzten fürchterlichen Fluch humpelte er davon und schleppte sich durch den Sand den Abhang hinunter. Der Mann mit der weißen Flagge half ihm, nach vier oder fünf vergeblichen Versuchen, über die Palisade hinüber, und einen Augenblick später waren beide zwischen den Bäumen verschwunden.

Einundzwanzigstes Kapitel

Sobald Silver verschwand, wandte der Kapitän, der ihn scharf beobachtet hatte, sich dem Inneren des Hauses zu und fand keinen einzigen von uns außer Gray auf seinem Posten.

Es war das erstemal, daß wir ihn wirklich zornig sahen.

„Auf eure Posten!“ brüllte er. Und dann, als wir alle an unsere Plätze zurückschlichen, sagte er:

„Gray, ich will Euren Namen ins Logbuch eintragen; Ihr seid zu Eurer Pflicht und Schuldigkeit gestanden wie ein echter Seemann. Herr Trelawney, ich wundere mich über Sie! Doktor, ich glaubte, Sie hätten des Königs Rock getragen! Wenn Sie auf diese Weise bei Fontenay Ihren Dienst versahen, Herr, so wären Sie besser in Ihrem Bett geblieben!“

Wir von des Doktors Wache standen alle wieder an unseren Schießscharten; die übrigen luden eifrig die überzähligen Musketen, und jeder hatte, wie man sich denken kann, einen roten Kopf und einen Floh im Ohr, wie man zu sagen pflegt.

Der Kapitän sah eine Weile schweigend zu. Dann nahm er das Wort und sagte:

„Jungens! Ich habe dem Silver eine Breitseite gegeben. Ich schoß absichtlich mit Brandkugeln, und bevor eine Stunde rum ist, werden sie zu entern versuchen, wie er ganz richtig gesagt hat. An Zahl sind sie uns überlegen, das brauche ich euch nicht zu sagen; aber wir fechten in Deckung, und vor einer Minute würde ich noch gesagt haben: wir fechten mit Mannszucht. Ich habe nicht den geringsten Zweifel daran, daß wir sie verdreschen können, wenn ihr nur wollt!"

Hierauf machte er die Runde und sah, daß alles zum Gefecht klar war.

Auf den beiden schmalen Seiten des Hauses, nach Osten und nach Westen zu, waren nur zwei Schießscharten, auf der Südseite, die den Vorbau hatte, waren ebenfalls zwei; auf der Nordseite aber waren fünf. Wir sieben Mann verfügten über rund zwanzig Musketen; das Brennholz war zu vier Haufen aufgeschichtet, die sozusagen Tische bildeten – einen vor der Mitte jeder Wand, und auf jedem dieser Tische lagen vier geladene Musketen nebst einiger Reservemunition in Reichweite der Verteidiger. In der Mitte jedes Tisches lagen die Stutzsäbel bereit.

„Löscht das Feuer aus!" sagte der Kapitän; „die Kälte hat aufgehört, und wir dürfen keinen Rauch in die Augen bekommen."

Herr Trelawney trug mit eigenen Händen den eisernen Feuerbehälter hinaus, und die glühenden Kohlen wurden draußen in dem Sande ausgelöscht.

„Hawkins hat noch nicht gefrühstückt. Nimm dir etwas, Hawkins, aber geh sofort auf deinen Posten zurück und iß es dort," sagte Kapitän Smollett. „Nun, ein bißchen fix, Jim! Du wirst es nötig haben, bevor du fertig bist. Hunter, gebt jedem ein Glas Branntwein!"

Während das Getränk verteilt wurde, machte der Kapitän sich seinen Verteidigungsplan zurecht.

„Sie, Doktor, werden die Tür übernehmen," sagte er. „Geben Sie sich ja keine Blöße, sondern halten Sie sich drinnen und feuern Sie durch den Vorbau. Hunter, Ihr übernehmt die Ostseite; Joyce, Ihr kommt hierhin nach Westen, mein Mann. Herr Trelawney, Sie sind der beste Schütze; Sie und Gray werden die lange Nordseite übernehmen, mit den fünf Schießscharten; auf dieser Seite ist die Gefahr. Wenn sie an uns herankommen könnten und durch unsere eigenen Schießscharten auf uns feuerten, dann sähe die Sache dreckig für uns aus. Hawkins, du und ich, wir kommen als Schützen nicht sehr in Betracht, wir werden die abgeschossenen Musketen laden und überall zur Hand gehen, wo es nötig ist."

Die Kälte hatte aufgehört, wie der Kapitän gesagt hatte. Sobald die Sonne über den Gipfel der Waldbäume hinübergeklettert war, strahlte sie mit aller Macht auf die Lichtung und schluckte im Nu die Nebeldünste ein. Bald war der Sand glühend heiß, und das Harz im Holz des Blockhauses begann zu schmelzen. Jacken und Röcke wurden abgeworfen, die Hemden am Halse geöffnet und die Ärmel bis an die Achseln aufgestreift. Und jeder stand an seinem Posten, fieberhaft glühend von der Hitze und von der Erwartung.

Eine Stunde verging.

„Hol' sie der Teufel!" sagte der Kapitän. „Dies ist so langweilig wie in den Doldrums. Gray, pfeift mal nach einem Wind!"

Aber gerade in diesem Augenblick kam das erste Anzeichen des Angriffes.

„Verzeihen Sie, Herr," sagte Joyce, „wenn ich irgendeinen sehe, soll ich dann feuern?"

„Das sagte ich Euch ja!" rief der Kapitän.

„Danke Ihnen, Herr," antwortete Joyce mit derselben ruhigen Höflichkeit.

Eine Zeitlang erfolgte nichts; aber die Bemerkung hatte uns alle aufgemuntert; wir strengten unsere Augen an und spitzten die Ohren – die Schützen hielten ihre Musketen schußfertig in der Hand, der Kapitän stand mit sehr fest geschlossenen Lippen und gerunzelter Stirn mitten im Blockhaus.

So vergingen einige Sekunden. Da legte Joyce plötzlich seine Muskete an und feuerte. Der Knall war noch nicht verklungen, so antwortete schon von draußen eine rollende Salve; Schuß folgte auf Schuß, wie Wildgänse in ihrem Fluge, von allen vier Seiten der Palisaden. Mehrere Kugeln trafen das Blockhaus, aber keine einzige drang durch die Wände; und als der Rauch sich wieder verzogen hatte, sah die Umpfählung mit dem Walde ringsum so ruhig und leer aus wie zuvor. Kein Busch bewegte sich, kein Aufblitzen eines Musketenlaufes verriet die Anwesenheit unserer Feinde.

„Habt Ihr Euren Mann getroffen?" fragte der Kapitän.

„Nein, Herr," antwortete Joyce, „ich glaube nicht."

„Wenigstens gut, daß Ihr die Wahrheit sagt," murmelte Kapitän Smollett. „Lade sein Gewehr, Hawkins! Wie viele waren nach Ihrer Meinung auf Ihrer Seite, Doktor?"

„Das kann ich ganz genau sagen," sagte Doktor Livesey. „Auf dieser Seite wurden drei Schüsse abgefeuert. Ich sah es dreimal aufblitzen – zwei Blitze waren dicht beieinander, der dritte war da nach Westen zu."

„Drei," sagte der Kapitän. „Und wie viele auf Ihrer Seite, Herr Trelawney?"

Aber diese Frage war nicht so leicht zu beantworten. Auf der Nordseite waren viele Schüsse gefallen. – Nach des Squires Berechnung sieben, nach Grays Meinung acht oder neun. Von Westen und Osten war nur je ein einziger Schuß gefallen. Hieraus ging klar hervor, daß der Angriff von der Nordseite kommen würde und daß wir auf den drei anderen Seiten nur durch einen Scheinangriff beschäftigt werden sollten. Aber Kapitän Smollett änderte trotzdem nichts an seinen Anordnungen. Er meinte: wenn es den Meuterern gelänge, über die Lichtung zu kommen, würden sie jede unbesetzte Schießscharte benutzen, um uns wie Ratten in unserer eigenen Festung niederzuschießen.

Übrigens hatten wir nicht mehr viel Zeit, darüber nachzudenken. Plötzlich brach mit einem lauten Hurra ein kleines Häuflein der Piraten aus dem Walde an der Nordseite hervor und lief stracks auf die Palisaden los. In demselben Augenblick wurde vom Walde aus das Feuer wieder eröffnet; eine Büchsenkugel pfiff durch die Eingangstür und zerschmetterte des Doktors Muskete.

Die Angreifer kletterten mit affenartiger Behendigkeit über den Zaun. Der Squire und Gray feuerten jeder mehrere Male; drei von den Meuterern fielen: einer auf der Lichtung, zwei stürzten von dem Zaun nach der Außenseite herab. Aber von diesen war der eine offenbar nicht ernstlich verwundet; denn er war im Nu wieder auf den Füßen und verschwand sofort unter den Bäumen.

Zwei hatten in den Sand gebissen, einer war geflohen, vieren war es geglückt, in unsere Verteidigungswerke einzudringen, während aus ihrer Deckung im Walde sieben oder acht Piraten, von denen augenscheinlich jeder mit mehreren Musketen versehen war, ein lebhaftes, jedoch unwirksames Feuer gegen das Blockhaus unterhielten.

Die vier, die über den Zaun gekommen waren, rannten mit Geschrei auf das Haus los, und die Leute unter den Bäumen erwiderten das Geschrei, um ihre Kameraden zu ermutigen. Mehrere Schüsse wurden abgefeuert, aber unsere Schützen waren zu hastig und hatten wahrscheinlich niemanden getroffen. Im Nu waren die vier Piraten den Hügel hinaufgerannt und fielen über uns her.

An der mittelsten Schießscharte erschien der Kopf des Bootsmanns Hiob Anderson.

„Auf siel Auf sie, alle Mann!“ brüllte er mit Donnerstimme.

In demselben Augenblick packte ein anderer Pirat Hunters Muskete an der Mündung, riß sie ihm aus der Hand, zog sie durch die Schießscharte heraus und streckte mit einem Kolbenschlag den armen Burschen zu Boden. Unterdessen war ein dritter Pirat um das Haus herumgelaufen, erschien plötzlich an der Eingangstür und fiel mit seinem kurzen Säbel über den Doktor her.

Unsere Lage hatte sich völlig verändert. Einen Augenblick vorher feuerten wir aus Deckung auf einen Feind, der unseren Schüssen bloßgestellt war; jetzt aber lagen wir ohne Deckung und konnten keinen Schlag erwidern.

Das Blockhaus war voll von Pulverdampf, und diesem Umstand verdankten wir unsere verhältnismäßige Sicherheit. Geschrei und Getümmel, Aufblitzen und Knall von Pistolenschüssen und ein lautes Stöhnen klangen mir in die Ohren.

„Auf, Jungens, auf! packt sie draußen an! Nehmt die Säbel!“ rief der Kapitän.

Ich ergriff einen Stutzsäbel von dem Haufen und bekam dabei von einem anderen, der gleichzeitig nach einer Waffe griff, einen Schnitt über die Fingerknöchel, den ich aber kaum fühlte. Ich sprang aus der Türe in den hellen Sonnenschein hinaus; irgendeiner lief dicht hinter mir – ich wußte nicht, wer. Gerade vor mir verfolgte der Doktor seinen Angreifer den Berg hinunter; gerade als ich hinsah, schlug er ihm die Parade durch und der Mann stürzte mit einer großen klaffenden Wunde über das ganze Gesicht zu Boden und streckte alle viere von sich.

„Ums Haus herum, Jungens! Ums Haus herum!“ schrie der Kapitän, und ich bemerkte trotz dem Getümmel, daß seine Stimme einen merkwürdigen Klang hatte.

Mechanisch gehorchte ich, wandte mich nach Osten und lief mit geschwungenem Säbel um die Ecke des Hauses herum. Im nächsten Augenblick sah ich mich Anderson gegenüber. Er brüllte laut auf, und seine Klinge, die er über dem Kopf schwang, blitzte in der Sonne. Ich hatte keine Zeit, mich zu fürchten; da aber der Schlag nicht sofort fiel, sprang ich im Nu zur Seite, glitt in dem losen Sand aus und rollte den Abhang hinunter.

Als ich aus der Tür gesprungen war, kletterten die anderen Meuterer bereits auf die Palisaden hinauf, um uns den Garaus zu machen. Einer von ihnen, ein Bursche mit einer roten Nachtmütze auf dem Kopf, der seinen Stutzsäbel zwischen den Zähnen hielt, war sogar schon oben und hatte das eine Bein auf der Innenseite. Nun, alles ging so ungeheuer schnell, daß alles sich noch in derselben Stellung befand, als ich wieder auf meinen Füßen war: der Kerl mit der roten Nachtmütze war immer erst halb über den Zaun hinüber, und ein anderer streckte gerade seinen Kopf über die Palisaden. Indessen in diesem Nu war der Kampf schon vorüber, und der Sieg war unser.

Gray, der mir auf dem Fuße gefolgt war, hatte den großen Bootsmann niedergeschlagen, bevor dieser Zeit hatte, seine Klinge wieder hoch zu bringen. Ein anderer Pirat war an einer Schießscharte erschossen worden, als er gerade in das Blockhaus hineinfeuerte; er lag im Todeskampf, die rauchende Pistole noch in der Hand. Einen dritten hatte der Doktor, wie ich gesehen hatte, mit einem Hiebe niedergestreckt. Von den vieren, die über die Palisaden geklettert waren, blieb nur ein einziger übrig, und dieser, der seinen Säbel verloren hatte, kletterte jetzt in Todesangst wieder über die Pfähle.

„Schießt! Schießt aus dem Haus heraus!“ rief der Doktor. „Und ihr, Jungens, zurück in die Deckung!“

Aber seine Worte wurden nicht beachtet; es wurde kein Schuß gefeuert, und der letzte Angreifer entrann und verschwand mit den übrigen im Walde. Binnen drei Sekunden blieben von den Angreifern nur die fünf Gefallenen zurück – vier auf der Innenseite, einer auf der Außenseite der Palisade.

Der Doktor, Gray und ich rannten im vollen Lauf nach dem Blockhaus, um Deckung zu suchen. Die Überlebenden mußten bald wieder unter den Bäumen sein, wo sie ihre Musketen zurückgelassen hatten, und das Feuer konnte jeden Augenblick wieder eröffnet werden.

Der Rauch hatte sich inzwischen aus dem Blockhaus einigermaßen verzogen, und wir sahen auf den ersten Blick, welchen Preis wir für den Sieg bezahlt hatten. Hunter lag betäubt neben seiner Schießscharte; Joyce lag an der seinigen – er war durch den Kopf geschossen und rührte sich nicht mehr. In der Mitte des Raumes stützte der Squire den Kapitän; einer war so bleich wie der andere.

„Der Kapitän ist verwundet,“ sagte Herr Trelawney.

„Sind sie davon?“ fragte Smollett.

„Alle, die es konnten – das können Sie glauben," antwortete der Doktor; „aber fünf von ihnen werden niemals wiederkommen."

„Fünf!" rief der Kapitän. „Na, das ist besser! Fünf gegen drei – so bleiben wir vier gegen neun. Das ist für uns ein besseres Verhältnis als im Anfang. Damals waren wir sieben gegen neunzehn – oder glaubten wenigstens, daß das Verhältnis so stehe, und das war für unsere Rechnung ebenso schlimm."

Übrigens waren die Meuterer bald nur noch acht an der Zahl; denn der Mann, den Herr Trelawney bei der Kanone auf Deck des Schoners niedergeschossen hatte, starb an demselben Abend an seiner Wunde. Aber dies war natürlich der Partei im Blockhaus damals noch nicht bekannt, sondern stellte sich erst später heraus.

Zweiundzwanzigstes Kapitel

Der Beginn meines Seeabenteuers

Die Meuterer kamen nicht wieder – es fiel nicht einmal mehr ein Schuß aus dem Walde. Sie hatten „ihre Ration für den Tag bekommen", wie der Kapitän sich ausdrückte. So hatten wir Ruhe in unserem Blockhaus und konnten nach den Verwundeten sehen und etwas zum Essen zurechtmachen. Der Squire und ich kochten draußen im Freien – trotz der Gefahr; und selbst draußen wußten wir vor Entsetzen über das laute Stöhnen der Patienten, die der Doktor unter den Händen hatte, kaum, was wir taten.

Von den acht Männern, die im Gefecht gefallen waren, atmeten nur noch drei: der eine Pirat, der an der Schießscharte verwundet worden war, Hunter und Kapitän Smollett; und von diesen waren die beiden ersten so gut wie tot. Der Meuterer starb unter des Doktors Messer, und Hunter kam trotz allen unseren Bemühungen auf dieser Welt nicht mehr zum Bewußtsein. Er lag noch den ganzen Tag und röchelte schwer, wie damals zu Hause im „Admiral Benbow" der alte Seeräuber, als er seinen Schlaganfall bekam. Hunters Brustkorb war von dem Kolbenschlag eingedrückt worden, und bei dem Sturz hatte er einen Schädelbruch erlitten, und die folgende Nacht ging er, ohne noch ein Zeichen zu geben oder ein Wort zu sprechen, zu seinem Schöpfer ein.

Die Wunden des Kapitäns waren allerdings schwer, aber nicht lebensgefährlich. Es war kein edler Teil tödlich verletzt. Andersons Kugel – denn Hiob hatte zuerst auf ihn geschossen – hatte das Schulterblatt zerschmettert und die Lunge gestreift, aber nicht gefährlich; der zweite Schuß hatte nur einige Muskeln in der Wade zerrissen. Der Doktor sagte, er werde bestimmt mit dem Leben davonkommen, aber er dürfe noch wochenlang weder gehen noch seinen Arm bewegen; ja, wenn möglich, solle er kein Wort sprechen.

Mein eigener Schmiß über die Fingerknöchel war bloß ein Flohstich. Doktor Livesey klebte ein Pflaster darüber und zupfte mich noch obendrein an den Ohren.

Nach dem Essen setzten der Squire und der Doktor sich zum Kapitän, um mit ihm zu beratschlagen. Als sie sich ausgesprochen hatten, war es kurz nach zwölf Uhr. Da griff der Doktor nach Hut und Pistolen, schnallte einen Säbel um, steckte die Karte in seine Tasche und schulterte eine Muskete. Dann kletterte er an der Nordseite über die Palisade und ging mit schnellen Schritten in den Wald.

Gray und ich saßen am anderen Ende des Blockhauses beisammen, um unsere Offiziere nicht in ihrem Gespräch zu stören. Als nun der Doktor in dieser Ausrüstung verschwand, nahm Gray seine Pfeife aus dem Mund und vergaß vor Erstaunen, sie wieder hineinzustecken.

„Hol' mich dieser und jener!“ rief er; „ist Doktor Livesey verrückt geworden?“

„Wohl kaum,“ sagte ich. „Er wäre von uns wohl der letzte, dem das passieren würde, denke ich.“

„Na, Schiffsmaat! Vielleicht ist er nicht verrückt; aber wenn er es nicht ist, merk' auf meine Worte, so bin ich es!“

„Denke mir,“ antwortete ich, „der Doktor hat seine Idee; und wenn ich mich nicht irre, ist er jetzt ausgegangen, um Ben Gunn zu treffen.“

Wie sich später herausstellte, hatte ich recht. Aber im Hause war eine Hitze zum Ersticken, und der kleine Sandfleck innerhalb der Einzäunung glühte von der Mittagssonne. Infolgedessen bekam ich einen anderen Gedanken in den Kopf, und damit hatte ich durchaus nicht so recht. Ich begann nämlich den Doktor zu beneiden, der im kühlen Schatten des Waldes unter dem Gesang der Vögel und in dem würzigen Harzduft der Fichten spazieren ginge, während ich hier in der Hitze geröstet würde. Und meine Kleider blieben an dem heißen Harz hängen, und rings um mich herum war so viel Blut, und so viele arme Leichen lagen überall herum, daß ich einen Ekel vor dem Platz bekam.

Während ich das Blockhaus aufwusch und dann die Eßgeräte reinigte, wurden dieser Ekel und dieser Neid immer stärker in mir. Da ich gerade bei einem Sack mit Zwiebäcken stand und niemand auf mich achtete, so tat ich den ersten Schritt zu meiner Flucht und füllte beide Taschen meiner Jacke mit Zwieback.

Meinetwegen mag man sagen, daß ich ein Narr war, und ganz gewiß stand ich im Begriff, eine törichte und mehr als tollkühne Handlung zu begehen; aber ich war entschlossen, dabei alle Vorsicht anzuwenden, die mir zu Gebote stände. Sollte mir irgend etwas zustoßen, so würden diese Zwiebäcke mich zum mindesten bis zum nächsten Abend vor Hunger bewahren.

Sodann nahm ich mir ein paar Pistolen, und da ich bereits ein Pulverhorn und Kugeln hatte, so fühlte ich mich mit Waffen wohl versehen.

Der Plan, den ich in meinem Kopfe hatte, war an und für sich nicht schlecht. Ich wollte nach der sandigen Landzunge hinuntergehen, die den Ankerplatz nach Osten gegen die offene See abschließt, wollte den weißen Felsen aufsuchen, den ich am Abend vorher bemerkt hatte, und mich vergewissern, ob Ben Gunn an dieser Stelle sein Boot versteckt hatte oder nicht. Das war wohl der Mühe wert, wie ich auch jetzt noch glaube.

Da ich aber sicher war, daß man mir nicht erlauben würde, das Pfahlwerk zu verlassen, so bestand mein Plan zunächst nur darin, mich auf französisch zu empfehlen und hinauszuschlüpfen, wenn niemand auf mich achtgäbe; und das war so unrecht von mir, daß meine ganze Handlungsweise dadurch schlecht wurde. Aber ich war nur ein Knabe und hatte es mir nun einmal in den Kopf gesetzt.

Nun, es fügte sich so, daß ich eine wundervolle Gelegenheit fand. Der Squire und Gray waren damit beschäftigt, den Kapitän zu verbinden. Die Küste war klar – ich kletterte über die Pfähle und sprang in den dichtesten Wald hinein, und bevor meine Abwesenheit bemerkt wurde, befand ich mich außer Rufweite meiner Kameraden.

Dies war meine zweite Torheit, und die war viel schlimmer als die erste; denn es blieben nur zwei gesunde Menschen zur Bewachung des Hauses zurück; aber wie die erste Dummheit, als ich mit den Meuterern an Land gefahren war, half auch diese zweite dazu, uns alle zu retten.

Ich lief stracks nach der Ostküste der Insel; denn ich hatte mich entschlossen, auf der Seeseite der Landzunge am Strande entlang zu gehen, um jede Möglichkeit zu vermeiden, daß ich vom Ankerplatz her bemerkt werden könnte.

Es war schon spät am Nachmittag, aber immer noch warm und sonnig. Während ich durch den Hochwald ging, konnte ich in der Ferne vor mir nicht nur das unausgesetzte Donnern der Brandung hören, sondern ein gewisses Rauschen und Rascheln der Zweige zeigte an, daß die Seebrise stärker als gewöhnlich rauschte.

Bald verspürte ich einen kalten Luftzug, und ein paar Schritte weiter hin kam ich an den offenen Rand des Waldes und sah die See blau und in der Sonne glänzend vor mir liegen, und die Brandung schleuderte ihren Schaum über den Strand.

Ich habe rund um die ganze Schatzinsel herum niemals die See ganz ruhig gesehen. Die Sonne konnte am Himmel glühen, die Luft ganz regungslos sein, die Oberfläche des Meeres glatt und blau – und trotzdem rollten diese großen Wogen unaufhörlich an der ganzen Küste entlang, und ich glaube, es gibt auf der ganzen Insel kaum eine Stelle, wo einer das Tosen der Brandung nicht hören könnte.

Ich ging frohen Mutes an der Brandung entlang, bis ich glaubte, weit genug nach Süden gekommen zu sein, da ging ich in ein dichtes Gebüsch in Deckung und kroch vorsichtig bis zur Höhe der Landzunge hinauf.

Hinter mir lag die offene See, vor mir der Ankergrund. Die Seebrise hatte bereits aufgehört, wie wenn sie durch ihre außergewöhnliche Heftigkeit sich um so schneller ausgeblasen hätte; ihr war ein leichter, veränderlicher Wind von Süden und Südosten her gefolgt, der große Nebelschwaden vor sich her trieb, und der Ankergrund auf der Leeseite der Skelettinsel lag still und bleigrau da wie an dem Tage, als wir zuerst eingefahren waren. Die Hispaniola spiegelte sich auf der glatten Fläche von der Wasserlinie bis zur Mastspitze, an der der Jolly Roger schlaff herabhing.

An der Linksseite des Schiffes lag eine von den Gigs, auf deren Heckbank Silver saß – ihn konnte ich stets erkennen –, während ein paar von den Piraten sich über das Bollwerk des Schiffes lehnten; einer von ihnen trug eine rote Mütze; es war derselbe Schurke, den ich ein paar Stunden vorher rittlings auf den Palisaden hatte sitzen sehen. Offenbar sprachen sie miteinander und lachten, doch konnte ich in der Entfernung, die mehr als eine Meile betrug, natürlich kein Wort von ihrem Gespräch hören. Plötzlich begann ein entsetzliches, unirdisches Kreischen; ich bekam einen fürchterlichen Schreck, doch fiel mir gleich darauf ein, daß es Silvers Papagei, Käpp'n Flint, sein müßte; ich glaubte sogar den Vogel an seinem bunten Gefieder zu erkennen, wie er auf dem Handgelenk seines Herrn saß.

Bald darauf stieß die Gig ab und ruderte nach dem Strande zu, und der Mann mit der roten Mütze und sein Kamerad gingen die Kajütstreppe hinunter.

Gerade zur selben Zeit war die Sonne hinter dem „Fernrohr" untergegangen, und da gleich darauf der Nebel sich zusammenballte, begann es schon dunkel zu werden. Ich sah, daß ich keine Zeit verlieren durfte, wenn ich das Boot noch an diesem Abend finden wollte.

Die weiße Klippe, die ich deutlich durch das Gebüsch sehen konnte, war noch ungefähr eine achtel Meile weiter draußen auf der Landzunge, und ich brauchte ziemlich lange Zeit, an sie heranzukommen, da ich mich durch die Gebüsche schleichen und oft genug auf allen vieren kriechen mußte.

Es war beinahe finstere Nacht, als meine Hände den rauhen Fels berührten. Unmittelbar unter demselben befand sich eine ganz kleine grüne Rasenmulde, deren Ränder von etwa knietiefem Unterholz bedeckt waren, das an dieser Stelle sehr reichlich wuchs, und mitten in der Mulde sah ich richtig ein kleines Zelt aus Ziegenfellen, ähnlich wie die Zelte, mit denen die Zigeuner in England herumziehen.

Ich sprang in die Mulde hinab, hob die Seitenwand des Zeltes hoch und sah Ben Gunns Boot – eine richtige Hausarbeit: ein plumper Rahmen von zähem Holz, der mit Ziegenfellen überzogen war; die Haare waren nach außen gekehrt. Das Ding war winzig klein, selbst für einen Knaben wie mich, und ich konnte mir kaum vorstellen, daß es einen ausgewachsenen Mann hätte tragen können. Es hatte eine einzige Ruderbank in der Mitte, eine Art Sperrholz im Bug und als Fortbewegungsmittel ein Doppelruder.

Ich hatte damals noch kein Korbboot gesehen, wie die alten Britannier sie machten; seitdem habe ich eins gesehen und kann von Ben Gunns Boot keine bessere Vorstellung geben, als indem ich sage, daß es aussah wie das erste und unbeholfenste Korbboot, das ein Mensch geschaffen hat. Aber den Hauptvorzug eines solchen Korbbootes oder Korakels besah es allerdings: es war außerordentlich leicht und tragbar.

Da ich nun das Boot gefunden hatte, so möchte man vielleicht denken, ich wäre jetzt lange genug von meinem Posten fortgeblieben. Aber mittlerweile war ich auf eine andere Idee gekommen, die mir so ungeheuer verlockend schien, daß ich glaube, ich würde sie ausgeführt haben, selbst wenn Kapitän Smollett es mir ausdrücklich verboten hätte: ich wollte im Schutze der Dunkelheit mit meinem Korakel an die Hispaniola heranfahren, ihr Ankertau durchschneiden, und sie auf den Strand gehen lassen, wo sie Lust hatte. Ich war fest überzeugt, daß die Meuterer, nachdem sie am Morgen ihre blutigen Schläge erhalten hatten, keinen sehnlicheren Wunsch hatten, als Anker zu lichten und in See zu stechen. Und dies zu verhindern, schien mir eine großartige Heldentat zu sein. Da ich jetzt gesehen hatte, daß ihre Wache auf dem Schiff kein Boot zur Verfügung hatte, so glaubte ich, es sei kein großes Wagnis, ihnen diesen Streich zu spielen.

So setzte ich mich denn nieder, um die völlige Finsternis abzuwarten, und aß mich tüchtig an meinen Zwiebäcken satt. Es war eine Nacht, wie ich sie mir unter tausend Nächten für mein Vorhaben nicht besser geeignet hätte denken können. Der Nebel hatte jetzt den ganzen Himmel überzogen. Als der letzte Schimmer des Tages verschwand, senkte völlige Finsternis sich auf die Schatzinsel herab. Und als ich schließlich das Korakel auf meine Schulter nahm und mich aus der kleinen Mulde heraustastete, wo ich meine Abendmahlzeit verzehrt hatte, waren auf dem ganzen Ankergrunde nur zwei Punkte sichtbar.

Der eine war das große Feuer am Strande, an welchem die von uns geschlagenen Piraten lagen und ein wildes Zechgelage hielten. Der andere, ein winziges Lichtfünkchen in der schwarzen Finsternis, zeigte die Lage des verankerten Schiffes an. Die Hispaniola hatte sich in der Ebbströmung gedreht, so daß ihr Bug jetzt mir zugekehrt war; das einzige Licht an Bord brannte in der Kajüte, und was ich sah, war nur ein Widerschein des hellen Lichtes, das aus der Sternluke herausfunkelte.

Die Ebbe hatte schon seit geraumer Zeit eingesetzt und ich mußte über einen breiten Streifen sumpfigen Sandes waten, in dem ich mehrere Male bis über die Knöchel einsank, bevor ich das Wasser erreichte. Ich watete noch ein kleines Stück in die See hinaus, und es gelang mir mit einer gewissen Kraftanstrengung, mein Korakel so auf das Wasser zu setzen, daß es auf seinem Kiel schwamm.

Dreiundzwanzigstes Kapitel

Die Ebbströmung

Das Korakel war – wie ich reichlich erfahren sollte, bevor ich mit ihm fertig war – ein sehr wasserfestes Boot für einen Menschen von meiner Größe und von meinem Gewicht; es war leicht und hielt sich gut auf dem Wasser; aber es war ein höchst eigensinniges Fahrzeug, das schwer zu lenken war. Man konnte es anfangen, wie man wollte, das Korakel trieb immer nach Lee ab, und sich fortwährend rund im Kreise herumzudrehen, war sein Lieblingsmanöver. Sogar Ben Gunn hat zugegeben, sein Korakel sei eben ein etwas sonderbares Boot, bis man mit ihm Bescheid wüßte.

Jedenfalls wußte ich nicht mit ihm Bescheid. Es drehte sich nach allen Richtungen, nur nicht nach der, in die ich es bringen mußte; die meiste Zeit fuhren wir mit der Breitseite nach vorn, und ich bin fest überzeugt, daß ich niemals das Schiff erreicht haben würde, wenn die Ebbströmung mir nicht geholfen hätte. Zu meinem guten Glück brachte sie mich auf den rechten Weg, auf den ich mit allem meinem Paddeln nicht gekommen wäre, und auf einmal lag die Hispaniola mitten in meinem Kurs, so daß ich sie kaum verfehlen konnte.

Zuerst tauchte sie vor mir auf wie etwas, das noch schwärzer war als die Finsternis; hierauf begannen ihre Spieren und ihr Rumpf Gestalt anzunehmen, und gleich darauf – denn, je weiter ich kam, desto schneller wurde die Ebbströmung – lag ich vor ihrer Reling und kriegte das Ankertau zu fassen.

Dieses war so straff gespannt wie eine Bogensehne – so stark zog die Hispaniola an ihrem Anker. Rings um ihren Rumpf herum blubberte in der Finsternis die Strömung, daß es sich anhörte wie ein murmelnder Gebirgsbach. Ein einziger Schnitt mit meinem Matrosenmesser, und die Hispaniola mußte von dem Strom abtreiben.

Soweit war alles schön in Ordnung; aber plötzlich fiel mir ein, daß ein straff gespanntes Ankertau, wenn es plötzlich durchgeschnitten wird, ungefähr so gefährlich ist wie ein ausschlagendes Pferd. Wenn ich so tollkühn war, die Hispaniola von ihrem Anker loszuschneiden, so war zehn gegen eins darauf zu wetten, daß ich mitsamt meinem Korakel einen Purzelbaum durch die Luft schlagen würde.

Infolgedessen hütete ich mich wohl, das Ankertau zu kappen, und wenn das Glück mich nicht wiederum ganz besonders begünstigt hätte, so hätte ich mein Vorhaben aufgeben müssen. Aber der leichte Wind, der anfangs aus Süden und Südosten geweht hatte, schlug nach dem Anbruch der Nacht in einen Südwester um. Während ich noch darüber nachdachte, was ich tun sollte, kam plötzlich ein Windstoß, packte die Hispaniola und trieb sie in die Strömung hinein. Zu meiner großen Freude fühlte ich das Kabel, das ich gepackt hielt, locker werden, und meine Hand tauchte für eine Sekunde in das Wasser hinein.

Da entschloß ich mich sofort, holte mein Matrosenmesser aus der Tasche, öffnete es mit meinen Zähnen und schnitt einen Strang des Ankertaues nach dem anderen durch, bis das Schiff nur noch von zwei Strängen gehalten wurde. Dann blieb ich ruhig liegen, um abzuwarten und diese beiden letzten Stränge erst durchzuschneiden, wenn die Spannung wieder durch einen neuen Windstoß gelockert würde.

Während dieser ganzen Zeit hatte ich von der Kajüte her laute Stimmen gehört; aber, die Wahrheit zu sagen, ich war so vollständig mit anderen Gedanken beschäftigt gewesen, daß ich kaum darauf geachtet hatte. Da ich jetzt aber nichts anderes zu tun hatte, so begann ich etwas schärfer hinzuhören.

An der Stimme erkannte ich, daß der eine von den beiden Piraten der Schaluppmeister Israel Hands war, der früher Flints Kanonier gewesen war. Der andere war natürlich mein Freund mit der roten Nachtmütze. Die beiden Leute waren offenbar schwer betrunken, aber sie tranken immer noch weiter; denn während ich lauschte, öffnete einer von ihnen mit trunkenem Geschrei die Sternluke und warf etwas hinaus, ohne Zweifel eine leere Flasche.

Aber sie waren nicht nur bezecht, sondern offenbar auch in einem wütenden Streit begriffen. Es hagelte Flüche, und alle Augenblicke gab es einen solchen Wutausbruch, daß ich dachte, jetzt würde gleich die Prügelei losgehen. Aber jedesmal wurde der Streit für kurze Zeit wieder beigelegt, die schimpfenden Stimmen wurden leiser, bis die nächste Krisis kam, die dann auch wieder ergebnislos verlief.

Am Strande konnte ich das große Lagerfeuer brennen sehen, dessen warmer Schein durch die Bäume fiel. Irgendeiner von den Piraten sang ein altes Matrosenlied nach einer schleppenden Melodie mit einem langen Schnörkel am Ende jedes Verses; ein endloses Lied, das nur aufhörte, wenn der Sänger schließlich die Geduld verlor. Ich hatte es während der Überfahrt mehr als einmal gehört und erinnerte mich noch der Worte:

Nur ein einziger am Leben blieb
Von fünfundsiebzig Mann.

Ich dachte so bei mir selber, es sei eigentlich ein recht trübseliges Lied für eine Gesellschaft, die am Morgen so furchtbare Verluste gehabt hatte. Aber diese Piraten waren nach allem, was ich gesehen hatte, so gefühllos wie das Meer, über das sie fuhren.

Endlich kam die Brise; der Schoner kam im Dunkeln näher an mich heran; ich fühlte das Kabel wieder schlaff werden und schlug mit einem kräftigen Hieb die beiden letzten Stränge durch.

Der Ebbstrom trieb mich beinahe augenblicklich über das Bugspriet der Hispaniola. Gleichzeitig begann der Schoner sich langsam um sich selber zu drehen und mit der Strömung abzutreiben.

Ich paddelte wie ein Verzweifelter; denn ich erwartete jeden Augenblick, daß mein Boot kentern würde; und da ich fand, daß ich das Korakel nicht vom Schiff losbringen konnte, so suchte ich jetzt an den Stern der Hispaniola heranzukommen. Endlich war ich aus meiner gefährlichen Nachbarschaft heraus; aber gerade, als ich zum letztenmal abstoßen wollte, berührten meine Hände ein dünnes Tau, das über die Sternschanzbrüstung der Hispaniola herunterhing. Augenblicklich packte ich es.

Warum ich das tat, kann ich kaum sagen. Anfangs handelte ich rein triebmäßig; aber sobald ich das Tau in den Händen hatte und merkte, daß es fest hielt, begann meine Neugierde die Oberhand zu gewinnen, und ich beschloß, mal durch das Kajütenfenster hineinzusehen.

Ich zog mich mit den Händen an dem Tau hoch, und als ich nahe genug zu sein glaubte, wagte ich es, einen halben Klimmzug zu machen, so daß ich die Decke und ein Stück von dem Inneren der Kajüte übersehen konnte.

Mittlerweile glitten der Schoner und sein kleiner Begleiter ziemlich schnell durch das Wasser; wir befanden uns bereits auf gleicher Höhe mit dem Lagerfeuer. Das Schiff „redete laut“, wie die Seeleute das nennen, wenn die unzähligen kleinen Wellen unablässig gegen die Planken anklatschen; und erst als ich mein Auge über die Fensterbrüstung erhob, konnte ich begreifen, warum die beiden Wachtposten nichts gemerkt hatten. Aber ein einziger Blick genügte mir; übrigens durfte ich auch nur diesen einzigen Blick wagen, da das Korakel unter mir meinen Füßen keinen Halt bot. Dieser Blick zeigte mir Hands mit seinem Kameraden in einem Kampf auf Leben und Tod: sie hielten sich gegenseitig an der Kehle gepackt.

Ich sprang in mein Korbboot und setzte mich auf die Ruderbank; es war höchste Zeit, denn ich wäre beinahe an dem Boot vorbeigesprungen. Ich konnte in dem kurzen Augenblick weiter nichts sehen als diese beiden wütenden, purpurroten Gesichter unter der qualmenden Lampe. Ich schloß meine Augen, damit sie sich wieder an die Finsternis gewöhnten.

Die endlose Schifferballade war schließlich doch zu Ende gekommen, und die ganze, so stark gelichtete Gesellschaft am Lagerfeuer hatte wieder das Lied angestimmt, das ich so oft gehört hatte:

> Fünfzehn Mann bei des Toten Kist –
> Johoho, und 'ne Buddel, Buddel Rum!
> Suff und der Teufel holten den Rest –
> Johoho, und 'ne Buddel, Buddel Rum!

Ich mußte unwillkürlich denken, wie eifrig gerade in diesem Augenblick Suff und der Teufel in der Kajüte beschäftigt waren – da überraschte mich plötzlich eine scharfe Wendung des Korakels. Das Boot drehte sich um sich selbst und schien dann einen anderen Kurs einzuschlagen. Die Geschwindigkeit war inzwischen außerordentlich gestiegen. Ich schlug sofort meine Augen auf. Rund um mich herum waren kleine Kräuselwellen, die ein scharfes, plätscherndes Geräusch verursachten und ein wenig phosphoreszierten. Die Hispaniola selbst, hinter deren Stern ich mich immer noch in einer Entfernung von ein paar Ellen befand, schien zu taumeln, und ich sah ihre Spieren in der Finsternis der Nacht sich ein wenig bewegen; ja, als ich länger hinsah, überzeugte ich mich, daß auch das Schiff sich nach Süden herumdrehte. Ich warf einen Blick über meine Schulter, und mein Herz schlug gegen die Rippen. Unmittelbar hinter mir war die Glut des Lagerfeuers. Die Strömung hatte eine Wendung in einem rechten Winkel gemacht, und ihr waren der große Schoner und das kleine hüpfende Korakel gefolgt: in immer schnellerer Fahrt bewegte die Hispaniola sich durch den engen Sund nach der offenen See hinaus.

Plötzlich machte die Hispaniola vor mir wieder eine scharfe Wendung – vielleicht zwanzig Grad, und in demselben Augenblick hörte ich von Bord her einen Schrei nach dem anderen; ich konnte schwere Seemannsstiefel die Kajütstreppe hinaufstampfen hören und wußte nun, daß die beiden Trunkenbolde endlich in ihrem Zank aufgehört und das Unglück bemerkt hatten, das über sie hereingebrochen war.

Ich legte mich flach auf den Boden des armen Bootes und empfahl in einem frommen Gebet meine Seele ihrem Schöpfer. Ich war überzeugt, daß am Ausgang der engen Meeresstraße Schiff und Boot in eine wilde Brandung hineingeraten müßten, wo alle meine Sorgen ein schnelles Ende nehmen würden; und obgleich ich vielleicht zu sterben bereit war, so war ich doch nicht imstande, meinem herannahenden Schicksal ins Gesicht zu sehen.

So muß ich stundenlang gelegen haben, ständig von den Wogen hin und her geworfen, alle Augenblicke von einer Sprühwelle durchnäßt und in steter Erwartung des Todes von der nächsten Woge. Allmählich überwältigte mich die Müdigkeit; trotz meiner Todesangst kam eine Art von Betäubung über mich – bis ich schließlich einschlief.

Da lag ich in meinem von den Wellen hin und her geschleuderten Korakel und träumte von der Heimat und dem alten „Admiral Benbow".

Vierundzwanzigstes Kapitel

Die Irrfahrt des Korakels

Es war heller Tag, als ich erwachte und mich an dem Südwestende der Schatzinsel auf den Wogen sah. Die Sonne war aufgegangen, befand sich aber noch hinter der gewaltigen Felsmasse des „Fernrohrs", das auf dieser Seite mit furchtbar steilen Wänden beinahe bis an das Meer heranreichte. Die beiden anderen großen Berge der Insel sah ich ganz nahe. Ich war kaum eine Viertelmeile nach der See hinaus und dachte sofort daran, mich an das Land heranzupaddeln.

Diesen Gedanken gab ich aber bald auf. Die Brandung tobte furchtbar zwischen den Felsblöcken, die von den Bergen herab an den Strand gerollt waren. Von Sekunde zu Sekunde prallte schäumend eine Riesenwoge gegen die Klippen an, und ich sah, daß ich an dieser Küste zerschmettert werden mußte, wenn ich mich heranwagte.

Aber das war noch nicht alles: auf flachen Felsvorsprüngen sah ich ungeheuer große, schleimige Ungeheuer kriechen – Weichschnecken von unglaublicher Größe, mindestens vierzig bis fünfzig an der Zahl, deren bellendes Geheul den Widerhall der Felsen weckte.

Ich habe später erfahren, daß es Seelöwen waren – vollkommen harmlose Tiere. Aber der Anblick dieser Ungeheuer in Verbindung mit der tosenden

Brandung war mehr als genug, um mich von einem Landungsversuche an dieser Stelle abzuhalten. Lieber wollte ich auf dem Wasser verhungern, als es mit solchen Gefahren aufnehmen.

Übrigens hatte ich noch eine andere und bessere Aussicht auf Rettung vor mir. Nach Norden zu erstreckt sich eine lange ebene Fläche, die bei tiefem Wasserstande einen Streifen gelben Sandes zutage treten läßt. Und noch weiter nördlich davon befindet sich ein anderes Vorgebirge – das Waldkap, wie es auf der Karte bezeichnet war – mit hohen grünen Fichten, die bis an den Strand heranreichten.

Ich erinnerte mich, was Silver von der Strömung gesagt hatte, die längs der ganzen Westküste der Schatzinsel nach Norden fließt; da ich an meiner Lage erkannte, daß ich bereits in diese Strömung hineingeraten war, so zog ich es vor, alle meine Kraft auf einen Versuch zu verwenden, das freundlicher aussehende Waldkap zu erreichen.

Ich befand mich in einer großen sanften Dünung. Da der Wind beständig und nicht stark nach Süden blies, so fand kein Kampf zwischen ihm und der Strömung statt, und die Wogen hoben und senkten sich, ohne sich zu brechen.

Wäre es anders gewesen, so hätte ich längst umkommen müssen; aber unter diesen günstigen Umständen erwies mein kleines, leichtes Boot sich als überraschend sicher. Ich lag immer noch auf dem Boden ausgestreckt, und wenn ich einmal ein Auge über das Dollbord hob, sah ich oft eine gewaltige, blaue Höhe dicht über mir; aber das Korakel machte nur einen kleinen Sprung, tanzte wie auf Sprungfedern und glitt auf der anderen Seite, leicht wie ein Wasservogel, in das Wellental hinab.

Nach einer kleinen Weile wurde ich sehr kühn und richtete mich auf, um meine Geschicklichkeit im Paddeln zu versuchen. Aber selbst eine kleine Veränderung in der Verteilung des Gewichtes macht für ein Korakel sehr viel aus. Kaum hatte ich die Bewegung gemacht, so gab das Boot sofort seine sanfte, hüpfende Bewegung auf und fuhr in einen so steilen Wellenabgrund hinunter, daß mir schwindlig wurde. Dann bohrte es seinen Bug tief in die Seite der nächsten Woge, daß das Wasser um mich herumspritzte. Ich wurde völlig durchnäßt und bekam einen großen Schreck. Sofort nahm ich meine alte Lage auf dem Boden des Bootes wieder ein, woraufhin das Korakel offenbar wieder zur Besinnung kam und mich so sachte wie zuvor durch die Wellen trug. Es war klar, daß man es nicht stören durfte; da ich aber auf diese Weise den Kurs meines

Bootes nicht lenken konnte, was für eine Hoffnung blieb mir da noch, das Land zu erreichen?

Ich begann eine entsetzliche Furcht zu bekommen; aber ich behielt trotzdem noch meinen Kopf oben. Zunächst schöpfte ich, mit Anwendung aller Vorsicht, das Wasser aus dem Korakel mit Hilfe meiner Mütze aus; dann blinzelte ich wieder über das Dollbord hinüber und fing an darüber nachzudenken, wie mein Boot es anfinge, so ruhig durch die hohen Wogen zu schlüpfen.

Ich fand, daß jede Woge keineswegs ein großer, glatter Berg ist, wie es vom Lande oder vom Deck eines Schiffes aus den Anschein hat, sondern daß eine ruhige Dünung genau einer Reihe von Hügeln auf dem trockenen Lande gleicht, wo es Höhen und Tiefen gibt. Wenn das Korakel sich selber überlassen wurde, suchte es sich sozusagen seinen Weg durch diese tieferen Stellen und vermied die steilen Abhänge und die hohen Gipfel der Wogen.

Nun, dachte ich bei mir selber, es ist klar, daß ich ruhig liegenbleiben muß und das Gleichgewicht nicht stören darf; ebenso klar ist es aber, daß ich mit dem Paddelruder von Zeit zu Zeit und an geeigneten Stellen dem Boot einen kleinen Stoß geben könnte, der es dem Lande näher bringt.

Gedacht, getan. Ich stützte mich auf die Ellenbogen und tat ab und zu einen kleinen Schlag, der das Boot der Küste näher brachte.

Es war eine sehr ermüdende und langwierige Arbeit, aber ich gewann sichtbar Raum; als wir uns dem Waldkap näherten, sah ich zwar, daß ich dieses auf keinen Fall erreichen konnte, aber doch mehrere hundert Ellen weiter nach Osten gekommen war. Ich befand mich in der Tat dicht am Lande. Ich konnte die kühlen, grünen Baumwipfel sehen, wie sie in der Brise schwankten, und ich war überzeugt, daß ich das nächste Vorgebirge unfehlbar erreichen würde.

Es war höchste Zeit; denn jetzt begann der Durst mich zu quälen und brennende Sonnenglut von oben, die tausendfache Widerspiegelung ihrer Strahlen von den Wellen, das Meerwasser, das auf meiner Haut trocknete, so daß sogar meine Lippen mit einer Salzkruste überzogen waren – alle diese Umstände im Verein machten, daß mir die Kehle brannte und der Kopf schmerzte. Der Anblick der so nahen Bäume hatte mich beinahe krank vor Sehnsucht gemacht; aber die Strömung hatte mich bald an der Landspitze vorbeigetragen, und als ich wieder in das offene Wasser hinauskam, hatte ich einen Anblick, der meinen Gedanken eine ganz neue Richtung gab.

Gerade vor mir, keine halbe Meile entfernt, sah ich die Hispaniola unter Segel. Ich war sofort überzeugt, daß die Piraten mich jetzt fangen würden; aber infolge des Wassermangels war mir so schlimm zumute, daß ich kaum wußte, ob diese Gedanken mich freuten oder betrübten. Aber bevor ich zu einem Entschluß kam, war ich so voll Verwunderung, daß ich nur immer das Schiff anstarren konnte.

Die Hispaniola fuhr unter ihrem Hauptsegel und zwei Klüversegeln, und die schöne weiße Leinwand glänzte in der Sonne wie Schnee oder wie Silber. Als ich den Schoner zuerst erblickte, waren alle Segel gebläht; er fuhr ungefähr nordwestlich, und ich nahm an, daß die beiden Leute an Bord um die Insel herum nach dem Ankergrund zurückfahren wollten. Plötzlich begann das Schiff immer mehr nach Westen abzufallen, so daß ich dachte, sie hätten mich gesehen und machten auf mein Korakel Jagd. Schließlich aber fuhr die Hispaniola gerade in den Wind hinein und stand eine Weile mit killenden Segeln ganz hilflos still.

„Ungeschickte Kerle!" sagte ich vor mich hin, „sie müssen immer noch betrunken wie Tümpelkröten sein!" Und ich dachte, wie Kapitän Smollett sie an die Arbeit gebracht haben würde.

Mittlerweile fiel der Schoner allmählich wieder ab, dann blähten die Segel sich wieder, das Schiff lief ein paar Minuten in schneller Fahrt, fuhr dann in den Wind hinein und stand still.

Dies wiederholte sich immer und immer wieder. Hin und her, auf und ab, nach Norden, Süden, Osten und Westen segelte die Hispaniola stoßweise, und jedesmal endete es damit, daß die Leinwand gegen den Mast klatschte. Mir wurde klar, das niemand steuerte. Aber wenn es so war – wo waren dann die beiden Piraten? Ich dachte mir, sie müßten entweder sinnlos betrunken sein oder das Schiff verlassen haben, und wenn ich vielleicht an Bord gelangen könnte, wäre ich möglicherweise imstande, das Schiff dem Kapitän zurückzubringen.

Die Strömung trug Korakel und Schoner mit gleicher Geschwindigkeit südwärts. Aber die Hispaniola segelte so wild hin und her und blieb, wenn sie wieder in den Wind hineinfuhr, jedesmal so lange auf einem Fleck, daß sie sicherlich nicht vorwärts kam, wenn sie nicht sogar zurückgetrieben wurde. Ich war sicher, daß ich sie einholen könnte, wenn ich es nur wagen dürfte, mich aufrecht zu setzen und zu paddeln. Der Plan hatte etwas Abenteuerliches an sich, das mich begeisterte, und der Gedanke an die Wassertonne neben der Vorderkajüte verdoppelte meinen wachsenden Mut.

Ich setzte mich aufrecht und wurde sofort von einer neuen Sprühwelle begrüßt; aber diesmal ließ ich mich dadurch nicht abschrecken, sondern begann mit aller Kraft und Vorsicht mich an die steuerlose Hispaniola heranzupaddeln. Einmal schlug eine so schwere Sturzsee in mein Boot, daß ich haltmachen und das Wasser ausschöpfen mußte; das Herz klopfte mir dabei wie einem Vogel, aber allmählich gewöhnte ich mich an die Lage und lenkte mein Korakel so geschickt durch die Wellen, daß nur ab und zu ein Wogenschlag seinen Bug traf und mir den Schaum ins Gesicht warf.

Ich kam jetzt dem Schoner schnell näher; ich konnte den Messingbeschlag an der Ruderpinne sehen, wenn diese hin und her geworfen wurde. Auf Deck war immer noch keine Menschenseele zu erblicken. Ich konnte nichts anderes annehmen, als daß das Schiff verlassen war. Wenn nicht, so lagen wahrscheinlich die beiden Leute betrunken in der Kajüte; dann konnte ich sie vielleicht überwältigen und hatte das Schiff zu meiner Verfügung.

Seit einiger Zeit hatte der Schoner das Schlimmste gemacht, was es geben konnte, er war stillgestanden. Er fuhr ziemlich genau nach Süden, wobei er natürlich fortwährend gierte. Jedesmal, wenn der Schoner abfiel, füllten die Segel sich zum Teil, und dadurch kam er wieder im Nu gerade in den Wind. Dies war für mich am allerschlimmsten, denn so hilflos das Schiff in dieser Lage aussah – die Segel krachten wie Kanonenschüsse, und auf dem Verdeck rollten die Blöcke hin und her –, so lief es trotzdem von mir weg, nicht nur mit der Geschwindigkeit der Strömung, sondern auch mit der ganzen Abtrift, die naturgemäß groß war.

Aber endlich kam eine Aussicht auf Erfolg für mich. Der Wind setzte mehrere Sekunden lang aus, und durch die Wirkung der Strömung drehte sich die Hispaniola um sich selber; ich sah endlich ihren Stern, in dem das Kajütenfenster immer noch weit offen stand; die Lampe über dem Tisch brannte in den hellen Tag hinein. Das Hauptsegel hing schlaff herunter wie ein Banner. Der Schoner war bewegungslos, abgesehen von der Strömung.

In der letzten Zeit war ich sogar zurückgeblieben; jetzt aber gelang es mir durch verdoppelte Anstrengung, dem Schiff immer näher zu kommen.

Ich war keine hundert Yards mehr von ihm entfernt, da kam wieder ein Windstoß, die Segel füllten sich, und die Hispaniola flog wie eine Schwalbe in die Wogen.

Mein erstes Gefühl war Verzweiflung – mein zweites aber Freude! Denn der Schoner drehte sich herum, bis er mir die Breitseite zugedreht hatte –, drehte sich noch weiter herum, bis er die Hälfte, dann zwei Drittel, dann drei Viertel der Entfernung zurückgelegt hatte, die uns noch voneinander trennte. Ich konnte die weißen Wellen an seinem Bug schäumen sehen. Unermeßlich groß schien mir das Schiff von meiner Tiefe aus in meinem kleinen Korakel.

Und dann begann ich plötzlich zu begreifen. Ich hatte kaum noch Zeit zu denken – kaum Zeit zu handeln und mein Leben zu retten. Ich war oben auf einer Woge, als der Schoner die nächste Woge hinaufschwebte. Das Bugspriet befand sich über meinem Kopf, ich sprang auf und in die Höhe und trat dabei das Korakel unter Wasser. Mit der einen Hand erfaßte ich den Klüverbaum, während mein Fuß zwischen Stag und Brasse einen Halt fand; während ich noch keuchend so hing, verkündete ein dumpfer Schlag mir, daß der Schoner über das Korakel hinweggesegelt war, und daß ich mich jetzt ohne jede Möglichkeit eines Rückzugs auf der Hispaniola befand.

Fünfundzwanzigstes Kapitel

Ich hole den Jolly Roger herunter

Ich hatte mich kaum auf das Bugspriet hinaufgeschwungen, da füllte das Klüversegel sich auf dem neuen Gang, mit einem Knall, wie wenn eine Kanone abgeschossen würde. Der Schoner zitterte von dem Gegenstoß bis an den Kiel hinab; im nächsten Augenblick aber, während die anderen Segel noch gefüllt waren, klatschte das Klüversegel wieder zurück und hing leer herab.

Dies hätte mich beinahe in die See geworfen; aber jetzt verlor ich keine Zeit mehr, sondern kroch am Bugspriet entlang und warf mich kopfüber auf das Deck herab.

Ich befand mich auf der Leeseite des Vorderkastells, und das Hauptsegel, das noch gefüllt war, versperrte mir den Ausblick auf einen Teil des Achterdecks. Keine Menschenseele war zu sehen. Die Planken, die seit dem Ausbruch der Meuterei nicht aufgewaschen waren, trugen die Spuren vieler Füße, und eine leere Flasche mit abgebrochenem Hals rollte wie ein lebendes Wesen in den Speigatten hin und her.

Plötzlich kam die Hispaniola gerade in den Wind. Die Klüversegel hinter mir krachten laut; das Steuerruder schlug zur Seite; das ganze Schiff stöhnte und ächzte laut, und in demselben Augenblick schwang der Giekbaum sich über das Deck hinüber und ich, erblickte die Leeseite des Achterdecks.

Ja, da waren die beiden Wächter: Rotmütze lag auf seinem Rücken, steif wie eine Handspake, mit ausgestreckten Armen wie ein Kruzifix; zwischen den offenen Lippen waren die weißen Zähne zu sehen. Israel Hands saß an das Bollwerk angelehnt; sein Kinn war auf die Brust gesunken, seine Hände lagen flach auf dem Deck; sein Gesicht war unter der gegerbten Haut so weiß wie ein Talglicht.

Eine Weile bäumte das Schiff sich wie ein störrisches Pferd; die Segel füllten sich bald auf dem einen Gang, bald auf einem anderen, und der Giekbaum schwang hin und her, daß der Mast laut stöhnte. Ab und zu kam eine Sprühwelle über die Schanzkleidung, und der Bug des Schiffes schlug mit einem dumpfen Schlag gegen die Dünung an; es war eben ein großer Unterschied zwischen diesem großen aufgetakelten Schoner und meinem kleinen leichten Korakel, das jetzt auf dem Meeresgrunde lag.

Bei jedem Sprunge, den die Hispaniola machte, wurde Rotmütze hin und her geworfen; dabei war gräßlich anzusehen, daß trotz alledem seine Lage immer die gleiche blieb, und daß seine fest aufeinandergebissenen Zähne immerzu aus dem halboffenen Munde hervorgrinsten. Und bei jedem Aufbäumen des Schiffes schien auch Hands immer mehr in sich zusammenzusinken und über das Deck herunterzugleiten; seine Füße spreizten sich mehr auseinander, und der ganze Körper glitt allmählich nach dem Stern abwärts, so daß ich allmählich immer weniger von seinem Gesicht sehen konnte, und schließlich nur noch sein Ohr und die eine Hälfte seines geringelten Backenbartes für mich sichtbar blieb.

Gleichzeitig bemerkte ich rund um beide Piraten herum dunkle Blutflecken auf den Planken, so daß ich schließlich annahm, sie hätten sich gegenseitig in ihrer trunkenen Wut getötet.

Während ich auf diese Weise mich umblickte und Vermutungen nachhing, drehte in einem ruhigen Augenblick, als das Schiff nicht schwankte, Israel Hands sich halb herum und rutschte mit einem leisen Stöhnen in die Stellung zurück, in der ich ihn zuerst erblickt hatte. Dieses Stöhnen, das ein Zeichen von Schmerz und großer Schwäche war, und der Anblick seiner schlaff herunterhängenden Kinnlade taten mir herzlich leid. Als ich mich aber erinnerte, wie gemein und blutdürstig er gesprochen hatte, als ich in der Apfeltonne saß, da verschwand alles Mitleid aus meinem Herzen.

Ich ging nach dem Achterdeck, und als ich den Hauptmast erreicht hatte, sagte ich ironisch:

„Melde mich an Bord, Herr Hands."

Er machte erstaunte Augen, aber er war viel zu schwach, um seine Verwunderung auszusprechen. Mit Mühe brachte er nur ein einziges Wort hervor!

„Branntwein!"

Mir dünkte, es sei keine Zeit mehr zu verlieren; ich schlüpfte unter dem Giekbaum durch, als er sich wieder über das Deck bewegte, lief nach achtern und über die Kajütstreppe in die Kajüte hinunter.

In dieser herrschte eine Unordnung, wie man sich kaum vorstellen kann. Die Meuterer hatten alle verschlossenen Behälter erbrochen, um nach der Karte zu suchen. Der Fußboden war hoch mit Schlamm bedeckt, den die Kerle an ihren Stiefeln von der sumpfigen Erde vom Lagerfeuer mitgebracht hatten. Die Vertäfelung der Kajüte, die sauber in Weiß gemalt gewesen war mit goldenen Randleisten, trug die Abdrücke schmutziger Finger. Dutzende von leeren Flaschen lagen in den Ecken und klirrten gegeneinander an, wenn das Schiff rollte. Auf dem Tisch lag eins von den medizinischen Büchern des Doktors aufgeschlagen; die Hälfte der Blätter waren herausgerissen; wahrscheinlich hatten sie als Fidibusse für die Pfeifen gedient. Diese ganze Anordnung wurde von der qualmenden Lampe beleuchtet.

Ich ging in den Keller hinunter; die Fässer waren verschwunden, und von den Flaschen war eine überraschend große Anzahl leer getrunken und weggeworfen worden. Seit dem Beginn der Meuterei konnte kein einziger von den Piraten kaum einen Augenblick nüchtern gewesen sein.

Nach einigen Minuten fand ich eine Flasche, in der noch etwas Branntwein war; diese bestimmte ich für Hands; für mich selber trieb ich einige Zwiebacke, eingemachte Früchte, eine große Traube Rosinen und ein Stück Käse auf. Hiermit ging ich an Deck, legte meine eigenen Eßvorräte am Steuerruder nieder, wo der Schaluppmeister sie nicht erreichen konnte, ging dann an die Wassertonne und trank mich so richtig satt; und erst dann gab ich Hands den Branntwein.

Er muß eine Viertelpinte getrunken haben, bevor er die Flasche wieder absetzte. Dann sagte er:

„Ha! Zum Donner – das hatte ich aber sehr nötig!“

Ich hatte mich inzwischen in meine eigene Ecke hingesetzt und zu essen begonnen.

„Schlimm verwundet?“ fragte ich ihn.

Er grunzte, ich möchte beinah sagen: er bellte und sagte:

„Wenn der Doktor da an Bord wäre, hätte er mich im Handumdrehen wieder zurecht; aber ich habe nun mal gar kein Glück, siehst du, das ist nun mal so mit mir. Der Waschlappen da, der ist tot und erledigt,“ fuhr er fort, indem er auf den Mann mit der roten Mütze zeigte, „war überhaupt kein Seemann! Und wo kommst du denn her?“

„O, ich bin an Bord gekommen, um von dem Schiff Besitz zu ergreifen, Herr Hands; und Sie werden bis auf weiteres so gut sein, mich als Ihren Kapitän anzusehen.“

Er zog ein recht schiefes Gesicht, sagte aber nichts. Seine Wangen waren wieder etwas rot geworden, doch sah er immer noch sehr krank aus und glitt auf dem Deck entlang, sooft das Schiff einen neuen Stoß bekam.

„Übrigens, was ich sagen wollte,“ fuhr ich fort, „ich kann diese Flagge hier nicht haben, Herr Hands, und will sie herunterholen, wenn Sie nichts dagegen haben; besser gar keine als diese.“

Ich kroch wieder unter den Giekbaum durch, lief an die Flaggenleine, holte ihre verfluchte schwarze Flagge herunter und warf sie über Bord. Dann schwenkte ich meine Mütze im Wind:

„Gott erhalte den König! Und somit ist es aus mit Käpp'n Silver!“

Er sah mich von unten auf scharf an; sein Kinn lag immer noch auf der Brust.

„Ich rechne,“ sagte er nach einer Weile – „ich rechne, Käpp'n Hawkins, Sie werden jetzt wohl gerne an Land wollen. Was meinen Sie dazu, wenn wir mal darüber sprechen?“

„Oh, gewiß, ja!“ sagte ich, „von Herzen gern, Herr Hands. Schießen Sie los!“

Und ich machte mich wieder über meine Mahlzeit her und aß mit gutem Appetit.

„Dieser Mann da,“ begann er mit einer schwachen Kopfbewegung nach der Leiche hinüber, „O'Brien war sein Name – ein richtiger frecher Irländer –, dieser

Mann und ich brachten den Schoner unter Segel; dachten, wir wollen wieder zurückfahren. Na, der ist nun tot, das ist er – mausetot; und wer das Schiff segeln soll, das weiß ich nicht. Wenn ich dir nicht einen Wink gebe oder zwei, so bist du nicht der Mann, soweit ich sehen kann. Na, nun höre mal zu: Du gibst mir Essen und Trinken und einen alten Lappen oder ein Taschentuch, um meine Wunde zu verbinden; und ich will dir dafür sagen, wie du steuern sollst; und so ist es wohl recht und billig, denk ich."

„Ich will Ihnen bloß eins sagen," sagte ich: „ich habe nicht die Absicht, nach Käpp'n Flints Ankergrund zurückzusegeln. Ich gedenke nach der nördlichen Bucht zu segeln und den Schoner da ruhig auf den Strand laufen zu lassen."

„Kann ich mir denken!" rief er. „Nu, ich bin doch kein gottverdammter Schafskopf, habe doch Augen im Kopf zu sehen, nicht wahr? Habe versucht, mir 'nen Jux zu machen, und 's ist schief gegangen, und du hast mir den Wind abgelaufen. Nordbucht? Na, ich habe ja keine Wahl! Ich würde dir helfen, nach Execution Dock in London zu segeln – zum Donner, das tätlich!"

Nun, was er sagte, schien mir ganz vernünftig zu sein. Wir machten also sofort unseren Handel ab. Binnen drei Minuten segelte die Hispaniola leicht vor dem Winde längs der Küste der Schatzinsel, und wir hatten gute Hoffnung, noch vor Mittag um die Nordspitze herumzukommen und vor der hohen Flut an der Nordbucht zu sein; da konnten wir den Schoner sicher auf den Strand laufen lassen und dann warten, bis das Wasser so weit abgelaufen war, daß ich an Land gehen konnte.

Ich band das Steuerruder fest und ging unter Deck zu meiner Kiste, aus der ich ein weißes seidenes Halstuch herausnahm, das meine Mutter mir gegeben hatte. Hiermit verband unter meinem Beistande Israel den tiefen klaffenden Messerstich, den er von dem Irländer in den Oberschenkel bekommen hatte; und nachdem er ein bißchen gegessen und noch ein paar Schluck Branntwein getrunken hatte, begann er sich sichtlich zu erholen: er saß straffer aufgerichtet, sprach lauter und deutlicher und war in jeder Beziehung ein anderer Mensch.

Die Brise kam uns vortrefflich zustatten. Wir flogen wie ein Vogel vor ihr her; die Küste der Insel flitzte an uns vorbei und zeigte jede Minute ein neues Bild. Bald waren wir an den Bergen vorüber und fuhren an einem niedrigen, sandigen Landstrich herunter, der spärlich mit verkrüppelten Fichten bestanden war, und bald waren wir auch darüber wieder hinaus und um das felsige Vorgebirge herum, das die Nordspitze der Insel bildet.

Ich fühlte mich sehr stolz in meiner neuen Kapitänswürde und sehr behaglich in dem hellen, sonnigen Wetter und freute mich über die wechselnden Landschaften der Küste. Ich hatte jetzt Überfluß an Wasser und guten Lebensmitteln, und mein Gewissen, das mich wegen meines Weglaufens gepeinigt hatte, war jetzt beruhigt, da ich eine so große Eroberung gemacht hatte. Es wäre mir nichts zu wünschen übriggeblieben, wenn nicht der Schaluppmeister mich fortwährend mit höhnischen Blicken angesehen hätte und mit einem eigentümlichen Lächeln, das alle Augenblicke auf seinem Gesicht erschien. Es war ein Lächeln, worin etwas von Schmerz und Schwäche lag – ein grimmiges Lächeln eines alten Mannes; außerdem aber lag eine Beimischung von Hohn und von Hinterlist in dem Ausdruck, womit er mich an meiner Arbeit beobachtete und immerzu beobachtete.

Sechsundzwanzigstes Kapitel

Israel Hands

Der Wind schlug jetzt nach Westen um – gerade, wie wir ihn brauchen konnten. Auf diese Weise kamen wir viel bequemer von der nordöstlichen Spitze der Insel nach der Mündung der Nordbucht. Nur hatten wir keine Leute, um den Anker auszuwerfen, und da wir den Schoner nicht auf den Strand setzen durften, bis die Flut bedeutend höher gestiegen war, so hatten wir überflüssige Zeit. Der Schaluppmeister sagte mir, wie ich den Schoner beilegen sollte, was mir endlich nach manchem vergeblichen Versuch gelang. Hierauf besorgte ich wieder etwas zu essen, und wir saßen lange Zeit da und sagten kein Wort.

„Käpp'n," sagte Israel schließlich mit seinem unangenehmen Lächeln, „da ist mein alter Schiffsmaat, O'Brien. Wie wäre es, wenn Sie ihn über Bord schmissen? Ich bin sonst nicht so heikel und mache mir auch nichts daraus, daß ich ihm den Rest gegeben habe; aber mir dünkt, er ist nicht gerade ornamental – oder was meinen Sie?"

„Ich bin nicht stark genug, und es paßt mir nicht, ihn anzurühren; meinetwegen bleibt er liegen, wo er ist."

„Das ist ein unglückliches Schiff, diese Hispaniola," fuhr Israel fort und zwinkerte dabei mit den Augen. „Da sind eine Masse Leute tot gemacht worden, auf dieser Hispaniola – eine Masse armer Seeleute, tot und dahin, seitdem wir zwei beide in Bristol zu Schiff gingen. Habe nie so'n dreckiges Glück gesehen, wahrhaftig! Da war dieser O'Brien, na – er ist tot, nicht? Na, ich bin doch kein

Gelehrter, und du bist ein Junge, der lesen und rechnen kann; na, um es gerade herauszusagen: was meinst du – ist ein toter Mann richtig tot, oder kommt er nochmal wieder?“

„Sie können den Leib töten, Herr Hands, aber nicht den Geist; das müßten Sie doch schon wissen! O'Brien da ist in einer anderen Welt und sieht vielleicht zu, was wir hier treiben.“

„Aha! Na, das ist schade – sieht aus, als ob es Zeitverschwendung wäre, Leute totzuschlagen. Indessen dennoch – Geister gelten nicht viel, nach allem, was ich gesehen habe. Ich will es auf die Geister ankommen lassen, Jim. Aber, danke für die Auskunft! Möchtest du nun so gut sein, mal in die Kajüte hinunterzugehen und mir ein – ach, Himmeldonnerwetter, ich kann nicht auf den Namen kommen; na, einerlei; hole mir eine Flasche Wein, Jim, einerlei, wie er heißt. Dieser Branntwein hier ist zu stark für meinen Kopf.“

Nun, diese Redensarten des Schaluppmeisters kamen mir unnatürlich vor; und daß er lieber Wein als Branntwein haben wollte, davon glaubte ich ihm kein Wort. Die ganze Geschichte war bloß ein Vorwand. Er wünschte, daß ich vom Deck herunterginge – soviel war klar; aber welchen Zweck er damit verfolgte, das konnte ich mir durchaus nicht vorstellen.

Seine Augen vermieden mich; sie fuhren hin und her, auf und ab – bald mit einem Blick nach dem Himmel hinauf, bald mit einem schnellen Seitenblick auf O'Briens Leiche. Dabei lächelte er fortwährend und leckte sich mit einer so verlegenen Miene die Lippen, ein Kind hätte merken müssen, daß er eben eine Täuschung vorhatte. Ich war aber schnell mit meiner Antwort bei der Hand, denn ich sah sofort, wo mein Vorteil lag; einem so dummen Menschen gegenüber konnte ich meinen Verdacht leicht verbergen.

„Ein bißchen Wein,“ sagte ich. „Das ist auch viel besser. Wollen Sie weißen oder roten haben?“

„Nu, ich denke, das ist mir so ziemlich Wurscht, Schiffsmaat! Wenn er nur stark ist und recht reichlich – das andere ist einerlei!“

„Schön! Ich will Ihnen Portwein bringen, Herr Hands. Aber ich werde danach suchen müssen.“

Hierauf polterte ich, so laut ich konnte, die Kajütstreppe hinunter, streifte meine Schuhe ab, lief leise den Verbindungsgang entlang, stieg die Leiter des Vorderkastells hinauf und steckte meinen Kopf aus der Vorderluke heraus. Ich wußte, daß er nicht erwarten würde, mich dort zu sehen; trotzdem benahm ich mich so vorsichtig wie möglich.

Ich sah sofort, daß mein schlimmster Verdacht nur zu berechtigt gewesen war. Der Schaluppmeister hatte sich herumgedreht und auf Hände und Knie aufgestützt; obgleich sein Bein ihm offenbar sehr weh tat, als er sich bewegte – denn ich konnte ihn stöhnen hören –, so schleppte er sich doch recht schnell über das Deck. In einer halben Minute hatte er das Backbord-Speigatt erreicht und aus einem Tauring ein langes Messer, oder besser gesagt, einen Dolch herausgeholt, der bis ans Heft von Blut gerötet war. Er sah ihn einen Augenblick an, wobei er die Kinnlade vorschob, prüfte die Spitze auf seiner Hand, verbarg ihn hastig in der Brusttasche seiner Jacke und kroch wieder nach seinem alten Platz an der Schanzbrüstung zurück.

Weiter brauchte ich nichts zu wissen. Israel konnte sich bewegen; er war jetzt bewaffnet; und wenn er sich so große Mühe gemacht hatte, mich fortzuschicken, so war es klar, daß ich als Opfer fallen sollte. Was er später tun würde – ob er versuchen würde, von der Nordbucht quer über die Insel nach dem Lagerplatz der Piraten zu kriechen, oder aber vielleicht den langen Neunpfünder abfeuern würde, in der Erwartung, daß seine Kameraden kommen würden, um ihm zu helfen – das war natürlich mehr, als ich sagen konnte.

Bei alledem war ich überzeugt, daß ich in einer bestimmten Hinsicht ihm trauen konnte, weil darin unser beider Vorteil übereinstimmte – und das war die Lenkung des Schoners. Wir hatten beide den Wunsch, ihn an einer geschützten Stelle sicher auf den Strand zu lassen, so daß er, wenn die Zeit gekommen wäre, mit möglichst geringer Mühe und Gefahr wieder flottgemacht werden könnte. Ich nahm deshalb an, daß er sicherlich mein Leben schonen würde, bis wir es so weit gebracht hätten.

Während ich mir die Sache in meinem Kopf überlegte, war mein Körper nicht müßig gewesen. Ich hatte mich nach der Kajüte zurückgeschlichen, meine Schuhe wieder angezogen, die erste beste Flasche Wein ergriffen und erschien nun mit dieser wieder auf Deck.

Hands lag, ganz zu einem Bündel zusammengesunken, genau in derselben Stellung, wie ich ihn verlassen hatte – mit geschlossenen Augenlidern, wie wenn er zu schwach wäre, um das Licht vertragen zu können. Er blickte jedoch auf, als ich kam, schlug der Flasche ihren Hals ab, und zwar mit der Geschicklichkeit eines Mannes, der so etwas schon oft getan hat, und nahm einen tüchtigen Schluck, nachdem er seinen Lieblingsspruch ausgebracht hatte:

„Auf gut Glück!“

Dann lag er eine kleine Weile ruhig, und auf einmal holte er ein Stück Tabak aus der Tasche und bat mich, ihm einen Priem abzuschneiden.

„Schneide mir ein Endchen ab, denn ich habe kein Messer – und hätte ich eins, so würde ich wohl kaum Kraft genug haben. Oh, Jim, Jim! ich bin wohl böse ausgerutscht! Schneid mir ein Priemchen ab – wird wohl das letzte sein; denn ich bin auf dem Marsch in die Ewigkeit, daran ist nicht zu zweifeln.“

„Na, ich will Ihnen etwas Tabak abschneiden; aber wenn ich an Ihrer Stelle wäre und glaubte, daß es schlecht mit mir stände, dann würde ich mich ans Gebet halten als ein rechter Christenmensch!“

„So? Na, sage mir doch, warum?“

„Warum?“ rief ich. „Gerade in diesem Augenblick haben Sie nach dem Toten gefragt. Sie haben die Treue gebrochen; Sie haben in Sünden und Lügen und Blut gelebt; ein Mensch, den Sie getötet haben, liegt in diesem Augenblick zu Ihren Füßen – und Sie fragen mich, warum! Bei Gottes Gnaden, Herr Hands – *darum*!“

Ich sprach etwas hitzig; denn ich dachte an den blutigen Dolch, den er in seine Tasche gesteckt hatte und mit dem der Bösewicht mir den Garaus zu machen gedachte. Israel nahm einen großen Schluck Wein und sagte dann mit ganz ungewöhnlicher Feierlichkeit:

„Dreißig Jahre lang habe ich die Meere befahren, habe Gutes und Böses gesehen, Besseres und Böseres, schön Wetter und schlechtes; habe Hungersnot erlebt und Wassermangel, mit Messern ist gestochen worden, und was nicht sonst noch alles! Nun, ich sage dir das: ich habe noch nie gesehen, daß von Güte etwas Gutes kam. Wer zuerst zuschlägt, das ist mein Mann, und tote Hunde beißen nicht. Das ist meine Meinung – Amen, so sei es. Und nun hör' mal,“ fuhr er in einem ganz anderen Tone fort, „wir haben jetzt von diesem dummen Zeug genug gehabt. Das Wasser ist jetzt hoch genug. Sie brauchen bloß meine Befehle auszuführen, Käpp'n Hawkins, und wir segeln glatt in die Bucht hinein, und damit fertig!“

Wir hatten alles in allem kaum zwei Meilen zu segeln; aber das Schiff zu steuern, war nicht so einfach, denn die Einfahrt zu diesem nördlichen Ankergrund war nicht nur schmal und seicht, sondern lief außerdem in der

Richtung von Osten nach Westen, so daß der Schoner vorsichtig gesteuert werden mußte, um hineinzugelangen. Ich glaube, ich war ein guter, aufmerksamer Untergebener, und ganz gewiß war Hands ein ausgezeichneter Lotse; denn wir wendeten und streiften dabei an den Klippen vorüber mit einer Sicherheit und Genauigkeit, daß es ein Vergnügen anzusehen war. Kaum waren wir zwischen den beiden Vorsprüngen der Landspitzen hindurch, so waren wir dicht von Land eingeschlossen. Die Küsten der Nordbucht waren ebenso dicht bewaldet wie die des südlichen Ankerplatzes; aber die Wasserfläche war länger und schmäler; sie glich einer Flußmündung, was sie ja auch in Wirklichkeit war.

Gerade vor uns, am südlichen Ende, sahen wir das Wrack eines Schiffes, das sich im letzten Zustande des Verfalls befand. Es war ein großes Schiff mit drei Masten gewesen, aber es war so lange aller Unbill des Wetters ausgesetzt gewesen, daß große Gewebe triefenden Seetangs rings herumhingen, und auf dem Deck hatten Landpflanzen Wurzeln geschlagen und blühten jetzt in reicher Farbenpracht. Das Schiff war traurig anzusehen, aber es bot uns einen Beweis, daß der Ankergrund geschützt war.

„Nun hör' mal zu," sagte Hands zu mir; „hier ist eine wunderschöne Stelle, um ein Schiff auf den Strand zu setzen: schöner flacher Sand, keine Katzenpfote auf dem Wasser, Bäume rundrum, und auf dem alten Schiff, da blühen die Blumen wie in einem Garten!"

„Und wenn wir sie auf dem Strande haben," fragte ich, „wie sollen wir sie dann wieder herunterkriegen?"

„Oh, das ist ganz einfach: du gehst mit einer Leine an Land, da ans Ufer, wenn das Wasser niedrig ist, du legst die Leine um eine von den großen Fichten; kommst wieder mit ihr aufs Schiff, legst sie um die Ankerwinde herum und wartest ganz einfach ab, bis die Flut kommt. Kommt hohes Wasser, so ziehen alle Mann an der Leine, und los kommt das Schiff, daß es eine wahre Freude ist. Und nun, Junge! Wir sind dicht an der Stelle, aber wir fahren ein bißchen zu schnell. Steuerbord ein bißchen – so – gut so – Steuerbord – Backbord ein bißchen – gut so – gut so!"

So gab er seine Befehle aus, die ich mit angehaltenem Atem verfolgte, bis er plötzlich rief:

„Nun, mein Herzchen, man los!"

Ich legte mit aller Kraft das Steuerruder herum, die Hispaniola schwang sich mit einem Ruck herum und sauste auf die niedrige Waldküste los.

In der Erregung dieser letzten Manöver hatte ich in der Aufmerksamkeit nachgelassen, womit ich bisher den Schaluppmeister sehr scharf beobachtete. Ich erwartete mit solcher Spannung das Auflaufen des Schiffes auf den Sand, daß ich die über meinem Haupte schwebende Gefahr ganz vergessen hatte; ich sah mit langem Halse über die Steuerbordschanzkleidung hinüber auf die Wellen, die der Bug des Schoners aufwarf. Ich wäre vielleicht ohne jeden Kampf gefallen, wenn nicht plötzlich eine Unruhe über mich gekommen wäre, die mich veranlaßte, mich umzusehen. Vielleicht hatte ich ein Knattern gehört, oder ich hatte aus dem Augenwinkel seinen Schatten sich bewegen sehen, vielleicht war es auch ein triebmäßiges Gefühl, wie eine Katze es hat – kurz und gut: als ich mich umsah, hatte Hands schon die Hälfte der Entfernung bis zu mir zurückgelegt und kam mit dem Dolch in der rechten Hand auf mich los.

Wir müssen beide laut aufgeschrien haben, als unsere Blicke einander begegneten; aber während ich einen schrillen Entsetzensschrei ausstieß, brüllte er vor Wut wie ein angreifender Stier. In demselben Augenblick sprang er vorwärts, und ich machte einen Seitensprung nach dem Bug zu. Dabei ließ ich das Steuerruder los, das mit einem scharfen Ruck leewärts flog; und ich glaube, dies rettete mein Leben – denn die Ruderpinne traf Hands gegen die Brust und warf ihn für einen Augenblick zurück.

Bevor er sich wieder aufraffen konnte, war ich aus der Ecke heraus, in der er mich wie in einer Falle gehabt hatte, und konnte mich jetzt auf dem ganzen Verdeck frei bewegen. Beim Hauptmast blieb ich stehen, zog eine Pistole aus der Tasche, zielte kaltblütig, obgleich er sich bereits umgedreht hatte und wieder auf mich los kam, und dann drückte ich ab. Der Hahn schlug auf, aber es folgte weder Blitz noch Knall; das Zündkraut war von dem Seewasser unbrauchbar gemacht worden. Ich verwünschte mich selber über meine Nachlässigkeit. Warum hatte ich nicht längst meine einzigen Waffen frisch geladen und mit neuem Zündkraut versehen? Dann hätte ich jetzt nicht wie ein Schaf vor seinem Schlächter zu fliehen brauchen.

Es war erstaunlich, wie schnell er trotz seiner Wunde sich bewegen konnte! Sein graues Haar hing ihm über das Gesicht herab, und dieses Gesicht war feuerrot vor Aufregung und Wut. Ich hatte keine Zeit, meine zweite Pistole zu versuchen; übrigens auch nicht viel Lust dazu, denn ich war überzeugt, daß sie nicht losgehen würde.

Soviel sah ich deutlich: ich durfte nicht einfach vor ihm davonlaufen; denn er würde mich bald am Bug in der Ecke gehabt haben, wie er mich soeben am Stern schon in der Klemme gehabt hatte. Sobald dies geschah, würden neun oder zehn Zoll kaltes Eisen meine letzte Erfahrung diesseits der Ewigkeit gewesen sein! Ich legte meine Hände flach gegen den Hauptmast, der recht dick war, und wartete mit straff gespannten Nerven.

Er merkte sofort meine Absicht und blieb ebenfalls stehen; ein paar Augenblicke vergingen mit Finten von seiner Seite und mit entsprechenden Bewegungen von der meinigen.

Es war ein Spiel, wie ich es zu Hause unter den Felsen an der Bucht oft gespielt hatte, aber ganz gewiß niemals mit einem so wild klopfenden Herzen wie diesmal. Indessen, es war wie gesagt ein Knabenspiel, und ich dachte, ich könnte es darin wohl gegen einen ältlichen Seemann mit einem verwundeten Bein aufnehmen. Mein Mut war inzwischen so gewachsen, daß ich mir sogar ein paar blitzschnelle Gedanken an den mutmaßlichen Ausgang erlaubte; da sah ich allerdings, daß ich dieses Ende noch länger hinausziehen könnte, daß ich aber kaum eine Hoffnung hätte, schließlich mit heiler Haut davonzukommen.

Während nun die Dinge so standen, stieß plötzlich die Hispaniola auf den Strand: sie bekam einen Ruck, streifte einen Augenblick knirschend über den Sand und legte sich dann blitzschnell nach Backbord über, bis das Deck einen Winkel von 45 Grad bildete; eine gute Menge Wasser drang durch die Speigatten ein und bildete eine Lache zwischen Deck und Schanzkleidung.

Wir verloren beide den Halt und rollten fast gleichzeitig in die Speigatten hinein; hinter uns her der tote Pirat mit der roten Mütze! Wir waren einander so nahe, daß mein Kopf an den Fuß des Schaluppmeisters anschlug. Ich bekam einen Stoß, daß meine Zähne klapperten.

Trotz diesem Stoß war ich aber zuerst wieder auf den Beinen, denn Hands mußte sich erst von der Leiche losmachen. Infolge der schrägen Lage des Schiffes konnte ich auf dem Deck nicht mehr laufen; ich mußte einen anderen Rettungsweg finden, und zwar augenblicklich, denn mein Feind war unmittelbar bei mir. Schnell wie ein Gedanke, sprang ich in die Besanwanten hinein, klomm Hand über Hand hinauf, ohne einen Atemzug zu tun, bis ich auf der Rahe saß.

Meine Schnelligkeit hatte mich gerettet, denn während ich hinaufkletterte, war Israels Dolch keinen halben Fuß unter mir vorbeigefahren; und da stand nun Israel Hands mit offenem Munde und sah zu mir hinauf– ein Bild der Überraschung und Enttäuschung. Da ich jetzt einen Augenblick Zeit hatte, so schüttete ich unverzüglich neues Pulver auf die Pfanne meiner Pistole; nachdem ich auf diese Weise eine schußfertig gemacht hatte, lud ich zur größeren Sicherheit die andere ganz frisch, nachdem ich die alte Ladung herausgezogen hatte.

Als Hands dies sah, begann er zu merken, daß das Blatt sich gewandt hatte. Nach einem kurzen Zögern kletterte er selber schwerfällig, den Dolch zwischen den Zähnen, die Wanten hinauf; es ging langsam, er hatte offenbar viele Schmerzen. Mit lautem Stöhnen zog er sein verwundetes Bein nach; ich hatte in aller Ruhe meine Pistolen geladen, bevor er den dritten Teil der Strecke zurückgelegt hatte. Dann nahm ich eine Pistole in jede Hand und rief ihm zu:

„Noch einen Schritt näher, Herr Hands, und ich schieße Ihnen eine Kugel vor den Kopf! Tote Hunde beißen nicht, wissen Sie!“ setzte ich mit einem Kichern hinzu.

Er machte sofort halt. Ich konnte ihm am Gesicht ansehen, daß er zu denken versuchte, und das ging so langsam und machte ihm offenbar solche Mühe, daß ich in dem Gefühl meiner Sicherheit laut auflachte.

Er schluckte ein paarmal, und ich sah ihm an seinem verdutzten Gesicht an, daß er etwas sagen wollte. Um sprechen zu können, mußte er den Dolch aus dem Munde nehmen; sonst aber rührte er kein Glied. Endlich sagte er:

„Jim, ich rechne, wir haben uns alle beide festgefahren, du und ich, und werden einen Vergleich schließen müssen. Ich hätte dich gekriegt, wenn nicht der Stoß gekommen wäre! Aber ich habe ja nun mal kein Glück! Und ich rechne, ich werde die Flagge streichen müssen, und das ist ein hartes Ding für einen alten, seebefahrenen Schaluppmeister einem Jüngelchen gegenüber, wie du's bist, Jim!“

Seine Worte waren für mich eine Wonne, und ich lächelte und war so eitel wie ein Hahn auf einer Gartenmauer. Da warf er plötzlich seine rechte Hand über die Schulter, etwas schwirrte wie ein Pfeil durch die Luft – ich fühlte einen Schlag und dann einen scharfen Schmerz, und siehe: ich war mit der Schulter an den Mast gespießt. In dem fürchterlichen Schmerz und in der Überraschung des Augenblicks – ich kann kaum sagen, daß ich es mit freiem Willen tat, und sicherlich habe ich nicht gezielt – gingen meine beiden Pistolen los, und beide fielen mir aus den Händen. Sie fielen nicht allein: mit einem erstickten Schrei ließ der Schaluppmeister die Wanten los und stürzte rücklings ins Wasser.

Siebenundzwanzigstes Kapitel

„Piaster!“

Infolge der schrägen Lage des Schiffes hingen die Masten weit über das Wasser hinüber, und deshalb saß ich auf meiner Rahe über dem Wasserspiegel. Hands, der sich tiefer befunden hatte, war infolgedessen dem Schiff näher und stürzte zwischen mir und der Schanzkleidung ab. Er kam noch einmal in einer Lache von Schaum und Blut nach oben und sank dann endgültig. Als das Wasser wieder ruhig wurde, konnte ich seine gekrümmte Leiche auf dem reinen, weißen Sand im Schatten der Schiffswand liegen sehen. Ein paar Fische schwammen um ihn herum. Ein paarmal hatte es den Anschein, wie wenn er sich ein wenig bewegte und aufzustehen versuchte. Dies schien aber nur so infolge der Bewegung des Wassers: er war tot genug; denn er war erschossen und ertrunken und lag nun als Speise für die Fische an derselben Stelle, an der er mich hatte ermorden wollen.

Kaum war ich seines Todes gewiß, so begann ich mich krank und elend zu fühlen. Heißes Blut lief mir über Rücken und Brust. Der Dolch, der meine Schulter an den Mast gespießt hatte, schien wie glühendes Eisen zu brennen. Aber es waren nicht so sehr diese wirklichen Schmerzen, die mich unglücklich machten – denn diese, so schien es mir, hätte ich ohne einen Klagelaut ertragen können; es war die Angst, daß ich von meiner Rahe in das stille, grüne Wasser hinabstürzen und dann neben der Leiche des Schaluppmeisters liegen würde.

Ich klammerte mich mit beiden Händen fest, bis mir die Nägel weh taten, und schloß meine Augen, wie wenn ich dadurch die Gefahr mir selber verbergen könnte. Allmählich aber kam ich wieder zur Besinnung, mein Pulsschlag wurde wieder ruhig, und ich hatte meine Selbstbeherrschung zurückerlangt.

Vor allen Dingen wollte ich den Dolch herausreißen; aber entweder stak dieser zu fest, oder ich verlor die Nerven; jedenfalls ließ ich mit einem heftigen Schauder von meinem Beginnen ab. Merkwürdigerweise brachte gerade dieser Schauder mir, was ich wollte: das Messer hätte mich nämlich auf ein Haar überhaupt gefehlt; es war unmittelbar unter der Haut durch das Fleisch hindurchgefahren, und dieses Stück Haut zerriß, als ich zusammenzuckte. Die

Blutung wurde allerdings stärker, aber ich war wieder mein eigener Herr und war nur noch mit Jacke und Hemd an den Mast gespießt.

Meine Kleider riß ich mit einem starken Ruck los und kletterte dann an den Steuerbord-Wanten wieder auf das Deck herab. Um alles in der Welt hätte ich mit meinen zitternden Gliedern es nicht gewagt, an den überhängenden Besanwanten herunterzuklettern, von denen Israel Hands herabgestürzt war.

Ich ging in die Kajüte hinunter und verband meine Wunde, so gut ich konnte. Sie schmerzte mich stark und blutete immer noch heftig; aber sie war weder tief noch gefährlich und behinderte mich nicht sehr im Gebrauch meines Armes.

Dann sah ich mich um, und da das Schiff jetzt gewissermaßen mein eigenes war, so begann ich daran zu denken, es von seinem letzten Passagier zu säubern – dem toten O'Brien.

Er war, wie ich gesagt habe, gegen die Schanzkleidung geworfen worden und lag dort wie eine gräßliche, unheimliche Puppe – wie eine Puppe in Lebensgröße, aber ohne Lebensfarbe! Da er so dicht an der Schanzkleidung lag, hatte ich es bequem mit ihm, und da die Gewohnheit tragischer Abenteuer mich so ziemlich gegen alles Grausen vor dem Tode abgestumpft hatte, so packte ich ihn um den Rumpf, wie wenn er ein Sack voll Spreu wäre, und warf ihn mit einem kräftigen Schwung über Bord.

Mit einem lauten Klatschen schlug er auf das Wasser auf; die rote Mütze löste sich von seinem Kopf und schwamm auf der Oberfläche; und sobald die Ringe sich im Wasser geglättet hatten, konnte ich ihn und Israel Hands Seite an Seite liegen sehen, beide in der zitternden Bewegung des Wassers zuckend. O'Brien war zwar noch ein ganz junger Mann, aber schon sehr kahlköpfig gewesen. Da lag er nun, sein kahler Kopf zwischen den Knien des Mannes, der ihn getötet hatte, und die schnellen Fische schossen über den beiden hin und her.

Ich war jetzt allein auf dem Schiff; es war gerade eben Hochflut gewesen, und die Ebbe hatte wieder eingesetzt. Die Sonne war so dicht am Untergehen, daß bereits der Schatten der Fichten auf dem Westufer über den Ankergrund fiel und ihre Umrisse auf dem Verdeck abzeichnete. Die Abendbrise hatte sich aufgemacht, und obgleich der Berg mit den beiden Gipfeln von Osten her den Wind abhielt, summte es im Tauwerk, und die schlaff herabhängenden Segel knatterten leise.

Ich merkte, daß das Schiff in Gefahr kommen konnte. Die Klüversegel konnte ich leicht losmachen, so daß sie auf das Deck fielen; aber mit dem Hauptsegel ging es schwerer. Als der Schoner sich auf die Seite legte, hatte der Giekbaum natürlich sich über Bord gedreht, und seine Spitze und ein paar Fuß von dem Segel waren unter Wasser. Mir schien, daß dadurch die Gefahr noch größer würde; aber das Segel war so straff gespannt, daß ich mich nicht getraute, daran zu rühren. Schließlich zog ich mein Messer heraus und schnitt die Aufholer durch. Die Spitze sank augenblicklich, und eine große Fläche Leinwand schwamm auf dem Wasser; da ich aber trotz aller Anstrengung den Giekbaum nicht weiter losmachen konnte, so war ich mit meinem Witz zu Ende. Die Hispaniola mußte sich, wie ich selber, auf gut Glück verlassen.

Mittlerweile lag der ganze Ankergrund im Schatten – die letzten Strahlen der Sonne fielen durch eine Waldlücke und lagen, hell wie Juwelen, auf dem Wrack mit seinen blühenden Büschen. Es begann kühl zu werden; der Ebbstrom zog reißend schnell seewärts, und der Schoner legte sich mehr und mehr auf die Seite.

Ich kroch an die Schanzkleidung heran und sah über Bord. Das Wasser schien seicht genug zu sein. Ich hielt mich zur Sicherheit mit beiden Händen an dem gekappten Ankertau fest und ließ mich sachte über Bord gleiten.

Das Wasser reichte mir kaum bis an die Brust; der Sand war fest, und ich watete guten Mutes an Land und ließ die Hispaniola auf ihrer Seite liegen, das Hauptsegel weit über die Wasserfläche dabei ausgebreitet. Fast in demselben Augenblick ging die Sonne unter, und der Abendwind pfiff leise durch die wiegenden Fichten in der Dämmerung.

Endlich, endlich war ich wieder vom Wasser herunter! Und nicht mit leeren Händen kehrte ich zurück! Da lag der Schoner, endlich den Piraten entrissen, und unsere eigenen Leute brauchten nur an Bord zu gehen und konnten wieder in See stechen!

Ich weidete mich an dem Gedanken, zum Blockhaus zurückzukehren und meine Heldentaten zu verkünden. Vielleicht konnte ich wegen meiner Waghalsigkeit einen kleinen Tadel bekommen, aber die Zurückeroberung der Hispaniola war eine Antwort, die jeden Mund schließen mußte, und ich hoffte, sogar Kapitän Smollett würde zugeben, daß ich meine Zeit nicht verloren hätte.

Unter solchen Gedanken lenkte ich in vergnügter Stimmung meine Schritte dem Blockhaus und meinen Kameraden zu. Ich erinnerte mich, daß der östlichste von den Bächen, die in Kapitän Kidds Ankergrund münden, auf dem zweigipfeligen Berg zu meiner Linken entsprang; deshalb ging ich in dieser Richtung, um den Bach an einer schmalen Stelle überschreiten zu können. Der Wald war ziemlich licht, und indem ich mich an dem unteren Rande hielt, hatte ich rasch den Berg umgangen, und bald darauf konnte ich durch den Bach waten, dessen Wasser mir nur bis an die Waden reichte.

Auf diese Weise kam ich in die Nähe der Stelle, wo ich Ben Gunn getroffen hatte. Ich sah mich deshalb nach allen Seiten um, als ich vorsichtig weiterging. Es war inzwischen tiefe Nacht geworden, und als ich aus der Kluft zwischen den beiden Berggipfeln ins Freie trat, bemerkte ich am Himmel eine wabernde Lohe. Ich dachte mir, der Inselmann koche wahrscheinlich an einem hellen Feuer sein Abendessen. Indessen wunderte ich mich im geheimen über eine solche Sorglosigkeit. Denn wenn ich diesen Feuerschein sehen konnte, so mußte wohl auch Silver ihn von dem Lager an der sumpfigen Wiese erblicken können.

Es wurde allmählich immer finsterer; es kostete mir große Mühe, auch nur einigermaßen die Richtung einzuhalten. Der Doppelberg hinter mir und das „Fernrohr" wurden immer undeutlicher in ihren Umrissen; nur wenige Sterne waren am Himmel und schimmerten mit schwachem Glanz. Ich wanderte in einem tiefen Talgrunde und geriet fortwährend in Gebüsche hinein oder stürzte in Sandgruben.

Plötzlich wurde es um mich herum heller. Ich blickte auf; ein bleicher Schimmer von Mondstrahlen hatte den Gipfel des Fernrohrs getroffen, und bald darauf sah ich etwas Breites, Silberglänzendes sich hinter den Bäumen bewegen. Da wußte ich, daß der Mond aufgegangen war.

Dies war für mich eine große Hilfe. Schnell legte ich jetzt den noch übrigen Teil meiner Wanderung zurück; bald gehend, bald laufend, strebte ich ungeduldig dem Blockhaus zu. Doch war ich, als ich in den Wald unmittelbar vor dem Pfahlwerk kam, nicht so gedankenlos, daß ich nicht meinen Schritt verlangsamt hätte. Vorsichtig ging ich weiter. Es wäre auch ein dummes Ende meiner Abenteuer gewesen, wenn meine Kameraden mich aus Versehen niedergeschossen hätten.

Der Mond kletterte immer höher und höher am Himmel empor; sein Licht fiel hier und dort in breiten Streifen auf die Waldlichtungen. Gerade vor mir aber erschien zwischen den Bäumen ein Licht von anderer Farbe: es war glühend rot und verdunkelte sich von Zeit zu Zeit ein wenig – wie wenn es die glühenden Kohlen eines heruntergebrannten Holzfeuers wären.

So sehr ich mir den Kopf zerbrach, konnte ich mir nicht vorstellen, was dies sein möchte.

Endlich erreichte ich den Saum der Lichtung. Das westliche Ende lag bereits im hellen Mondlicht, alles übrige aber um das Blockhaus selbst im schwarzen Schatten, in den nur einzelne silberweiße Streifen hineinfielen. Auf der anderen Seite des Hauses war ein gewaltiges Feuer bis auf die Kohlen herabgebrannt; diese verbreiteten einen roten Schein, der seltsam gegen das bleiche Mondlicht abstach. Keine Seele regte sich, und es war kein Ton zu hören außer dem Sausen der Nachtbrise.

Voller Verwunderung im Herzen und vielleicht mit einem auch etwas ängstlichen Gefühl, blieb ich stehen. Es war nicht unsere Gewohnheit gewesen, große Holzfeuer anzuzünden; im Gegenteil, wir waren auf Befehl des Kapitäns eher etwas geizig mit unserem Brennholz umgegangen, und ich begann zu befürchten, daß während meiner Abwesenheit etwas schief gegangen sein könnte.

Ich schlich mich nach der Ostseite herum, indem ich mich vorsichtig im Schatten hielt, und als ich eine passende Stelle gefunden hatte, wo die Finsternis am dicksten war, kletterte ich über die Palisade.

Um ganz sicher zu gehen, kroch ich auf Händen und Füßen auf die Ecke des Hauses zu – ganz leise und geräuschlos. Als ich näher kam, fühlte plötzlich mein Herz sich sehr erleichtert. Es ist an und für sich nicht gerade ein angenehmes Geräusch, und ich habe zu anderer Zeit mich oft darüber geärgert; aber in jenem Augenblick klang es mir wie die schönste Musik, als ich meine Freunde alle miteinander so laut und friedlich schnarchen hörte. Der Ruf der Schiffswache auf See, das schöne „Alles wohl!“ war niemals beruhigender an mein Ohr geklungen.

Indessen stand eins außer allem Zweifel: sie hielten niederträchtig schlecht Wache! Wenn jetzt Silver und seine Kerle an sie herangekrochen wären, wie ich es tat – keine Menschenseele hätte das Morgenlicht gesehen! Das kommt davon – so dachte ich bei mir selber –, wenn man einen verwundeten Kapitän hat! Und wieder machte ich mir bittere Vorwürfe, sie in der Gefahr verlassen zu haben, da doch so wenige nur auf Wache ziehen konnten.

Mittlerweile hatte ich die Tür erreicht und richtete mich auf. Drinnen war alles dunkel, so daß mein Auge nichts zu unterscheiden vermochte. Zu hören war weiter nichts als das gleichmäßige Schnarchen der Schläfer und ab und zu ein eigentümliches Geräusch, das ich mir nicht erklären konnte – eine Art von leisem Flattern oder Picken.

Meine Pistolen vor mich hinhaltend, betrat ich festen Schrittes das Blockhaus. Mit einem leisen Kichern dachte ich bei mir selber, ich wollte mich ohne ein Wort zu sagen auf meinen gewöhnlichen Platz zum Schlafen legen und mich dann über ihre erstaunten Gesichter freuen, wenn sie am anderen Morgen mich plötzlich erblickten.

Mein Fuß stieß gegen etwas Weiches, das nachgab. Es war offenbar das Bein eines Schläfers. Er drehte sich um und grunzte – aber ohne aufzuwachen.

Und dann schrie ganz plötzlich eine schrille Stimme aus der Finsternis heraus:

„Piaster! Piaster! Piaster! Piaster! Piaster!“ – unaufhörlich immer dasselbe, ohne Unterbrechung, ohne Abwechslung, wie das Klappern einer Kaffeemühle.

Silvers grüner Papagei – Käpp'n Flint!

Ihn hatte ich an einem Stück Baumrinde knabbern und picken hören!

Der Papagei hatte besser Wache gehalten als alle die Menschen drinnen, und meldete jetzt meine Ankunft mit seinem unermüdlichen Geschnatter.

Mir wurde keine Zeit gelassen, mich zu besinnen. Von dem scharfen Gekreisch des Vogels erwachten alle Schläfer. Sie sprangen auf, und mit einem mächtigen Fluch schrie Silver:

„Wer da?!“

Ich drehte mich um und wollte hinausspringen, lief aber gegen einen Menschen an, prallte von ihm ab und fiel einem zweiten in die Arme, die sich sofort um mich schlossen und mich nicht wieder losließen. “Bring 'ne Fackel, Dick!“ sagte Silver, als auf diese Weise meine Gefangennahme gesichert war.

Einer von den Leuten verließ das Blockhaus und kam gleich darauf mit einer Fackel wieder herein.

Achtundzwanzigstes Kapitel

Im feindlichen Lager

Der rote Schein der Fackel, die das Innere des Blockhauses erleuchtete, zeigte mir, daß meine schlimmsten Befürchtungen sich verwirklicht hatten: die Piraten waren im Besitz des Blockhauses und der Vorräte: da stand, wie vor meinem Fortgehen, das Faß Kognak, da waren die Speckseiten und die Zwiebacksäcke; aber – und diese Beobachtung verzehnfachte mein Entsetzen – keine Spur von einem Gefangenen!

Ich konnte nur annehmen, daß sie alle umgekommen waren, und es gab mir einen scharfen Stich ins Herz, daß ich nicht dabei gewesen war, um mit ihnen unterzugehen.

Die Piraten waren, alles in allem, sechs Mann. Das waren alle, die von ihnen noch am Leben waren! Fünf von ihnen waren auf den Beinen – mit aufgedunsenen, roten Gesichtern, eben aus ihrem ersten trunkenen Schlaf aufgestört. Der sechste hatte sich nur aufgerichtet und sich auf seine Ellenbogen aufgestützt; er war totenbleich, und die blutige Binde zeigte an, daß er kürzlich erst verwundet und vor noch kürzerer Zeit verbunden sein mußte. Ich erinnerte mich des Piraten, der bei dem großen Angriff verwundet worden war und sich so schnell in den Wald geflüchtet hatte, und ich bezweifelte nicht, daß es dieser Mann gewesen war.

Der Papagei saß, sein Gefieder aufblähend, auf Long Johns Schulter. Dieser selber sah, so kam es mir vor, etwas bleicher und ernster aus, als für gewöhnlich. Er trug immer noch seinen schönen Tuchanzug, den er damals als Parlamentär angehabt hatte; aber er war arg abgetragen, mit Lehm beschmiert und von den Dornen der Waldsträucher zerrissen.

„So!“ sagte er, „da ist ja Jim Hawkins – hol' mich der Kuckuck! 'n bißchen ins Fettnäpfchen getreten, was? Na, sei man nicht bange – es freut mich!“

Und mit diesen Worten setzte er sich auf das Branntweinfaß und begann sich eine Pfeife zu stopfen, „Gib mir mal den Kien rüber, Dick!“ sagte er. und als seine Pfeife ordentlich brannte, fuhr er fort:

„Gut, mein Junge; steck' die Fackel man in den Holzhaufen hinein; und ihr, meine Herren, hört mal alle Mann zu! Ihr braucht vor Herrn Hawkins nicht aufzustehen; das verlangt er gar nicht von euch – könnt es mir glauben! Und so,

Jim," – dabei drückte er den Tabak herunter – „bist du also hier und 'ne angenehme Überraschung für den armen alten John. Daß du helle warst, sah ich dir auf den ersten Blick an; aber dies hier geht mir doch rein über die Hutschnur – jawoll!"

Auf all dies Gerede antwortete ich keine Silbe, wie man sich wohl denken kann. Sie hatten mich inzwischen an die Wand gestellt; und da stand ich nun und sah Silver ins Gesicht – äußerlich wenigstens kühn genug, so will ich hoffen, aber mit schwärzer Verzweiflung im Herzen.

Silver tat sehr bedächtig ein paar Züge aus seiner Pfeife und fing dann wieder an:

„Na, siehst du, Jim, da du nun doch einmal hier bist, so will ich dir mal was sagen. Ich habe dich immer gern gehabt, das hab' ich, als einen mutigen Bengel und als das Abbild von mir selber, als ich noch ein junger und hübscher Kerl war. Ich hatte stets gewünscht, du solltest zu uns kommen und deinen Anteil haben und als Gentleman sterben, und nun, mein Hähnchen, wirst du das müssen! Käpp'n Smollett ist ein famoser Seemann, das will ich bis zu meinem Ende jeden Tag beschwören, aber er ist stramm mit den Disziplinen. „Pflicht ist Pflicht!" sagt er. Geh du, mein Lieber, Käpp'n Smollett aus dem Wege! Sogar der Doktor ist ganz und gar wild auf dich – „Undankbarer Bengel!" war, was er sagte; und das Kurze und das Lange von der ganzen Geschichte ist ungefähr dies: zu deinen eigenen Leuten kannst du nicht zurück, denn sie wollen dich nicht haben; und wenn du nicht ganz für dich allein eine dritte Schiffsmannschaft bilden willst, was hier auf die Dauer wohl ein bißchen einsam werden würde, wirst du wohl zu Käpp'n Silver gehen müssen."

So weit war das ganz gut. Meine Freunde waren also noch am Leben, und wenn ich auch zum Teil an Silvers Behauptung glaubte, daß die Kriegspartei wegen meiner Desertion mir grollte, so fühlte ich mich durch die Worte, die ich vernommen hatte, doch mehr erleichtert als betrübt.

„Ich sagte nichts davon, daß du in unserer Hand bist," fuhr Silver fort; „indessen hier bist du nun mal, und das ist sicher. Ich bin ganz und gar dafür, daß man sich im guten einigt; habe nie gesehen, daß aus Drohungen etwas Gutes kommt. Wenn dir der Dienst paßt, na, dann trittst du bei mir ein; und wenn er dir nicht paßt, Jim – oh, dann steht es dir frei, nein zu sagen – ganz nach deinem Belieben, diesmal; und wenn irgendein Seemann auf Erden anständiger zu dir reden kann, so soll mich der Kuckuck holen!"

„Muß ich also antworten?“ fragte ich mit sehr unsicherer Stimme. Durch alle diese spöttischen Worte hindurch hörte ich deutlich die beabsichtigte Todesdrohung, und meine Wangen brannten, und das Herz klopfte in meiner Brust, daß es mir weh tat.

„Mein Junge,“ sagte Silver, „kein Mensch zwingt dich. Mach' es ganz, wie du willst. Keiner von uns wird dich drängen, Maat; die Zeit verstreicht so angenehm in deiner Gesellschaft – verstehst du?“

„Nun,“ sagte ich, und beim Sprechen wurde ich ein bißchen kühner, „wenn ich wählen soll, so habe ich gewiß ein Recht, zu wissen, was los ist, und warum ihr hier seid, und wo meine Freunde sind!“

„Was los ist?“ wiederholte einer von den Piraten in tiefem Baß. „Oh, wer das wüßte, der könnte von Glück sagen!“

„Du wirst vielleicht deine Klappe halten, bis Du gefragt wirst, mein Freund!“ rief Silver drohend dem Sprecher zu. Und dann antwortete er mir in seinem alten liebenswürdigen Ton:

„Gestern morgen, Herr Hawkins, in der Hundewache, kam Dr. Livesey zu uns runter mit 'ner weißen Flagge und sagte: „Käpp'n Silver, „ sagt er, „Ihr seid angeschmiert. Das Schiff ist weg.“ Na, vielleicht hatten wir wohl ein Gläschen genommen und ein Liedchen dabei gesungen, ich will dazu nicht nein sagen. Wir guckten aus, und beim Donner – das alte Schiff war weg. Habe nie in meinem Leben einen Haufen Schafsköpfe solche dummen Augen machen sehen! Und das kannst du mir glauben, denn ich selber machte das allerdümmste Schafsgesicht. „Na,“ sagte der Doktor, „laß uns einen Tausch machen!“ Wir machten den Tausch ab, er und ich, und hier sind wir nun: Essen, Branntwein, das Blockhaus, das Brennholz, das ihr so freundlich wart zurechtzumachen, alles ist unser – sozusagen das ganze Schiff von der Mastspitze bis zum Kiel. Die andern sind ausgezogen; wo sie sind, weiß ich nicht.“

Er sog eine Weile ruhig an seiner Pfeife; dann sagte er:

„Und wenn du dir vielleicht einbilden solltest, du seist in dem Vertrag mit eingeschlossen – hier ist das letzte Wort, das gesagt wurde: „Wieviel seid ihr,“ fragte ich, „die das Blockhaus verlassen wollen?“ – „Vier,“ sagte er – „vier, und einer von uns ist verwundet. Wo der Bengel ist, das weiß ich nicht, hol' ihn der Kuckuck!“ sagte er, „und es ist mir auch Wurscht, wir haben ihn satt gekriegt!“ Dies waren seine Worte.“

„Ist das alles?“

„Na, es ist wenigstens alles, was du zu hören kriegen sollst, mein Sohn,“ antwortete Silver.

„Und jetzt habe ich zu wählen?“

„Und jetzt hast du zu wählen, darauf kannst du dich verlassen,“ sagte Silver.

„Nun – ich bin nicht so ein Dummkopf, daß ich nicht ziemlich genau wüßte, was ich zu erwarten habe. Mag das Schlimmste nun kommen – daraus mach' ich mir wenig. Ich habe zu viel Menschen sterben sehen, seitdem ich mit Euch zu tun gehabt habe. Aber da ist ein Ding oder zwei, was ich Euch zu sagen habe,“ rief ich, und ich war inzwischen ganz aufgeregt geworden. „Das erste ist dies: hier seid Ihr übel dran: Schiff verloren, Schatz verloren, Mannschaft verloren; Euer ganzes Vorhaben zu Trümmern gegangen; und wenn Ihr wissen wollt, wer das getan hat, – ich hab's getan. Ich war in der Apfeltonne, in jener Nacht, als wir die Insel sichteten. Und ich hörte Euch, John, und Euch, Dick Johnson, und Hands, der jetzt auf dem Meeresgrunde liegt, und bevor eine Stunde rum war, hatte ich jedes Wort berichtet, das Ihr gesprochen hattet. Und wenn Ihr wissen wollt, wie es mit dem Schoner hergegangen ist – ich war es, der das Ankertau durchschnitt, und ich war es, der die Leute tötete, die Ihr an Bord gelassen hattet, und ich war es, der die Hispaniola an einen Ort brachte, wo Ihr sie niemals wiedersehen werdet – kein einziger von Euch! Das Lachen ist auf meiner Seite; ich bin von Anfang an bei dieser Geschichte obenauf gewesen; ich habe nicht mehr Furcht vor Euch als vor einer Fliege. Tötet mich, wenn Ihr Lust habt, oder laßt mich am Leben. Aber *eins* sage ich Euch, und weiter nichts: wenn Ihr mich am Leben laßt, so ist geschehen geschehen, und wenn Ihr wegen Piraterei vor Gericht kommt, so will ich Euch retten, soviel es mir möglich ist. Nun habt Ihr zu wählen. Nehmt einem Mitmenschen das Leben, wovon Ihr gar keinen Nutzen habt, oder laßt mir das Leben und bewahrt Euch dadurch einen Zeugen, der Euch vorm Galgen erretten kann.“

Ich schwieg – denn ich war völlig außer Atem, und zu meiner Verwunderung rührte kein einziger von den Piraten sich, sondern alle saßen da und starrten mich an wie ebenso viele Schafe. Und während sie mich noch anstarrten, brach ich wieder los und rief:

„And nun, Herr Silver, ich glaube, Sie haben hier zu sagen, und wenn es zum Schlimmsten kommt, so bin ich Ihnen dankbar, Sie sagen es dem Doktor, wie ich mich benommen habe!“

„Ich will daran denken," sagte Silver mit einer so sonderbaren Betonung, daß ich mit dem besten Willen nicht wußte, ob er mich wegen meiner Bitte verhöhnte, oder ob mein Mut einen guten Eindruck auf ihn gemacht hatte.

„Ich will dazu bloß was sagen!" rief der alte Matrose mit dem mahagonibraunen Gesicht – Morgan hieß er –, der, den ich in Long Johns Taverne an den Kajen in Bristol gesehen hatte: „Er war es, der den Schwarzen Hund kannte."

„Schön, und hört mal zu," sagte der Schiffskoch: „Ich will noch was dazu sagen, beim Donner! Dieser selbe Junge war es, der Billy Bones die Karte klaute. Kurz und gut, wir haben mit Jim Hawkins ein Huhn zu rupfen!"

„Denn man los!" sagte Morgan mit einem Fluch. Und er sprang auf und zog sein Messer, so flink wie ein junger Bursche von zwanzig.

„Weg da!" rief Silver. „Wer bist du, Tom Morgan? Vielleicht dachtest du, du wärst Käpp'n hier, vielleicht! Beim Deuker, das will ich dir beibringen! Komm mir in die Quere, und du gehst dahin, wo mancher gute Mann vor dir hingegangen ist in diesen letzten dreißig Jahren – einige an die Rahnocke, hol' dich der Kuckuck! Und einige über die Laufplanke und alle in die Tiefe, die Fische zu füttern. Da war noch nie ein Mensch auf der Welt, der mir zwischen die Augen gesehen hat und hinterher noch einen guten Tag sah, Tom Morgan – und darauf kannst du Gift nehmen!"

Morgan blieb stehen; aber die anderen erhoben ein heiseres Murren.

„Tom hat recht," sagte einer.

„Ich habe mich lange genug schurigeln lassen," rief ein anderer, „und ich will mich hängen lassen, wenn ich mich von dir schurigeln lasse, John Silver!"

„Will einer von euch Herren was *von mir*?" brüllte Silver, indem er sich weit vornüber beugte, die brennende Pfeife in der rechten Hand. „Sagt geradeheraus, was ihr wollt! Ihr seid ja nicht stumm, denk ich; wer was braucht, kann es kriegen! Hab' ich so viele Jahre gelebt, und so ein Schafsgesicht soll mir zuletzt über den Weg laufen? Ihr wißt Bescheid; ihr seid alle Glücksgentlemen. Nun, ich bin bereit! Wer den Mut hat, soll einen Säbel in die Hand nehmen, und ich will, trotz Krücke und allem, die Farbe seiner Eingeweide sehen, bevor ich diese Pfeife ausgeraucht habe!"

Kein Mensch rührte sich; kein Mensch antwortete.

„Aha! Also solche Bande seid ihr?" fuhr er fort und steckte seine Pfeife wieder in den Mund. „Na, ihr seid eine nette Gesellschaft, das muß ich sagen! Zum Fechten taugt ihr nicht viel! Aber vielleicht versteht ihr ein Wort, wenn ich's deutlich ausspreche: ich bin euer Käpp'n, weil ihr mich erwählt habt. Ich bin hier Käpp'n, weil ich bei weitem der beste Mann bin. Ihr wollt nicht fechten, wie Glücksgentlemen tun sollten; dann, beim Donner, sollt ihr gehorchen – und darauf könnt ihr Gift nehmen! Mir gefällt der Junge; ich habe nie einen besseren Jungen gesehen als Jim Hawkins hier. Er ist mehr Mann als ein paar von euch Ratten hier in diesem Hause, und was ich sage, ist dies: den will ich sehen, der ihn anrührt – das sage ich euch, und darauf könnt ihr Gift nehmen!"

Hierauf entstand eine lange Pause. Ich stand hochaufgerichtet an der Wand; mein Herz klopfte noch wie ein Schmiedehammer, aber in meine Brust schien jetzt ein Hoffnungsstrahl. Silver lehnte sich mit verschränkten Armen gegen die Wand zurück, seine Pfeife in dem einen Mundwinkel, so ruhig, wie wenn er in der Kirche gewesen wäre. Aber ich bemerkte wohl, wie seine Augen verstohlen in dem Raum herumwanderten und wie er seine unruhige Gefolgschaft beobachtete.

Die anderen Piraten traten nach und nach am anderen Ende des Blockhauses zusammen, und mein Ohr vernahm, wie sie unablässig miteinander flüsterten. Einer nach dem anderen sah sich um, und der rote Schein der Fackel fiel für eine Sekunde auf seine gespannten Gesichtszüge; aber nicht auf mich kehrten sich ihre Blicke, sondern auf Silver.

„Ihr habt, scheint's eine Masse zu sagen," bemerkte Silver, indem er in hohem Bogen ausspuckte. „Man los, und laßt mich's hören, oder legt das Schiff bei!"

„Bitte um Verzeihung, Herr!" antwortete einer von den Leuten; „Ihr geht ziemlich nach Eurem Belieben mit einigen von den Regeln um; vielleicht werdet Ihr so gut sein, die übrigen im Auge zu behalten. Diese Mannschaft ist nicht zufrieden; diese Mannschaft will vom Anschnauzen nichts wissen; diese Mannschaft hat ihre Rechte wie andere Mannschaften. Das wollte ich mir nur erlauben, zu bemerken. Und nach Euren eigenen Regeln bin ich der Meinung, daß wir miteinander sprechen dürfen. Bitte Euch um Verzeihung, Herr, indem daß ich Euch als Käpp'n für die gegenwärtige Zeit anerkenne; aber ich verlange mein Recht und geh hinaus zu einer Beratung."

Und mit einer kunstvollen Matrosenverbeugung samt Kratzfuß trat der Mann, ein langer, übel aussehender, gelbäugiger Bursche von fünfunddreißig Jahren, an die Tür heran und verschwand aus dem Hause. Einer nach dem anderen folgten die übrigen seinem Beispiel, jeder mit einer Matrosenverbeugung, als er an Silver vorüberkam; jeder mit einer Entschuldigung: „Regelgemäß," sagte einer von ihnen. „Vorderschiffsberatung," sagte Morgan. Und so marschierten sie alle mit dieser oder jener Bemerkung hinaus und ließen Silver und mich mit der Fackel allein.

Der Schiffskoch nahm sofort seine Pfeife aus dem Mund und sagte in einem Flüstertone, der gerade nur noch eben hörbar war:

„Nun, sieh mal her, Jim Hawkins! Du bist einen halben Fuß breit vom Tode entfernt, und, was noch viel schlimmer ist, von Folterung. Sie werden mich absetzen, aber merke dir: ich halte zu dir durch dick und dünn. Ich wollte das eigentlich nicht; nein, erst als du deine Rede hieltest, da kam ich auf andere Gedanken. Ich war beinah verzweifelt, all das schöne Geld zu verlieren und obendrein noch an den Galgen zu kommen! Aber ich sag', du bist von der rechten Sorte. Ich sagte zu mir selber: du stehst Hawkins bei, John, und Hawkins wird dir beistehen. Du bist sein letzter Trumpf, und beim Donner, John, er ist deiner jetzt! Rücken gegen Rücken, sag' ich! Rette du deinen Zeugen, und er wird dir deinen Hals retten – so sag' ich dir!"

Mir stieg eine Ahnung auf, und ich fragte: "Ihr meint, für Euch ist alles verloren?"

„Ei jawoll, beim Kuckuck, das mein' ich! Schiff verloren, Kragen verloren – so steht die Sache! Als ich über die Bucht guckte, Jim Hawkins, und keinen Schoner mehr sah, na, ich bin ein zäher Kerl, aber da war's alle. Die Kerle da draußen mit ihrer Beratung, glaube mir, – das sind lauter Schafsköpfe und Feiglinge. Ich will dich vor ihnen retten, wenn es in meiner Macht steht. Aber, hörst du, Jim – Wurst wider Wurst – du rettest dafür Long John, daß er nicht an den Galgen kommt!"

Ich war ganz verdutzt; was er von mir verlangte, schien völlig aussichtslos zu sein – er, der alte Pirat, der Rädelsführer bei dem ganzen Komplott. Aber ich sagte:

„Was ich tun kann, will ich tun!"

„Abgemacht!" rief Long John. „Sprich nur frei von der Leber weg, und beim Donner, ich habe eine Aussicht!"

Er humpelte an die Fackel heran, die in den Brennholzhaufen gesteckt war, und zündete sich eine frische Pfeife an. Dann setzte er sich wieder auf das Branntweinfaß und sagte:

„Versteh mich, Jim! Ich habe doch einen Kopf zwischen den Schultern! Ich bin jetzt auf des Squires Seite. Ich weiß, du hast das Schiff irgendwohin in Sicherheit gebracht. Wie du das gemacht hast, weiß ich nicht – aber in Sicherheit ist es. Ich denke mir, Hands und O'Brien sind umgefallen. Ich habe zu keinem von den beiden jemals viel Vertrauen gehabt. Nun hör' auf mich: ich stelle keine Fragen und lasse auch andere keine stellen. Ich weiß, wenn eine Sache verspielt ist, und wenn ich einen Jungen sehe wie dich, so weiß ich auch, daß er Schneid hat. Ah, du, der du so jung bist – du und ich, was hätten wir beide miteinander nicht alles aufstellen können?" Er zapfte etwas Branntwein aus dem Faß in ein Zinnkännchen und fragte mich:

„Willst du einen Schluck?"

Und als ich den Branntwein ablehnte, sagte er:

„Na, ich will selber einen kippen, Jim. Ich muß mich etwas kalfatern; denn es ist Trubel in Sicht. Und da wir von Trubel sprechen – warum gab der Doktor mir die Karte, Jim?"

Auf meinem Gesicht stand Verwunderung so deutlich geschrieben, daß er sofort die Zwecklosigkeit weiterer Fragen erkannte und sagte:

„Tscha – er gab sie mir. Und da ist sicherlich irgendein Haken bei – sicherlich hatte er damit was im Sinn, Jim – was Schlechtes oder was Gutes."

Und er nahm noch einen Schluck von dem Branntwein und schüttelte seinen großen blonden Kopf wie einer, der auf das Schlimmste gefaßt ist.

Neunundzwanzigstes Kapitel

Noch einmal der schwarze Fleck

Die Beratung der Meuterer hatte eine ziemliche Zeit gedauert, als einer von ihnen wieder in das Haus kam und mit einer Wiederholung desselben Kratzfußes, der mir etwas Höhnisches zu haben schien, die Bitte aussprach, ihm für einen Augenblick die Fackel zu leihen. Silver sagte kurz ja, und der Abgesandte entfernte sich wieder mit der Fackel, so daß wir nun ganz im Finstern saßen.

„Es zieht eine Brise auf, Jim!“ sagte Silver, der jetzt sehr freundlich und vertraulich mit mir sprach.

Ich trat an die nächste Schießscharte und blickte hinaus. Die Holzkohlen des großen Feuers waren beinahe ausgebrannt und glühten so dunkel und schwach, daß ich wohl verstehen konnte, warum die Verschwörer eine Fackel zu haben wünschten. Etwa auf dem halben Wege nach der Einzäunung hinunter standen sie in einer Gruppe beisammen; einer hielt die Fackel; ein anderer lag in ihrer Mitte auf den Knien, und ich sah die Klinge eines offenen Messers in seiner Hand, und sie funkelte in dem Mondschein und dem Fackellicht. Die übrigen beugten sich alle etwas vornüber, wie wenn sie dem Knienden bei seinem Tun zusähen. Ich konnte gerade jeden erkennen, daß er in der einen Hand das Messer und in der anderen ein Buch hatte, und ich wunderte mich darüber, wie etwas so Merkwürdiges wie ein Buch hatte in ihren Besitz kommen können – da sprang der Kniende wieder auf, und die ganze Gesellschaft ging auf das Blockhaus zu.

„Da kommen sie,“ sagte ich; und dann nahm ich meine frühere Stellung wieder ein, denn es schien mir unter meiner Würde zu sein, wenn sie fänden, daß ich sie beobachtete.

„Na, laß sie man kommen, Jungs – laß sie man kommen,“ sagte Silver fröhlich. „Ich habe noch einen Schuß in meiner Flinte!“

Die Tür öffnete sich, und die fünf Leute, die dicht davor auf einem Klumpen standen, schoben einen von ihnen vorwärts. Unter anderen Umständen wäre es ein komischer Anblick gewesen, wie er langsam näher kam, bei jedem neuen Schritt zögernd, aber dabei die geschlossene rechte Hand immer vor sich hinstreckend.

„Komm man her, Junge!“ rief Silver. „Ich werde dich nicht fressen. Gib es man her, Schafskopf. Ich kenne die Regeln – was meinst du denn? Ich werde doch einem Abgesandten nichts zuleide tun!“

Durch diese Worte ermutigt trat der Pirat mit schnelleren Schritten näher, drückte Silver irgend etwas in die Hand und eilte dann noch hurtiger wieder hinaus und zu seinen Kameraden zurück.

Der Schiffskoch sah sich das Ding an, das ihm überreicht worden war, und bemerkte dann:

„Der schwarze Fleck! Ich dachte es mir. Wo habt ihr denn wohl das Papier hergekriegt? Ach so! Aber hört mal, das bringt kein Glück: ihr seid beigegangen und habt es aus einer Bibel rausgeschnitten. Wer ist denn so ein Narr und zerschneidet eine Bibel?“

„Na, seht ihr?“ rief Morgan. „Da haben wir's! Was sagte ich? Nix Gutes nicht wird danach kommen, sagte ich!“

„Na, das habt ihr nun untereinander abzumachen,“ begann Silver wieder. „Ihr werdet nun wohl alle baumeln, rechne ich. Was für ein Schafskopf hatte denn eine Bibel?“

„Das war Dick“ sagte einer von ihnen.

„So, so? Dick war das? Dann soll Dick sich man aufs Beten legen. Glück wird er nicht mehr haben, der Dick, darauf könnt ihr Gift nehmen!“

Aber jetzt mischte der lange Mann mit den gelben Augen sich ein und sagte:

„Laß das Geschwätz, John Silver. Diese Mannschaft hat dir den schwarzen Fleck geschickt, wie in voller Versammlung nach Recht und Billigkeit beschlossen war. Drehe es um, wie es recht und billig ist, und sieh dir an, was da geschrieben steht. Dann kannst du sprechen.“

„Dank schön, George,“ antwortete Silver! „Du warst immer fix in Geschäften und weißt die Regeln auswendig, George, wie ich mit Vergnügen bemerke. Na, was ist es denn? Aha! „Abbgesetzt!“ – also das ist es? Sehr hübsch geschrieben, keine Frage! Gewiß und wahrhaftig wie gedruckt! Deine Handschrift, George? Sieh mal an! Du wirst ja richtig der erste Mann bei der Mannschaft hier. Sollte mich gar nicht wundern, wenn du nächstens Käpp'n würdest. Ach, sei doch so gut und gib mir nochmal die Fackel! Meine Pfeife hat keine Luft.“

„Hör' mal!“ rief George. „Halte lieber die Mannschaft hier nicht zum besten! Du bist ja ein großer Spaßvogel, wie du selber glaubst; aber mit dir ist es jetzt aus, und du wirst vielleicht so gut sein und von deinem Faß herunterkommen und mit abstimmen!“

„Ich glaubte, du sagtest, daß du die Regeln kenntest,“ antwortete Silver verächtlich. „Jedenfalls, wenn du die Regeln nicht kennst, so kenne ich sie; und ich bleibe hier sitzen – und ich bin immer noch euer Käpp'n, merkt euch das! – und warte, bis ihr mit euren Beschwerden herauskommt, und in der Zwischenzeit antworte ich euch, daß euer schwarzer Fleck keinen Zwieback wert ist. Was dann weiter kommt, werden wir sehen.“

„Oh!“ antwortete George, „mache dir nur keine Sorgen – wir sind alle einig! Erstens hast du diese Kreuzfahrt verpfuscht – du wirst nicht den Mut haben, das zu leugnen. Zweitens ließest du den Feind für nichts und wieder nichts aus dieser Falle heraus, in der er saß. Warum wollten sie heraus? Das weiß ich nicht; aber es ist ziemlich klar, daß sie heraus *wollten*. Drittens hast du uns versprochen, sie auf dem Marsch zu überfallen. Oh, wir sehen dich durch und durch, John Silver: du möchtest mit ihnen unter einer Decke spielen – das ist es! Und dann, viertens, mit diesem Jungen hier.“

„Ist das alles?“ fragt Silver ruhig.

„Jawoll, und wohl auch genug. Wir werden deinetwegen alle an den Galgen kommen und an der Sonne trocknen.“

„Nun, hört mich an! Ich will auf diese vier Punkte antworten – auf einen nach dem andern. Ich habe die Kreuzfahrt verpfuscht? So? Nun, ihr alle wußtet, was ich verlangte; und ihr alle wißt, daß wir noch heute an Bord der Hispaniola wären, wenn es so gemacht worden wäre, wie ich es haben wollte, und daß alle am Leben gewesen wären, fidel und munter und mit gutem Plumpudding im Leibe, und im Schiffsraum hätten wir den Schatz gehabt, beim Donner! Nun, wer war mir in meinem Wege? Wer zwang mich, der ich euer rechtmäßiger Käpp'n war, das zu tun, was ich nicht wollte? Wer schickte mir den schwarzen Fleck an dem Tage, als wir landeten, und begann diesen Tanz? Ah, ein schöner Tanz ist es! Da geb' ich dir recht! Es sieht verdammt danach aus, daß es einen Hornpipe an einem Seilende im Execution Dock zu London der Stadt geben wird. Aber wer hat das gemacht? Das waren Anderson und Hands und du, George Merry! Und du, der du der letzte bist von diesem Kleeblatt, du hast die Deukers-Unverschämtheit, hier aufzutreten und den Käpp'n spielen zu wollen – du, durch den die meisten von uns kaputt gegangen sind! Beim Donner nochmal! Das geht aber übers Bohnenlied!“

Silver machte eine Pause, und ich konnte seinen früheren Kameraden und auch George am Gesicht ansehen, daß seine Worte nicht vergeblich gesprochen waren.

„Soviel für Nummer eins!“ rief der Angeklagte und wischte sich den Schweiß von der Stirn; denn er hatte mit einer Heftigkeit gesprochen, daß das ganze Blockhaus dröhnte. „Oh, ich geb euch mein Wort, es ist mir zum Ekel, zu euch zu sprechen! Ihr habt keinen Verstand und kein Gedächtnis, und ich möchte wissen, was ihr für Mittel gehabt habt, daß sie euch zu See gehen ließen! Zu See! Glücksgentlemen! Schneider seid ihr, glaub' ich!"

„Man weiter, John," sagte Morgan, „sage den anderen deine Meinung!"

„Oh, den anderen! Eine schöne Gesellschaft! Ihr sagt, diese Kreuzfahrt ist verpfuscht; oh! wenn ihr begreifen könntet, *wie* sie verpfuscht ist, ihr würdet Augen machen! Wir sind dem Galgen so nahe, daß mir der Hals weh tut, wenn ich bloß daran denke. Ihr habt sie vielleicht gesehen, in Ketten hängend, Vögel um sie rumfliegend, und die Schiffer zeigen mit den Fingern nach ihnen, wenn sie mit der Ebbe auslaufen. „Wer ist das?" sagt einer. „Das? Ei, das ist John Silver, ich hab' ihn gut gekannt!" sagt ein anderer. Und ihr könnt die Ketten rasseln hören, wenn ihr vorbeifahrt, bis ihr zur nächsten Bake kommt. Ja, so steht's mit uns, mit jedem Muttersohn von uns – dank ihm und Hands und Anderson und anderen von euch, die uns kaputt gemacht haben; und wenn ihr wissen wollt, was ich euch zu Nummer vier zu sagen habe und über den Jungen da – herrje, Gott verdamm mich – ist er nicht eine Geisel? Sollen wir vielleicht eine Geisel totschlagen? So dumm sind wir doch nicht! Er kann vielleicht für uns das letzte Mittel zur Rettung sein – sollte mich gar nicht wundern! Den Jungen totschlagen? Ich tu's gewiß nicht, Kameraden! Und Nummer drei? Oh – da ist eine Masse zu sagen, zu Nummer drei! Vielleicht rechnet ihr das für nichts, daß ein richtiger Doktor, der auf Universitäten gelernt hat, jeden Tag herkommt und nach euch sieht – nach dir, John, mit deinem Loch im Kopf – oder nach dir, George Merry, den das Fieber geschüttelt hat, noch keine sechs Stunden ist es her, und dessen Augen noch in dieser Minute so gelb sind wie Zitronenschale! Und vielleicht habt ihr auch nicht gewußt, daß ein zweites Schiff kommt? Aber so ist es, und gar nicht so lange wird's dauern, und dann werden wir sehen, wer froh sein wird, daß wir eine Geisel haben, wenn's so weit ist. Und Nummer zwei, und warum ich mit ihnen einen Tausch gemacht habe – na, ihr lagt ja vor mir auf den Knien, daß ich ihn machen sollte – auf euren Knien kamt ihr zu mir herangerutscht, solche Angst hattet ihr – und verhungert wärt ihr außerdem, wenn ich den Vergleich nicht gemacht hätte. Aber das sind bloß Nebensachen – *warum* ich ihn machte? *Darum*!"

Und er warf ein Papier auf den Fußboden, ein Papier, das ich augenblicklich erkannte – denn es war nichts Geringeres als die Karte mit dem gelben Papier, mit den drei roten Kreuzen –, die Karte, die ich in dem Wachstuchpaket ganz unten in des Kapteins Schifferkiste gefunden hatte. Warum der Doktor sie ihm gegeben hatte, das war mehr, als ich erraten konnte.

Aber wenn es mir unerklärlich war, auf die Meuterer hatte der Anblick dieser Karte eine ganz unglaubliche Wirkung. Sie sprangen auf sie zu wie Katzen auf eine Maus, sie ging von Hand zu Hand, und einer riß sie dem andern weg. Nach den Flüchen und dem Geschrei und dem kindischen Gelächter, womit sie die Untersuchung der Karte begleiteten, hätte man glauben sollen, sie hätten nicht nur den Goldschatz schon in ihren Fingern, sondern wären sogar sicher damit auf See.

„Ja," sagte einer, „die ist von Flint, das ist sicher. F. F. und ein Schnörkel drunter mit einem Schwanz dran – so machte er's immer!"

„Wunderschön!" sagte George. „Aber wie sollen wir den Schatz nach Hause bringen? Wir haben ja kein Schiff?"

Plötzlich sprang Silver auf, stützte sich mit der einen Hand gegen die Wand und rief:

„Jetzt warn' ich dich, George! Noch ein Wort von deinem Gequassel, und ich fordere dich, und du mußt dich mit mir schlagen! Wie wir damit wegkommen sollen? Tscha – woher soll ich das wissen? Das hättest du mir sagen sollen – du und die übrigen, die mich um meinen Schoner gebracht haben! Hättet ihr euch nicht eingemischt, zum Kuckuck! Aber du, du kannst mir das nicht sagen! Hast ja nicht so viel Erinnerungsgabe wie eine Küchenschabe! Aber höflich kannst du sprechen, und das sollst du, George Merry – darauf kannst du Gift nehmen!"

„Das ist nicht mehr als recht und billig," sagte der alte Matrose, Tom Morgan.

„Recht und billig! das will ich meinen," sagte Silver. „Ihr habt das Schiff verloren – ich habe den Schatz gefunden. Wer ist nun der bessere Mann? Aber jetzt trete ich ab, beim Donner! Wählt, wen ihr wollt, zu eurem Käpp'n! Ich hab' es satt!"

„Silver!" riefen sie. „Barbecue auf ewig! Barbecue bleibt unser Käpp'n!"

„So? Bläst der Wind auf einmal aus dem Loch?" rief Long John. „George, ich rechne, du wirst noch etwas warten müssen, mein Freund; und es ist ein Glück für dich, daß ich nicht nachtragend bin. Aber das war nie in meiner Art. Und nun, Schiffsmaate, was ist mit diesem schwarzen Fleck? Der hat nun wohl keinen Zweck mehr! Dick hat sich um sein Glück gebracht und hat seine Bibel ausgeschändet – und weiter hat es keinen Zweck gehabt!"

„Meine Bibel ist doch noch gut genug, sie zu küssen – was?“ murrte Dick, der sich offenbar unbehaglich fühlte wegen des Fluches, den er über sich gebracht hatte.

„Eine Bibel, wo was ausgeschnitten ist!“ antwortete Silver höhnisch. „Keine Spur! Die bindet nicht mehr als ein Liederbuch.“

„Aber doch noch so viel also?“ rief Dick mit einer gewissen Freude. „Na, ich denke, das ist immer noch etwas wert!“

„Hier, Jim – hier hast du 'ne Kuriosität!“ sagte Silver und gab mir das Papier.

Es war ein rundes Stück Papier, ungefähr von der Größe eines Kronentalers. Die eine Seite war weiß, denn es war aus dem letzten Blatt herausgeschnitten; auf der anderen Seite standen ein paar Verse aus der Offenbarung – darunter diese Worte, die mir unauslöschlich im Gedächtnis geblieben sind: „Draußen sind Hunde und Mörder.“ Die gedruckte Seite war mit Holzkohle geschwärzt; die schwarze Farbe begann bereits herunterzugehen, wie ich an meinen Fingern sah. Auf der weißen Seite stand, ebenfalls mit Holzkohle geschrieben, nur das eine Wort: „Abbgesetzt!“

Dieses kuriose Papier liegt in diesem Augenblick vor mir; aber von der Schrift ist keine Spur mehr zu sehen, außer einer einzigen Schramme, wie wenn einer mit dem Daumennagel darüber hingefahren wäre.

Dies war das Ende der nächtlichen Beratung. Jeder bekam einen Schluck zu trinken, und wir legten uns alle schlafen. Silvers Rache bestand darin, daß er George Merry draußen Posten stehen ließ und daß er ihm mit dem Tode drohte, wenn er nicht seine Pflicht täte.

Es dauerte lange, bis ich ein Auge schließen konnte, und der Himmel weiß, ich hatte Gedanken genug, die mich beschäftigten: da war der Mann, den ich am Nachmittag getötet hatte; da war meine eigene gefährliche Lage; und da war vor allen Dingen das merkwürdige Spiel, das ich Silver in diesem Augenblick treiben sah: mit der einen Hand die Meuterer zusammenzuhalten und mit der anderen nach jedem möglichen und unmöglichen Mittel zu greifen, mit der Kajütspartei seinen Frieden zu machen und sein erbärmliches Leben zu retten.

Silver selbst schlief friedlich und schnarchte laut. Aber so schlecht der Mann war, er tat mir doch im Herzen leid, wenn ich an die düsteren Gefahren dachte, die ihn umgaben, und an das ehrlose Ende am Galgen, das ihn erwartete.

Dreißigstes Kapitel

Auf mein Ehrenwort

Ich wurde geweckt – oder vielmehr, wir wurden alle geweckt, denn ich konnte sogar die Schildwache sich aufraffen sehen, die an den Türpfosten gelehnt eingeschlafen war – durch eine helle laute Stimme, die uns vom Waldsaum her anrief:

„Blockhaus ahoi! Hier ist der Doktor!"

Und richtig – es war der Doktor. Obwohl ich froh war, den Klang seiner Stimme zu hören, so war meine Freude doch nicht ungemischt. Ich dachte mit Beschämung an meine ungehorsame Aufführung und mein heimliches Weglaufen; und da ich sah, wohin es mich gebracht hatte – in welche Gefahren und in welche Gesellschaft –, da schämte ich mich, ihm ins Gesicht zu sehen. Er mußte bei dunkler Nacht aufgestanden sein, denn der Tag war kaum angebrochen; und als ich an meine Schießscharte lief und hinaussah, sah ich ihn bis an die Knie in dichtem Nebel stehen wie damals Silver.

„Sie, Herr Doktor! schönsten guten Morgen!" rief Silver, der im Nu wach war und von bester Laune strahlte. „In aller Herrgottsfrühe! Aber der Vogel, der früh aufwacht, kriegt sein Futter, wie das Sprichwort sagt. George, mach' dich auf die Beine, mein Sohn, und hilf Doktor Livesey auf Deck! Mit Ihren Patienten steht's gut, Doktor – alle wohl und munter!"

So schwatzte er, die Krücke unter dem einen Arm und die andere Hand gegen die Wand des Blockhauses gestützt – in Stimme, Benehmen und Mienen ganz der alte John.

„Wir haben auch 'ne richtige Überraschung für Sie, Herr," fuhr er fort. „Wir haben einen kleinen Gast hier – hehe! Einen neuen Gast zum Schlafen und Essen, Herr, frisch und munter wie 'ne Fiedel – hat geschlafen wie ein Superkargo, dicht an der Seite vom alten John, die ganze Nacht!"

Dr. Livesey war inzwischen über die Palisaden geklettert und schon ziemlich dicht an Silver herangekommen, und ich konnte die Unruhe in seiner Stimme bemerken, als er fragte:

„Doch nicht Jim?"

„Jim, wie er leibt und lebt!" rief Silver.

Der Doktor blieb stehen, doch sagte er kein Wort, und es dauerte mehrere Sekunden, bis er imstande zu sein schien, weiterzugehen.

„Hum,“ sagte er schließlich, „erst die Pflicht und dann das Vergnügen – wie er selber vielleicht hätte sagen können, Silver. Erst wollen wir uns mal eure Patienten ansehen.“

Einen Augenblick später war er in das Blockhaus eingetreten. Er nickte mir nur mit einem grimmigen Lächeln zu und machte sich an seine Arbeit bei den Kranken.

Er schien keine Furcht zu haben, obgleich er wissen mußte, daß unter diesen heimtückischen Teufeln sein Leben an einem Haar hing. Aber er plauderte mit seinen Kranken, wie wenn er in seinem Beruf eine ruhige Familie in England besuchte. Ich vermute, daß sein Benehmen auf die Leute wirkte; denn sie betrugen sich, wie wenn gar nichts vorgefallen wäre – wie wenn er immer noch Schiffsdoktor wäre und sie pflichttreue Leute vor dem Mast.

„Und Euch geht's gut, Freund,“ sagte er zu dem Burschen mit dem verbundenen Kopf, „und wenn jemals einer dichte dran war, so seid Ihr es gewesen; Euer Schädel muß so hart wie Eisen sein. Na, George, wie geht's? Ihr habt ja eine prächtige Farbe; Eure Leber hat sich ganz und gar umgekehrt, Mann. Habt Ihr die Medizin genommen? Hat er die Medizin eingenommen, Leute?“

„Jawoll, Herr Doktor! Gewiß hat er eingenommen!“ antwortete Morgan.

„Nämlich, seht mal, da ich nun mal Rebellenarzt bin, oder Gefängnisarzt, wie ich es lieber nenne,“ sagte Dr. Livesey in seiner gemütlichen Weise, „so ist es für mich eine Ehrensache, keinen Mann für König Georg (Gott erhalte ihn!) und den Galgen zu verlieren.“

Die Burschen sahen einander an, schluckten aber die boshafte Bemerkung hinunter, ohne ein Wort zu sagen.

„Dick fühlt sich nicht gut, Herr,“ sagte einer.

„Nicht? Na, denn kommt mal her und laßt mal Eure Zunge sehen. Nein – das würde mich allerdings wundern, wenn er sich gut fühlte. Vor dem seiner Zunge könnten die Franzosen Angst kriegen. Noch ein Fieberfall!“

„Na, siehst du!“ sagte Morgan; „das kommt davon, wenn man Bibeln kaputt schneidet!“

„Das kommt davon – wie ihr das nennt–, daß ihr dumme Esel seid!“ antwortete der Doktor; „und davon, daß ihr nicht Vernunft genug habt, anständige Luft von Gift zu unterscheiden und trockenes Land von einem elenden Pestmorast. Ich halte es für höchst wahrscheinlich – obgleich das natürlich nur so eine Meinung von mir ist –, ihr werdet alle noch eine Teufelsgeschichte haben, bis ihr die Malaria wieder aus euren Knochen loswerdet! Sich in einem Morast lagern! Silver, ich muß mich über Euch wundern. Ihr seid doch nicht so ein Dummkopf wie die meisten; aber Ihr scheint mir auch keine Ahnung zu haben, was für die Gesundheit nötig ist!“

Hierauf gab er jedem von den Leuten etwas Medizin zu schlucken, und sie hörten seine Vorschriften mit einer wirklich komischen Gefügigkeit an, mehr wie Waisenknaben als wie mit Blutschuld belastete Meuterer und Seeräuber. Als er damit fertig war, sagte er:

„Nun, für heute wäre es erledigt. Und jetzt möchte ich wohl mal ein paar Worte mit dem Jungen sprechen, wenn ich bitten darf.“

Und er nickte nachlässig nach der Richtung, wo ich stand.

George Merry stand an der Tür und spuckte, um den Geschmack von der Medizin loszuwerden; aber kaum hatte der Doktor gesprochen, so bekam er einen roten Kopf, drehte sich um und schrie mit einem wilden Fluch:

„Nein!“

Silver schlug mit der flachen Hand auf das Branntweinfaß und brüllte:

„Ru–he!“

Und dabei sah er wirklich wie ein Löwe aus; dann fuhr er in seinem gewöhnlichen Ton fort:

„Herr Doktor, ich dachte auch schon dran, denn ich weiß ja, daß Sie den Jungen gern hatten. Wir sind Ihnen alle untertänigst dankbar für Ihre Freundlichkeit, und haben Vertrauen zu Ihnen, wie Sie sehen, und schlucken Ihre Medizin, wie wenn's Grog wäre. Und ich denke, ich habe was ausfindig gemacht, was uns allen passen wird. Hawkins, wirst du mir dein Ehrenwort als ein junger Gentleman geben – denn ein Gentleman bist du, obgleich armer Leute Kind –, dein Ehrenwort, daß du nicht das Ankertau kappen willst?“

Ich gab ohne Besinnen das verlangte Wort.

„Dann, Herr Doktor," sagte Silver, „stellen Sie sich man auf die andere Seite von den Palisaden da, und sobald Sie draußen sind, will ich den Jungen nach der Innenseite herunterbringen, und ich rechne, Sie können durch die Sparren Ihr Garn mit ihm spinnen. Guten Tag, Herr Doktor, und unsere besten Empfehlungen an den Squire und Käpp'n Smollett."

Die Mißbilligung, die nur Silvers furchtbare Blicke lange unterdrückt hatten, brach sofort los, als der Doktor das Haus verlassen hatte. Silver wurde rundheraus beschuldigt, ein doppeltes Spiel zu treiben – sie sagten, er versuche einen Sonderfrieden für sich zu schließen und opfere die Interessen seiner Verbündeten und Opfer. Mit einem Wort: sie warfen ihm ganz genau das vor, was er wirklich tat!

Dies schien mir so auf der Hand zu liegen, daß ich mir gar nicht vorstellen konnte, wie er auch diesmal wieder ihres Ärgers Herr werden könnte.

Aber er war allen übrigen mehr als doppelt überlegen, und sein Sieg in der letzten Nacht hatte ihm wieder ein großes Übergewicht gegeben. Er nannte sie Dummköpfe und Esel; sagte, es sei notwendig, daß ich mit dem Doktor spräche; fuchtelte ihnen mit der Karte vor den Gesichtern herum und fragte sie, ob sie vielleicht den Vertrag an demselben Tage brechen wollten, an dem sie auf die Schatzsuche ausgehen sollten.

„Nein, beim Donner!" rief er; „den Vertrag müssen wir brechen, wenn die Zeit dazu da ist. Und bis dahin will ich den Doktor an der Nase herumführen, und wenn ich seine Stiefel mit Branntwein ölen sollte."

Hierauf befahl er ihnen das Feuer anzuzünden und humpelte auf seiner Krücke hinaus, die andere Hand auf meine Schulter gelehnt. Die Meuterer blieben ganz verdutzt zurück; er hatte sie durch seine Zungenfertigkeit zum Schweigen gebracht, obwohl eigentlich nicht überzeugt.

„Langsam, Junge, langsam!" sagte er. „Sie könnten im Handumdrehen über uns herfallen, wenn sie sähen, daß wir es eilig hätten."

So gingen wir denn ganz gemächlich über den Sand bis an die Stelle, wo der Doktor auf der anderen Seite der Palisade auf uns wartete, und sobald wir in bequemer Sprechweite waren, blieb Silver stehen und sagte:

„Sie werden mir auch dies auf die gute Seite schreiben, Doktor, und der Junge wird Ihnen erzählen, wie ich sein Leben rettete und sogar deswegen abgesetzt wurde, und darauf können Sie Gift nehmen. Herr Doktor, wenn ein Mann so nahe am Wind steuert wie ich – sozusagen mit dem letzten bißchen Luft im Leibe um sein Leben spielt –, dann würden Sie es vielleicht nicht für zu viel halten, ihm ein einziges gutes Wort zu geben? Sie wollen bitte dran denken, daß es jetzt nicht bloß um mein Leben geht, sondern auch um das des Jungen obendrein; und Sie werden mir ein freundliches Wort sagen, Doktor, und mir um des Himmels und um Gottes willen ein bißchen Hoffnung geben, damit ich's aushalten kann!"

Silver war ein ganz anderer Mann geworden, sowie er dem Blockhaus und seinen Freunden den Rücken gewandt hatte; seine Wangen schienen eingefallen zu sein, seine Stimme zitterte; er meinte es todernst.

„Nanu, John, Ihr habt doch keine Angst?" fragte Dr. Livesey.

„Doktor, ich bin kein Feigling – ganz gewiß nicht! Nicht so viel!" und er schnippste mit den Fingern. „Wenn ich's wäre, so würde ich es nicht sagen. Aber ich gestehe Ihnen offen, mir klappern die Gebeine, wenn ich an den Galgen denke. Sie sind ein guter Mensch und ein aufrichtiger; ich habe niemals einen besseren Mann gesehen! Und Sie werden nicht vergessen, was ich Gutes getan habe – ebensowenig, wie Sie das Böse vergessen werden, das weiß ich. Und ich geh auf die Seite – sehen Sie hier, und lasse Sie mit Jim allein, und auch das werden Sie mir auf die gute Seite schreiben – denn es ist eine lange Rechnung; ja, das ist es."

Mit diesen Worten trat er ein Stückchen zur Seite, bis er außer Hörweite war; da setzte er sich auf einen Baumstumpf und begann zu pfeifen, indem er sich von Zeit zu Zeit auf seinem Sitz herumschob, um bald mich und den Doktor im Auge zu behalten, bald seine unbotmäßigen Schufte, die auf dem Sande zwischen dem Feuer, das sie wieder anzündeten, und dem Hause hin und her gingen, aus welchem sie Schweinefleisch und Brot herausbrachten, um das Frühstück zu bereiten.

„So, Jim," sagte der Doktor und machte ein trauriges Gesicht, „also da bist du. Was du dir eingebrockt hast, mußt du ausessen, mein Junge. Weiß der Himmel, ich kann es nicht übers Herz bringen, dich zu tadeln; aber so viel will ich dir sagen, magst es freundlich oder unfreundlich aufnehmen: als Kapitän Smollett gesund war, da hättest du nicht an Land gehen dürfen; aber als er krank war und dich nicht daran hindern konnte – bei George! da war es einfach eine Feigheit von dir!"

Ich will gestehen, daß ich zu weinen anfing.

„Doktor,“ sagte ich, „Sie könnten mich wohl schonen. Ich habe mir selber schon genug Vorwürfe gemacht; mein Leben ist auf alle Fälle verloren, und ich wäre jetzt schon tot, wenn Silver nicht für mich eingetreten wäre. Und, Doktor, glauben Sie mir dies: ich kann sterben – und ich muß sagen, ich verdiene es wohl –, aber was ich fürchte, ist Folterung. Wenn sie mich foltern –“

„Jim,“ rief der Doktor mit ganz veränderter Stimme, „Jim, den Gedanken kann ich nicht ertragen. Komm rüber, und wir wollen laufen, so schnell wir können!“

„Doktor! Ich habe mein Wort gegeben.“

„Ich weiß, ich weiß!“ rief er. „Aber daran ist jetzt nichts zu ändern, Jim. Ich nehme alles auf meinen Buckel, Schimpf und Schande und alles, mein Junge! Aber dich hier bleiben lassen – das kann ich nicht. Spring! ein Sprung, und du bist hier draußen, und wir wollen rennen wie Antilopen.“

„Nein,“ antwortete ich, „Sie wissen recht wohl, daß Sie so etwas selber nicht tun würden; Sie nicht und der Squire nicht und der Kapitän nicht; und ich tu's ebensowenig. Silver traute mir; ich gab mein Wort drauf, und ich geh wieder zurück. Aber, Doktor, Sie ließen mich nicht ausreden! Wenn sie mich foltern sollten, könnte ich vielleicht verraten, wo das Schiff ist; denn ich habe die Hispaniola gekriegt, teils durch Glück und teils durch Wagen, und sie liegt in der Nordbucht, am südlichen Strand, und gerade unter der Hochwassermarke. Bei halber Fluthöhe muß sie trocken auf dem Lande liegen.“

In größter Eile erzählte ich ihm meine Abenteuer, und er hörte mich schweigend bis zum letzten Wort an. Als ich fertig war, bemerkte er: „Es ist eine Art von Fatum dabei. Immer wieder bist du es, der uns unser Leben rettet. Und denkst du denn etwa, wir werden dich das deinige verlieren lassen? Das wäre eine schlechte Vergeltung, mein Junge! Du entdecktest Ben Gunn – das Beste, was du je tatest oder jemals tun wirst, und wenn du neunzig Jahre alt werden solltest. Oh, bei Jupiter! da wir gerade von Ben Gunn sprechen! Das ist ein Unfugstifter! – Silver!“ rief er, „Silver! Ich will Euch einen Rat geben,“ fuhr er fort, als der Schiffskoch wieder näher herankam: „Ihr braucht es nicht so eilig zu haben mit dem Schatz da!“

„Nun, Herr Doktor, ich tue mein möglichstes,“ sagte Silver. „Aber ich kann, verzeihen Sie, mein Leben und das des Jungen nur dadurch retten, daß ich nach dem Schatz suche – und darauf können Sie Gift nehmen!“

„Nun, Silver," versetzte der Doktor, „ich will noch einen Schritt weitergehen: Nehmt Euch in acht vor Böen, wenn Ihr ihn findet."

„Herr Doktor – von Mann zu Mann bitte ich Ihnen sagen zu dürfen: das ist zu viel und ist zu wenig. Was Sie eigentlich bezwecken, warum Sie das Blockhaus aufgaben, warum Sie mir die Karte gaben, das weiß ich nicht – nicht wahr? Und trotzdem habe ich mit geschlossenen Augen Ihr Geheiß befolgt, obwohl ich niemals ein Wort voll Hoffnung hörte! Aber dies hier – nein, das ist zu viel. Wenn Sie mir nicht klar und deutlich sagen wollen, was Sie meinen, dann sagen Sie mir das wenigstens, und ich trete vom Holm zurück."

„Nein," sagte der Doktor nachdenklich, „ich habe nicht das Recht, mehr zu sagen; seht Ihr, es ist nicht *mein* Geheimnis; sonst würde ich es Euch sagen. Darauf gebe ich Euch mein Wort. Aber ich will Euch gegenüber so weit gehen, wie ich darf, und sogar noch einen Schritt weiter; denn der Kapitän wird mir die Perücke zausen, oder ich müßte mich sehr irren! Und zu allererst will ich Euch ein bißchen Hoffnung geben, Silver: wenn wir beide heil und gesund aus dieser Wolfsfalle herausgehen, will ich mein Bestes tun, Euren Hals zu retten – darauf geb ich Euch mein Wort."

Silvers Gesicht strahlte, und er rief:

„Mehr konnten Sie gewiß nicht sagen, Doktor! Nicht, wenn Sie meine Mutter wären!"

„Na, das war also das erste. Mein zweites ist ein guter Rat: haltet den Jungen dicht an Eurer Seite, und wenn Ihr Hilfe braucht, so ruft! Ich will selber nach Hilfe für Euch suchen, und das zeigt Euch schon, daß ich nicht ins Blaue hineinspreche; behüt' dich Gott, Jim."

Und Dr. Livesey schüttelte mir durch die Palisaden hindurch die Hand, nickte Silver zu und ging mit schnellen Schritten in den Wald hinein.

Einunddreißigstes Kapitel

Die Schatzsuche; Flints Wegweiser

„Jim," sagte Silver, als wir allein waren; „wenn ich dein Leben gerettet habe, so hast du meins gerettet, und ich will das nicht vergessen. Ich sah, wie der Doktor winkte, du solltest ausreißen; aus meiner Augenecke sah ich das; und ich sah, daß du nein sagtest, und das war für mich so deutlich, als ob ich's hörte. Jim, das will ich dir gedenken. Es ist der erste Schimmer von Hoffnung, den ich gehabt habe, seitdem der Angriff fehlschlug, und das verdanke ich dir. Und nun, Jim, müssen wir auf die Schatzsuche gehen, noch dazu mit versiegelten Befehlen, und die Geschichte gefällt mir ganz und gar nicht; und du und ich, wir müssen fest zusammenhalten, sozusagen Rücken an Rücken, und wir werden unsern Hals noch retten, trotz Glück und Schicksal!"

Gerade in diesem Augenblick rief einer von den Piraten beim Feuer uns zu, das Frühstück sei fertig, und bald saßen wir auf dem Sande bei Zwieback und gebratenem Pökelfleisch. Sie hatten ein Feuer angezündet, wobei sie einen ganzen Ochsen hätten braten können; es war jetzt so heiß geworden, daß ich nur von der Windseite her mich dem Feuer nähern konnte, und auch das nur mit großer Vorsicht. In derselben verschwenderischen Weise hatten sie wohl dreimal mehr gekocht, als wir essen konnten; und einer von ihnen warf mit einem albernen Lachen das übriggebliebene Essen in das Feuer, das hoch aufloderte, als der Speck hineinflog. Nie in meinem Leben sah ich Menschen, die so unbekümmert um den morgenden Tag waren. „Von der Hand in den Mund" – anders kann ich ihre Denkweise nicht bezeichnen. Sie waren wohl tapfer genug, um einen Strauß zu wagen; aber an der Art und Weise, wie sie die Nahrung vergeudeten und wie sie als Schildwachen schliefen, konnte ich deutlich genug sehen, daß sie gänzlich unfähig waren, auf einem längeren Feldzug durchzuhalten.

Sogar Silver hatte kein Wort des Tadels für ihre Unvernunft; er verzehrte ruhig sein Essen, mit Käpp'n Flint auf seiner Schulter. Dies überraschte mich sehr, denn mir dünkte, er hätte sich nie so verschmitzt benommen wie in diesem Augenblick.

„Tscha, Maate," sagte er, „es ist ein Glück für euch, daß ihr Barbecue habt, dessen Kopf für euch denkt. Ich habe erreicht, was ich wollte. Freilich haben sie das Schiff. Wo sie es haben, das weiß ich noch nicht; aber wenn wir bloß erst den Schatz gefunden haben, brauchen wir nur die Insel abzustreifen, um das Schiff zu finden. And dann, Maate, rechne ich so: da wir die Boote haben, so haben wir auch die Oberhand."

So redete er noch viel, und kaute dabei mit beiden Backen den heißen Speck; so richtete er ihre Hoffnung und Zuversicht wieder auf und dabei zu gleicher Zeit, davon bin ich fest überzeugt, auch seine eigene.

„Was nun unsere Geisel hier anbetrifft," fuhr er fort, „so denke ich, das war wohl das letzte Wort, das er mit seinen Freunden gesprochen hat. Ich kriegte zu wissen, was ich wissen wollte, und ohne ihn wäre mir das nicht gelungen; aber das ist nun aus. Wenn wir auf die Schatzsuche gehen, werde ich ihn an eine Leine nehmen; denn wir sollten auf ihn aufpassen, wie wenn er von Gold wäre – von wegen möglicher Zwischenfälle, versteht ihr, bis wir alles haben. Sobald wir Schatz und Schiff haben, und wieder auf See sind als lustige Kameraden, na – dann wollen wir mal über Herrn Hawkins sprechen und wollen ihm selbstverständlich seinen Anteil geben – für all seine Freundlichkeit."

Es war kein Wunder, daß die Leute jetzt in guter Laune waren. Ich selber war furchtbar niedergeschlagen. Wenn der Plan, den Silver eben entwickelt hatte, sich als ausführbar erwies, dann würde er sich keinen Augenblick bedenken, danach zu handeln. Er war schon ein doppelter Verräter, der einen Fuß in jedem der beiden Lager hatte, und ohne Zweifel würde er Reichtum und Freiheit bei den Piraten der bloßen Rettung vor dem Galgen vorziehen, die das Höchste war, was er im besten Fall von uns zu hoffen hatte.

Ja, und selbst wenn es so kam, daß er dem Doktor sein Wort halten mußte, – welche Gefahr lag auch dann noch vor uns! Wie würde es hergehen, wenn seine Leute ihren Verdacht bestätigt sähen, wenn er und ich um unser liebes Leben kämpfen müßten – er, ein Krüppel, und ich, ein Knabe, gegen fünf starke und mutige Seeleute!

Zu dieser doppelten Furcht kam noch das Geheimnis, das über dem Verhalten meiner Freunde ruhte: ihre unerklärliche Aufgabe des Pfahlwerks; ihre noch unbegreiflichere Herausgabe der Karte; und das Allerunbegreiflichste, des Doktors letztes Warnungswort an Silver: Macht Euch auf Böen gefaßt, wenn Ihr den Schatz findet!

Man wird mir daher gerne glauben, daß mir mein Frühstück nicht besonders gut schmeckte und daß ich mit einem unruhigen Herzen meinen Feinden, die mich gefangen hatten, auf ihrer Suche nach dem Schatz folgte.

Wenn jemand dagewesen wäre, der uns hätte sehen können, so hätte er sich über unseren Anblick wohl gewundert: alle in schmutzigen Seemannskleidern und alle außer mir bis an die Zähne bewaffnet. Silver hatte sich zwei Musketen umgehängt – eine vorn und eine hinten –, außerdem trug er an seinem Gürtel noch den breiten Entersäbel und in jeder Tasche seines breiten Rockes eine Pistole. Um seine seltsame Erscheinung zu vervollständigen, saß auf seiner Schulter Käpp'n Flint und plapperte allerlei Seemannsschnack ohne Sinn und Verstand.

An einer Leine, die mir um den Leib gebunden war, folgte ich gehorsam dem Schiffskoch, der das andere Ende des Stricks bald in seiner freien Hand, bald zwischen seinen mächtigen Zähnen hielt. So führte er mich wie einen Tanzbären am Strick.

Die anderen Leute waren in verschiedener Weise bepackt; einige trugen Picken und Spaten – dies waren die Gegenstände, die sie als ganz besonders notwendig von der Hispaniola an Land gebracht hatten; andere waren mit Pökelfleisch, Brot und Branntwein für das Mittagessen beladen. Dieser ganze Mundvorrat stammte aus dem Blockhause; so konnte ich sehen, daß Silver in der vorigen Nacht vollkommen die Wahrheit gesagt hatte. Hätte er nicht mit dem Doktor den Vertrag abgeschlossen, so hätten er und seine Meuterer, da das Schiff ihnen davongefahren war, von klarem Wasser und den Ergebnissen ihrer Jagd leben müssen. Wasser wäre nicht sehr nach ihrem Geschmack gewesen, und Matrosen sind für gewöhnlich keine guten Schützen – abgesehen davon, daß sie wahrscheinlich nicht sehr reichlich mit Pulver versehen waren, wenn sie schon an Lebensmitteln so knapp waren.

Nun, so ausgerüstet machten wir uns alle auf den Weg, sogar der Pirat mit der Kopfwunde, der gewiß lieber im Schatten hätte bleiben sollen, und gingen im Gänsemarsch nach dem Strand hinunter, wo die beiden Gigs lagen. Auch diese trugen Spuren des trunkenen Übermutes der Piraten: in dem einen war eine Ruderbank zerbrochen, beide waren schmutzig und voll von Wasser, das nicht ausgeschöpft worden war.

Der Sicherheit wegen sollten wir beide Boote mitnehmen; so stiegen denn in jedes Gig drei Mann, und wir fuhren los. Schon als wir über den Ankergrund ruderten, entstanden Meinungsverschiedenheiten wegen der Karte. Das rote Kreuz war natürlich viel zu groß, um den Ort des Platzes genau bezeichnen zu können, und der Wortlaut der Bemerkung konnte auf verschiedene Weise ausgelegt werden. Sie lautete, wie der Leser sich vielleicht erinnern wird, folgendermaßen:

„Großer Baum, Staffel des Fernrohrs, Nord-Nordost bei Nord.

Skelettinsel, Ost-Südost bei Ost.

Zehn Fuß.“

Ein großer Baum war also das Hauptkennzeichen. Nun war gerade vor uns der Untergrund von einer Hochebene eingefaßt, die zwei- bis dreihundert Fuß über dem Meeresspiegel lag; sie erstreckte sich nach Norden zu bis an den südlichen Abhang des Fernrohrs und nach Süden zu bis zu dem schroffen Felsgipfel, dem sogenannten Besanmast-Berg. Die Hochebene war dicht mit Fichten von verschiedener Höhe bewachsen. An vielen Stellen stieg ein Baum von anderer Art vierzig oder fünfzig Fuß hoch über seine Nachbarn empor, und welcher von diesen Bäumen jener „große Baum“ des Kapitäns Flint war, das ließ sich nur an Ort und Stelle entscheiden, indem man den Kompaß zu Hilfe nahm.

Obgleich die Sache nun so lag, hatte jeder in den beiden Booten sich einen besonderen Lieblingsbaum ausersehen, bevor wir noch halb über den Ankergrund hinüber waren. Nur Long John zuckte die Achseln und sagte ihnen, sie sollten den Mund halten, bis wir da wären.

Wir ruderten auf Silvers Befehl ganz gemächlich, damit die Leute nicht frühzeitig müde würden, und landeten nach einer ziemlich langen Überfahrt an der Mündung des zweiten Baches, jenes, der aus einer bewaldeten Schlucht am Fernrohr herauskam. Wir wandten uns nun nach links und begannen die Anhöhe zu ersteigen, die zu der Hochebene hinaufführt.

Im Anfang kamen wir in dem schweren Morastboden, der mit Sumpfpflanzen wirr überzogen war, nur langsam vorwärts; allmählich aber begann der Abhang steiler zu werden, und unsere Füße fanden auf steinigem Boden besseren Halt; an die Stelle des Gestrüppes trat offener Wald. Wir näherten uns einem besonders schönen Teil der Insel. Stark duftende Kräuter und viele blühende Sträucher bedeckten den Boden anstatt des Grases. Aus Dickichten von grünen Muskatnußbäumen erhoben sich hier und da die roten Säulen von Fichten mit ihrem schattigen Dach, und die Luft war voll von dem gewürzigen Duft der einen und dem Harzgeruch der anderen. Die Luft wurde durch einen leisen Wind abgekühlt und erfrischte uns in wunderbarer Weise.

Die Schatzsucher bewegten sich fächerförmig ausgebreitet vorwärts, indem sie sich dabei fortwährend zuriefen. Ungefähr in der Mitte und ein gutes Stück hinter den übrigen folgten Silver und ich – ich an meine Leine angebunden, er mit schwerem Keuchen sich den Abhang hinauf abarbeitend. Von Zeit zu Zeit mußte ich ihm die Hand reichen – sonst wäre er ausgerutscht und rücklings den Berg hinuntergefallen.

So waren wir ungefähr eine halbe Meile vorwärts gekommen und näherten uns dem Rande der Hochebene, da begann plötzlich der Mann auf dem äußersten linken Flügel laut zu schreien, wie in furchtbarer Angst. Er stieß einen Schrei nach dem anderen aus, und die übrigen liefen zu ihm hin.

„Er kann doch den Schatz nicht gefunden haben?!" schrie Morgan uns zu, als er an uns vorüberlief; „denn das ist ja rein unmöglich!"

Wir fanden allerdings, als wir ebenfalls die Stelle erreichten, etwas ganz Verschiedenes! Am Fuße einer gewaltigen Fichte lag in grünen Ranken, die zum Teil sogar einige von den kleineren Knochen in die Höhe gehoben hatten, ein menschliches Gerippe, an welchem noch ein paar Kleidungsfetzen hingen. Ich glaube, ein Gefühl von Kälte packte für einen Augenblick jedes Herz.

„Er war ein Seemann," sagte George Merry, der, mutiger als die anderen, dicht herangegangen war und die Kleidungsfetzen untersuchte; „wenigstens ist dies gutes Schiffertuch."

„Ei ja!" sagte Silver, „das ist wahrscheinlich genug; du willst wohl kaum erwarten, hier einen Bischof zu finden, rechne ich. Aber wie liegen denn die Knochen? Das ist doch nicht natürlich!"

Allerdings schien es, wenn man genauer hinsah, unmöglich zu sein, daß das Skelett von selber eine solche Stellung angenommen hätte. Abgesehen von einigen kleinen Anordnungen – die vielleicht von den Vögeln verursacht waren, welche sein Fleisch gefressen hatten, oder von den grünen Ranken, die nach und nach die Überreste umsponnen hatten – lag der Mann vollkommen gerade ausgestreckt: seine Füße wiesen nach der einen Richtung, seine Hände, die über seinen Kopf zusammengefügt waren wie die eines Tauchers, zeigten genau in die entgegengesetzte Richtung.

„Ich habe einen Gedanken in meinem alten Schädel," bemerkte Silver: „hier ist der Kompaß! Und dies ist der Wegweiser, der nach der Spitze von der Skelettinsel zeigt, die wie ein Zahn vorspringt. Legt mal schnell die Richtung fest, in der diese Knochen liegen!"

Sie taten es. Das Skelett zeigte genau nach der Insel, und auf dem Kompaß lasen sie: Ost-Südost bei Ost.

„Das dachte ich mir!" rief der Koch. „Dies hier ist ein Wegweiser! Auf diesem Strich entlang kommen wir zu unserm Polarstern und den blanken Dollars! Aber, beim Donner! Wenn es mir nicht ganz kalt im Leibe macht, an Flint zu denken! Dies ist so recht einer von seinen Witzen! Er und diese sechs waren hier allein; er tötete sie, bis auf den letzten Mann; und diesen einen legte er hier nach dem Kompaß als Wegweiser hin, Gottverdimmich! Es sind lange Knochen, und das Haar ist gelb gewesen. Tscha, das wird wohl Allardyce sein. Du erinnerst dich an Allardyce, Tom Morgan?“

„Ei jawoll! Ob ich mich an ihn erinnere! Er war mir Geld schuldig und nahm außerdem mein Messer mit an Land.“

„Da wir von Messern sprechen,“ sagte ein anderer, – „warum finden wir sein Messer nicht hier? Flint war nicht der Mann dazu, einem Matrosen die Tasche auszuräumen, und die Vögel, mein' ich, würden ein Messer wohl liegen lassen!“

„Beim Deuker! Das ist wahr!“ sagte Silver.

„Hier ist rein gar nichts zurückgeblieben!“ sagte Merry, der immer noch zwischen den Knochen herumtastete: „Kein Kupferdeut! nicht einmal eine Tabaksdose! Das kommt mir nicht natürlich vor.“

„Nein, der Tausend! das tut es nicht,“ gab Silver zu; „nicht natürlich und auch nicht nett, heiliges Donnerwetter, Meßmaate! Wenn Flint noch am Leben wäre, da wäre hier ein heißer Ort für euch und mich. Sechs waren sie, und sechs sind wir; und Knochen sind sie jetzt!“

„Ich sah ihn tot daliegen, sah ihn mit diesen meinen Augen, die ich im Kopfe habe,“ sagte Morgan. „Billy nahm mich mit zu ihm herein. Da lag er, mit Pennystücken auf den Augen.“

„So – eija, ganz gewiß ist er tot und liegt unter der Erde,“ sagte der Mann mit dem verbundenen Kopf; „aber wenn jemals ein Geist umgegangen ist, so würde Flint umgehen. Ach du liebe Zeit, der hatte ein böses Ende, der Flint!“

„Jawoll, das hatte er!“ bemerkte ein anderer; „bald tobte er und bald schrie er nach Rum und bald sang er. „Fünfzehn Mann“ war sein einziges Lied, Maate; und ich sage euch: ich mochte es eigentlich später nie wieder gerne hören. Es war mächtig heiß, und das Fenster stand offen, und ich hörte das alte Lied klar und deutlich – und dabei hatte der Tod den Mann schon in seinen Klauen.“

„Nu, nu!“ sagte Silver, „laß das Gepappel! Er ist tot, und er geht nicht um, so viel weiß ich. Wenigstens kann er nicht bei Tage umgehen – und darauf könnt ihr Gift nehmen. Angst machte schon Katzen tot! Vorwärts, Maate, und laßt uns die Dublonen holen!“

So gingen wir denn weiter; aber trotz dem hellen Sonnenschein gingen die Piraten nicht mehr einzeln und rufend durch den Wald, sondern hielten sich dicht aneinander und sprachen im Flüsterton. Die Angst vor dem toten Seeräuber hatte sie gepackt.

Zweiunddreißigstes Kapitel

Die Schatzsuche; die Stimme in den Bäumen

Teils infolge der niederdrückenden Wirkung dieser Angst, teils um Silver und die Kranken ausruhen zu lassen, machte die ganze Gesellschaft Rast, sobald wir den Rand der Hochebene erreicht hatten.

Da die Hochfläche etwas nach Westen vorsprang, so hatten wir von dieser Stelle, an der wir haltmachten, eine weite Aussicht nach allen Richtungen. Vor uns, jenseits der Baumwipfel, sahen wir das Waldkap mit seiner weißen Brandung; nach der entgegengesetzten Richtung überblickten wir nicht nur den Ankergrund und die Skelettinsel, sondern sahen auch jenseits der östlichen Niederung eine große Fläche offener See. Gerade über uns stieg das Fernrohr empor, mit schwarzen Schluchten an einzelnen Stellen und mit hohen Fichtenbäumen an anderen. Kein Laut war zu hören, als das Brausen der Brandung in der Ferne und das Zirpen unzähliger Insekten in den Gebüschen. Kein Mensch zu sehen, kein Segel auf der See; die ungeheure Weite der Aussicht verstärkte das Gefühl der Einsamkeit.

Silver stellte von seinem Platz aus verschiedene Berechnungen mit dem Kompaß an.

„Hier sind drei „große Bäume" ungefähr in einer Linie von der Skelettinsel an. Unter „Staffel des Fernrohrs" versteht er, denk' ich, den niedrigeren Vorsprung dort. Es ist jetzt ein Kinderspiel, das Zeug zu finden. Ich hätte wohl Lust, vorher noch zu Mittag zu essen."

„Ich habe keine rechte Lust," murrte Morgan in seinem tiefen Baß. „Muß immer an Flint denken – hat mir den Appetit genommen."

„Na ja, mein Junge, du kannst deine Sterne preisen, daß er tot ist!" sagte Silver.

„Er war ein gehässiger Teufel," rief ein dritter Pirat mit einem Schauder; „und so blau im Gesicht!"

„Das kam vom Rum," bemerkte Merry. „Blau! Ja, blau war er, das will ich meinen. Das ist ein wahres Wort."

Seitdem sie das Gerippe gefunden hatten, konnten sie von dem Gedanken nicht mehr abkommen; sie hatten immer leiser und leiser gesprochen, und jetzt flüsterten sie beinahe, so daß ihr Gespräch kaum das Schweigen des Waldes unterbrach. Plötzlich kam mitten aus den Bäumen vor uns eine dünne, hohle, tremulierende Stimme und sang die wohlbekannten Worte nach der alten Weise:

> Fünfzehn Mann bei des Toten Kist –
> Johoho, und 'ne Buddel, Buddel Rum!

Niemals hab ich Menschen so furchtbar erschrocken gesehen wie die Piraten! Die Farbe wich aus ihren sechs Gesichtern wie mit einem Zauberschlage; einige sprangen auf, andere klammerten sich an ihren Nachbarn an; Morgan warf sich platt auf den Leib.

„'s ist Flint, beim –!" schrie Merry.

Das Lied hatte so plötzlich aufgehört, wie es begonnen hatte. – Es brach sozusagen mitten in einer Note ab, wie wenn irgend jemand dem Sänger die Hand auf den Mund gelegt hätte.

„Nunu!" sagte Silver, aber seine aschgrauen Lippen konnten kaum das Wort hervorbringen: „Nunu! so geht das nicht! Wir müssen den Wald absuchen. Es ist wohl eine merkwürdige Geschichte, und ich kann die Stimme nicht nennen – aber sicherlich macht einer sich einen Spaß – irgendein Mensch von Fleisch und Blut, und darauf könnt ihr Gift nehmen!"

Während er sprach, hatte er selber wieder Mut gefaßt, und sein Gesicht war nicht mehr so bleich. Die anderen begannen schon auf sein Zureden zu hören und sich von ihrem Schrecken zu erholen, da ertönte plötzlich wieder dieselbe Stimme. Aber diesmal sang sie nicht, sondern es war wie ein fernes, winselndes Klagen, das ganz schwach von den Klüften am Fernrohr widerhallte.

„Darby Mac Graw," winselte es – dieses Wort bezeichnet am besten den Klang – „Darby Mac Graw! Darby Mac Graw!" wieder und immer wieder; und dann etwas lauter und höher und mit einem Fluch, den ich auslasse: „Gib den Rum her, Darby!"

Die Piraten standen wie festgewurzelt; die Augen traten ihnen aus dem Kopf. Als längst die Stimme verklungen war, starrten sie immer noch in ängstlichem Schweigen vor sich hin.

„Nun ist es sicher!" keuchte einer von ihnen. „Laß uns gehen!"

„Das waren seine letzten Worte," stöhnte Morgan, „seine letzten Worte an Bord!"

Dick hatte seine Bibel aus der Tasche genommen und betete. Er war gut erzogen worden, der Dick, bevor er auf See kam und in böse Gesellschaft geriet.

Nur Silver ergab sich noch nicht. Ich konnte hören, wie seine Zähne klapperten; aber er gab seine Sache noch nicht auf.

„Kein Mensch auf dieser Erde hat jemals von Darby gehört," murmelte er; „kein Mensch, als wir sechs."

Dann machte er eine große Anstrengung und rief:

„Schiffsmaate! Ich bin hier, um das Zeug zu kriegen, und ich lasse mich weder von Mensch noch von Teufel schlagen. Ich habe vor Flint keine Angst gehabt, als er noch lebte – und beim Donner! ich will es mit ihm aufnehmen, nun er tot ist. Siebenhunderttausend Pfund liegen keine viertel Meile von hier! Wann hat je ein Glücksgentleman den Rücken gewandt, wo so viele Dollars zu holen waren – bloß aus Angst vor einem versoffenen alten Seemann mit einer blauen Schnauze, und noch dazu vor einem toten?"

Aber bei seinen Leuten war nichts davon zu merken, daß ihr Mut wieder aufwachte; im Gegenteil eher ein Entsetzen vor seinen ruchlosen Worten.

„Man sachte, John!" sagte Merry. „Komm keinem Geist in den Weg!"

Und die übrigen waren so erschrocken, daß sie überhaupt nichts sagen konnten. Sie wären auseinandergelaufen, wenn sie es nur gewagt hätten; aber die Furcht hielt sie beisammen und nahe bei John, wie wenn sein Mut ihnen hätte helfen können. Der aber hatte unterdessen seine Schwäche vollständig überwunden.

„Geist?" sagte er: „Na, mag wohl sein. Bloß eins ist mir nicht klar. Da war ein Echo. Nun, kein Mensch hat je einen Geist mit einem Schatten gesehen, und da möchte ich wohl wissen, wie kommt ein Geist zu einem Echo? Das ist doch gewiß nicht natürlich?"

Diese Schlußfolgerung schien mir ziemlich schwach zu sein. Aber man kann niemals sagen, was auf abergläubische Leute wirkt, und zu meiner Verwunderung fühlte George Merry sich sehr erleichtert.

„Tscha, das ist richtig l“ sagte er. „Du hast 'nen Kopf zwischen deinen Schultern, John, daran ist nicht zu tippen. Schiff 'rum, Maate! Wir sind auf falschem Kurs, glaub' ich, und wenn ich mir's bedenke – es klang wie Flints Stimme, gewiß, aber doch eigentlich nicht ganz genau so, es klang mehr wie eines anderen Stimme – mehr wie –“

„Beim Deuker – Ben Gunn!“ brüllte Silver.

„Jawoll! Das war es auch!“ rief Morgan und sprang auf: „Ben Gunn war es!“

„Es macht nicht soviel aus, mein' ich!“ sagte Dick. „Ben Gunn ist doch ebensowenig hier wie Flint!“

Aber die Älteren wiesen diese Bemerkung verächtlich zurück.

„Pah! kein Mensch macht sich was aus Ben Gunn!“ rief Merry; „lebend oder tot – aus dem macht sich kein Mensch was!“

Es war merkwürdig, wie ihr Mut zurückgekehrt war, und wie ihre Gesichter wieder die natürliche Farbe angenommen hatten. Bald sprachen sie wieder lustig miteinander, wenn sie auch manchmal eine Pause machten, um zu lauschen, ob die Stimme nicht wiederkäme. Als sie aber nichts mehr hörten, schulterten sie bald darauf wieder ihre Werkzeuge und gingen weiter. – George Merry voran mit Silvers Kompaß, um sie auf der richtigen Linie an der Skelettinsel zu halten. Er hatte die Wahrheit gesprochen: ob tot oder lebendig – aus Ben Gunn machte keiner von ihnen sich was.

Nur Dick hatte noch seine Bibel in der Hand und warf im Weitergehen furchtsame Blicke um sich; aber er fand kein Mitgefühl, und Silver verspottete ihn sogar wegen seiner Vorsichtsmaßregeln.

„Ich sagte dir ja,“ sprach er zu ihm, „ich sagte dir ja, du hast deine Bibel kaputt gemacht. Wenn man nicht mehr auf sie schwören kann, bildest du dir dann ein, ein Geist würde sich was aus ihr machen? Nicht so viel!“

Und er schnippste mit seinen großen Fingern, indem er einen Augenblick stehenblieb und sich auf seine Krücke lehnte.

Aber Dick war nicht zu trösten. Mir war bald klar, daß der junge Mann wirklich krank wurde; das von Dr. Livesey vorausgesagte Fieber hatte ihn offenbar schon gepackt; die Hitze, die Anstrengungen des Marsches und der letzte große Schreck hatten offenbar den Ausbruch beschleunigt.

Hier auf der freien Hochebene war bequem zu gehen; wir gingen jetzt etwas bergab; denn wie ich vorhin sagte, erhob die Hochfläche sich etwas nach Westen zu. Die Fichten, große und kleine, standen in weiten Zwischenräumen: und auch zwischen den einzelnen Gruppen von Muskatnußbäumen und Azaleen lagen große offene Strecken im heißen Sonnenschein. Da wir ziemlich scharf in nordwestlicher Richtung über die Insel gingen, kamen wir einerseits dem Fernrohr immer näher und überblickten andererseits ein immer größeres Stück der Westbucht, auf der ich vor einigen Tagen zitternd in meinem Korakel herumgeworfen worden war.

Der erste von den großen Bäumen war erreicht und erwies sich nach der Feststellung mit dem Kompaß als der falsche. Ebenso der zweite. Der dritte Baum erhob sich fast zweihundert Fuß hoch über einem Klumpen Unterholz in die Luft: ein Riese unter den Bäumen, mit einem roten runden Stamm von dem Umfang einer kleinen Hütte; er bedeckte mit seinem Schatten eine Fläche, auf der eine Kompagnie hätte exerzieren können. Er mußte von der See her aus Westen wie aus Osten in weiter Entfernung zu sehen sein und hätte als Landmarke auf der Karte eingetragen sein können.

Aber es war nicht seine gewaltige Größe, was auf die Piraten Eindruck machte, sondern die Gewißheit, daß siebenhunderttausend Pfund Sterling in Gold irgendwo in seinem Schatten vergraben lagen. Der Gedanke an das Geld verschlang alle ihre früheren Ängste, als sie näher kamen. Ihre Augen funkelten; ihre Füße wurden leichter und schneller; ihre ganze Seele ging in diesem Schatz auf, in diesem Vermögen, das jeder von ihnen erwartete und das ihm die Mittel gewähren mußte, bis an sein Lebensende mit vollen Händen Geld auszugeben und sich jeden Genuß zu leisten.

Silver humpelte fluchend an seiner Krücke; seine Nüstern waren weit gebläht und zuckten; er schimpfte wie ein Rasender, wenn die Fliegen sich auf sein heißes, von Schweiß glänzendes Gesicht setzten; er zerrte wütend an der Leine, die mich und ihn verband, und sah sich von Zeit zu Zeit mit einem mörderischen Blick nach mir um. Er gab sich keine Mühe, seine Gedanken zu verbergen, und ich las sie auf seinem Gesicht so deutlich wie gedruckte Schrift. In der unmittelbaren Nähe des Goldes war alles andere vergessen: sein Versprechen und des Doktors Warnung waren vergangene Dinge. Unzweifelhaft hoffte er, den Schatz zu heben, die Hispaniola zu finden und im Dunkel der Nacht zu besetzen, allen ehrlichen Menschen auf der Insel die Kehle abzuschneiden und mit Verbrechen und Reichtümern beladen davonzusegeln, wie er es von Anfang an geplant hatte.

Diese Gedanken beunruhigten mich so, daß mir die Beine zitterten und daß ich den schnellaufenden Schatzsuchern kaum folgen konnte. Ab und zu strauchelte ich, und dann zerrte Silver rücksichtslos an dem Strick und warf mir seine mörderischen Blicke zu.

Dick, der noch hinter uns zurückgeblieben war, sprach in seinem steigenden Fieber abwechselnd Gebete und Flüche vor sich hin. Auch dies trug dazu bei, daß ich mich elend fühlte, und um allem die Krone aufzusetzen, verfolgte mich unablässig der Gedanke an die Tragödie, die sich einstmals an diesem Ort abgespielt hatte, als der teuflische Seeräuberhauptmann mit dem blauen Gesicht – der dann singend und nach Branntwein schreiend vor Savannah starb – hier mit eigener Hand seine sechs Helfershelfer niedergemacht hatte. Dieser Wald, der jetzt so friedlich still war, mußte damals von Geschrei widergehallt haben, und es kam mir so vor, als ob ich das Geschrei in diesem Augenblick hörte.

Wir hatten jetzt den Saum des Dickichts erreicht; da rief Merry:

„Hurra, Maate! Alle Mann drauf!"

Und in großen Sprüngen lief er den anderen voran.

Und plötzlich, sie hatten keine zehn Schritte zurückgelegt, sahen wir sie stillstehen. Ein gedämpfter Schrei klang zu uns herüber.

Silver verdoppelte seine Schritte, indem er wie ein Besessener seine Krücke vorwärts schwang; und im nächsten Augenblick standen auch er und ich bei den übrigen.

Vor uns war eine tiefe Grube; sie war offenbar nicht in der allerletzten Zeit ausgehöhlt worden, denn ihre Ränder waren eingesunken, und auf dem Boden war Gras gewachsen. In dieser Grube lagen der zerbrochene Schaft einer Picke und die Bretter von mehreren zerschlagenen Kisten herum. Auf einem dieser Bretter sah ich, mit einem glühenden Eisen eingebrannt, das Wort „Walroß". So hieß Flints Schiff.

Alles war klar. Das Versteck war aufgefunden und geplündert worden: die siebenhunderttausend Pfund waren weg!

Dreiunddreißigstes Kapitel

Der Sturz eines Piratenhäuptlings

Jeder einzelne von den sechs Piraten war betäubt, wie wenn er einen Schlag vor den Kopf bekommen hätte. Es war allerdings eine Überraschung, wie sie auf der Welt selten vorkommt. Aber Silver hatte sich beinahe augenblicklich von dem Schlage erholt. Jeder Gedanke seiner Seele hatte nur diesem Gelde gegolten – und trotzdem: in einer einzigen Sekunde wußte er, was er zu tun hatte! Er behielt seinen Kopf oben, hatte wieder frischen Mut und änderte seinen Plan, bevor den anderen Piraten ihre Enttäuschung noch so richtig zum Bewußtsein gekommen war.

„Jim," flüsterte er, „nimm dies und paß auf, wenn's los geht!"

Und er reichte mir eine doppelläufige Pistole.

Gleichzeitig begann er langsam nach Norden zu gehen, und mit wenigen Schritten hatte er die Grube zwischen uns zwei und die anderen fünf gebracht. Dann sah er mich an und nickte, wie wenn er sagen wollte:

„Hier sitzen wir schön in der Patsche!"

Und das war allerdings auch meine Meinung. Er sah mich jetzt ganz freundlich an, aber ich war so empört darüber, daß er fortwährend die Partei wechselte, daß ich mich nicht enthalten konnte, ihm zuzuflüstern:

„Also steht Ihr wieder mal auf einer anderen Seite!"

Er hatte keine Zeit, mir darauf zu antworten. Die Meuterer sprangen mit Fluchen und Schreien einer nach dem anderen in die Grube hinunter, warfen die Kistenbretter heraus und wühlten mit den Händen in der Erde. Morgan fand ein Goldstück. Er hielt es mit einem Schwall von Flüchen empor. Es war eine doppelte Guinee und ging eine viertel Minute lang aus einer Hand in die andere. Morgan schüttelte die Faust, worin er das Goldstück hielt, und brüllte Silver an:

„Zwei Guineen! sind das deine siebenhunderttausend Pfund? Du bist ja wohl der Mann, der sich aufs Tauschen versteht! Du bist der, der niemals was verpfuscht hat, du Schafskopf du!"

„Grabt nur, Jungens," sagte Silver mit der kaltblütigsten Frechheit; „es sollte mich gar nicht wundern, wenn ihr nicht ein paar Trüffeln fändet."

„Trüffeln," wiederholte Merry kreischend. „Hört ihr das, Maate? Ich sage euch, der Mann hat es längst gewußt! Seht ihm bloß ins Gesicht – da steht's geschrieben!"

„So, Merry?" sagte Silver; „mal wieder auf dem Sprung, Käpp'n zu werden? Du bist ein ehrgeiziger Junge, das ist gewiß."

Aber diesmal standen sie alle miteinander auf Merrys Seite. Mit wütenden Blicken kletterten sie aus der Grube heraus. Aber ich bemerkte dabei eins, was für uns günstig war: sie kletterten alle auf der anderen Seite heraus. So standen wir also da: zwei auf der einen Seite, fünf auf der andern, zwischen uns die Grube. Aber keiner hatte den Mut, den ersten Streich zu tun. Silver stand unbeweglich, hoch aufgerichtet auf seine Krücke gestützt; er beobachtete sie und sah so kühl aus, wie ich ihn nur je gesehen hatte. Tapfer war er, daran gab's keinen Zweifel.

Schließlich schien Merry zu denken, daß es vielleicht gut sein könnte, eine Ansprache an seine Leute zu halten.

„Maate!" rief er, „da stehen zwei – der eine ist der alte Krüppel, der uns hierher gebracht hat und alles verpfuscht hat; der andere ist der Bengel, dem ich das Herz aus dem Leibe reißen will. Auf, Maate – –"

Er erhob Arm und Stimme und wollte offenbar zum Angriff schreiten. Aber gerade in diesem Augenblick ging es: Krack! Krack! Krack! – drei Musketenschüsse blitzten im Dickicht auf.

Merry fiel kopfüber in die Grube; der Mann mit dem verbundenen Kopf drehte sich wie ein Kreisel um sich selber und fiel, so lang er war, auf die Seite. Er zuckte noch ein paarmal – aber er war tot.

Die anderen drei Piraten machten kehrt und liefen davon, so schnell sie konnten.

Im Nu hatte Long John die beiden Läufe seines Pistols dem in der Grube noch wild um sich schlagenden Merry in den Leib abgefeuert; der Mann sah ihn im Todeskampf noch einmal mit rollenden Augen an. John aber sagte:

„George, ich rechne, dir hab' ich's gegeben!"

In demselben Augenblick sprangen der Doktor, Gray und Ben Gunn mit rauchenden Gewehren aus dem Muskatnußgebüsch hervor.

„Vorwärts!" rief der Doktor. „Macht fix, Jungens! Wir müssen sie von den Booten abschneiden!"

Und wir brachen in schnellstem Lauf durch die Büsche, die uns zum Teil bis an die Brust reichten.

Ich kann versichern: dem Silver lag daran, gleichen Schritt mit uns zu halten! Wie er sich an seiner Krücke vorwärts schwang, daß die Muskeln seiner Brust beinahe barsten – das war eine Leistung, die kaum ein Mensch mit gesunden Gliedern ihm nachgemacht hätte! Trotzdem war er um dreißig Schritt hinter uns anderen zurückgeblieben und einem Schlaganfall nahe, als wir den Rand der Hochfläche erreichten. Da rief er:

„Doktor! Sehen Sie doch! Wir brauchen uns nicht zu übereilen!"

Und richtig – Eile war überflüssig. Wir konnten die drei noch am Leben gebliebenen Piraten sehen, wie sie über eine Waldlichtung gerade auf den Besanmast-Berg zurannten – also immer in dieselbe Richtung. Wir befanden uns bereits zwischen ihnen und den Booten. Und so setzten wir vier uns denn nieder, um uns zu verschnaufen, während John, sich den Schweiß abwischend, langsam zu uns herankam.

„Danke Ihnen vielmals, Herr Doktor!" sagte er. „Sie kamen, denk' ich, gerade im allerletzten Augenblick für mich und Hawkins. Und so bist du das, Ben Gunn!" fuhr er fort; „na, du bist mir ein netter Kerl!"

„Bin Ben Gunn – gewiß," stotterte der Mann der Insel und wand sich dabei wie ein Aal in seiner Verlegenheit.

„Und", setzte er nach einer langen Pause hinzu, „wie geht es Ihnen, Herr Silver? Sehr gut, sagen Sie – na, das freut mich, danke."

„Ben, Ben!" murmelte Silver vor sich hin; „wenn ich denke, daß du mich angeführt hast – oh! oh!"

Der Doktor schickte Gray fort, um eine von den Hacken zu holen, die die Meuterer bei ihrer eiligen Flucht in der Grube liegen gelassen hatten, und während wir dann gemächlich den Berg hinunter nach der Stelle gingen, wo die Boote lagen, erklärte er uns mit ein paar Worten, was vorgegangen war. Es war eine Geschichte, die Silver sehr zu Herzen ging, und Ben Gunn war der Held der Geschichte von Anfang bis zu Ende.

Ben hatte auf seinen langen, einsamen Wanderungen über die ganze Insel das Gerippe gefunden; natürlich war er es, der es ausgeplündert hatte. Dann hatte er den Schatz gefunden (die zerbrochene Pickaxt, die in der Grube lag, gehörte ihm). Er hatte in vielen Tagereisen mit saurem Schweiß den ganzen Schatz auf seinem Rücken vom Fuß der Riesenfichte nach einer Höhle geschleppt, die er an dem zweigipfeligen Berg auf der Nordostspitze der Insel bewohnte, und dort hatte der Schatz sich seit zwei Monaten vor der Ankunft der Hispaniola in Sicherheit befunden.

Als der Doktor ihm, am Nachmittag nach dem Angriff der Piraten, dieses Geheimnis aus der Nase gezogen hatte, und dann am nächsten Morgen den Ankergrund leer sah, war er zu Silver gegangen, hatte ihm die jetzt nutzlos gewordene Karte gegeben – hatte ihm die Vorräte gegeben (denn Ben Gunns Höhle war reichlich mit Ziegenfleisch versehen, das dieser selbst eingepökelt hatte) –, hatte ihm alles und jedes gegeben, nur um dadurch die Möglichkeit zu erlangen, in Sicherheit von dem Blockhaus nach dem zweigipfeligen Berg zu ziehen, wo sie keine Malaria zu befürchten hatten und den Schatz hüten konnten.

„Daß wir dich im Stich lassen mußten, Jim," sagte der Doktor, „tat mir innig leid – aber ich handelte so, wie es mir am besten für die schien, die bei ihrer Pflicht geblieben waren; und wenn du nicht bei diesen warst – wessen Schuld war das?"

Als er nun am Morgen fand, daß ich in die furchtbare Enttäuschung, die der Meuterer harrte, mit hineingeraten mußte, da hatte er den ganzen Weg nach Bens Höhle im Laufschritt zurückgelegt. Er hatte den Squire zur Pflege des Kapitäns dort gelassen und war mit Gray und Ben quer durch die Insel marschiert, um zur rechten Zeit an der Riesenfichte zu sein. Er sah jedoch bald, daß die Piraten einen Vorsprung vor ihm hatten, und da hatte er den schnellfüßigen Ben Gunn vorausgeschickt, um die Kerle zu beschäftigen. Der war auf den guten Gedanken gekommen, seine früheren Schiffsmaate bei ihrem Aberglauben anzupacken, und hatte denn auch damit so weit Erfolg gehabt, daß Gray und der Doktor zur rechten Zeit ankamen und bereits im Hinterhalt lagen, bevor die Schatzsucher eintrafen.

„Ah!" rief Silver, „es war ein Glück für mich, daß ich Hawkins bei mir hatte! Sie hätten den alten John in Fetzen schlagen lassen, ohne sich einen Augenblick darum zu bekümmern, Herr Doktor!"

„Nicht einen Augenblick!" rief der Doktor lustig lachend.

Mittlerweile waren wir bei den Booten angekommen. Der Doktor schlug mit der Pickaxt das eine in Stücke; dann bestiegen wir alle das andere und fuhren los, um auf dem Seewege die Nordbucht zu erreichen.

Es war eine Fahrt von acht oder neun Meilen. Silver mußte, wie die anderen alle, ein Ruder nehmen, obgleich er vor Müdigkeit halbtot war, und bald flogen wir schnell über eine glatte See dahin. Binnen kurzem waren wir aus dem engen Sund heraus und um die Südostspitze der Insel herum, um die die Boote vor vier Tagen die Hispaniola am Tau geschleppt hatten.

Als wir an dem zweigipfeligen Berg vorüberfuhren, konnten wir die schwarze Mündung von Ben Gunns Höhle sehen und neben dieser eine menschliche Gestalt, die sich auf eine Muskete lehnte. Es war der Squire, und wir winkten mit einem Taschentuch und brachten ein dreifaches Hurra aus, in welches Silver so herzhaft wie alle anderen einstimmte.

Als wir drei Meilen weiter gerade in die Mündung der Nordbucht einfuhren, wem begegneten wir da? Der Hispaniola, die auf eigene Hand sich auf die Fahrt begeben hatte!

Die letzte Flut hatte sie flott gemacht, und wäre ein kräftiger Wind geweht oder wäre die Strömung so stark gewesen wie an dem südlichen Ankergrund, so hätten wir das Schiff überhaupt nicht mehr oder jedenfalls als hoffnungslos gestrandetes Wrack gefunden. So war der Schaden nicht groß, abgesehen davon, daß das Hauptsegel etwas gelitten hatte. Ein anderer Anker wurde fertig gemacht und in anderthalb Faden tiefem Wasser ausgeworfen. Dann ruderten wir wieder nach der Rumbucht zurück, der nächsten Landungsstelle bei Ben Gunns Schatzhaus; und dann kehrte Gray allein mit dem Gig nach der Hispaniola zurück, auf der er die Nacht über wachen sollte.

Eine sanfte Steigung führte vom Strande bis zum Eingang der Höhle hinauf. Oben trat der Squire uns entgegen. Zu mir war er herzlich und freundlich; von meinem Durchbrennen sagte er kein Wort, weder des Lobes noch des Tadels. Als Silver ihn höflich mit einer Verbeugung begrüßte, wurde der Squire etwas rot und sagte:

„John Silver, Ihr seid ein überlebensgroßer Schurke und Betrüger – ein fürchterlicher Betrüger, Herr! Mir ist gesagt worden, ich soll Euch nicht verfolgen. Nun gut, ich tu's auch nicht. Aber die Toten, Herr, hängen an Eurem Halse wie Mühlsteine!"

„Danke Ihnen freundlichst, Herr!" antwortete Long John mit einer abermaligen Verbeugung.

„Verschont mich mit Eurem Dank!“ rief der Squire. „Es ist eine schwere Pflichtverletzung von mir, daß ich Euch begnadige. Abtreten!“

Hierauf betraten wir alle die Höhle. Es war ein großer, luftiger Raum mit einer kleinen Quelle, die ein von Gebüschen eingefaßter Weiher gedeckt hatte. Der Boden bestand aus reinem Sand.

Vor einem großen Feuer lag Kapitän Smollett, und in einer entfernten Ecke, die von der Glut des Feuers nur ab und zu erleuchtet wurde, erblickte ich große Haufen von Münzen und würfelförmig aufgeschichteten Goldbarren. Das war Flints Schatz, den zu suchen wir die weite Reise gemacht hatten, und der bereits siebzehn Menschen von der Hispaniola das Leben gekostet hatte. Wie viele Menschenleben es gekostet hatte, ihn aufzuhäufen, wieviel Blut und Tränen, wie viele gute Schiffe in das tiefe Meer versenkt waren, wieviel brave Menschen mit verbundenen Augen über die Planke geschickt worden waren, wie viele Kanonenschüsse abgefeuert, wieviel Schande und Lüge und Grausamkeit mit ihm verbunden war – das konnte vielleicht kein lebender Mensch sagen. Doch waren noch drei auf dieser Insel, Silver und der alte Morgan und Ben Gunn – die jeder ihren Anteil an diesen Verbrechen hatten, wie auch jeder von ihnen vergeblich gehofft hatte, einen Anteil von der Beute zu bekommen.

„Komm her, Jim,“ sagte der Kapitän, „du bist ein guter Junge auf deine Art, Jim; aber ich glaube nicht, daß du und ich noch einmal miteinander zur See gehen werden. Du bist ein geborener Günstling, und solche Leute kann ich nicht vertragen. Seid Ihr das, John Silver? Was wollt Ihr hier, Mann?

„Melde mich wieder zu meinem Dienst, Herr,“ antwortete Silver.

„Ah!“ sagte der Kapitän; und das war alles, was er sagte.

Wie schmeckte mir das Abendessen heute, da alle meine Freunde um mich herumsaßen! Und was für eine köstliche Mahlzeit war das: Ben Gunns gepökeltes Ziegenfleisch und dazu einige Leckereien und ein paar Flaschen alten Weines von der Hispaniola. Niemals waren Menschen lustiger, davon bin ich überzeugt.

Und Silver war auch dabei; er saß beinahe im Dunkeln, seitwärts von uns anderen, aber er aß mit herzhaftestem Appetit, immer dienstbereit aufspringend, wenn irgend etwas gewünscht wurde, und sogar ganz gemütlich in unser Gelächter einstimmend – derselbe höfliche, freundliche, diensteifrige Seemann wie auf der Ausreise.

Vierunddreißigstes Kapitel

Schluß

Am nächsten Morgen gingen wir in aller Frühe an die Arbeit; denn es war eine anstrengende Aufgabe für eine so kleine Zahl von Arbeitern, diese große Masse Gold beinahe eine Meile weit über Land an den Strand zu schaffen und von dort noch drei Meilen zu Wasser bis auf die Hispaniola. Um die drei Meuterer, die sich noch auf der Insel herumtrieben, kümmerten wir uns nicht weiter; eine einzige Schildwache auf der Staffel des Berges genügte, um uns gegen einen plötzlichen Überfall zu sichern; außerdem waren wir der Meinung, sie hätten vom Fechten mehr als genug bekommen.

So ging es also mit der Arbeit schnell voran. Gray und Ben Gunn kamen und gingen mit dem Boot, während die übrigen in den Zwischenpausen den Schatz am Strande aufstapelten. Zwei von den Goldbarren, in ein Tau eingeschlungen, waren eine gute Traglast für einen Erwachsenen – eine Last, mit der er gerne langsam ging. Da ich beim Tragen nicht viel helfen konnte, wurde ich den ganzen Tag in der Höhle beschäftigt, indem ich das gemünzte Geld in Zwiebackbeutel verpackte.

Es war eine merkwürdige Sammlung, die an Verschiedenheit der Münzen Billy Bones' Schatz glich; aber sie war sehr viel größer und noch abwechslungsreicher, so daß ich glaube, ich hatte in meinem Leben noch nie soviel Vergnügen gehabt wie bei dem Aussuchen der einzelnen Stücke. Englische, französische, spanische, portugiesische Goldmünzen, mit den Bildnissen der Könige George und Louis, Dublonen und Doppelguineen und Moidore und Zechinen mit den Köpfen aller europäischen Könige, die in den letzten hundert Jahren geherrscht hatten; seltsame morgenländische Münzen mit Stempeln, wie wenn sie mit einem Spinngewebe überzogen wären, runde Münzen und viereckige Münzen, und Münzen mit einem Loch in der Mitte, wie wenn sie um den Hals getragen werden sollten – wohl so ziemlich alle Arten von Münzen auf der Welt müssen, glaub' ich, in dieser Sammlung vertreten gewesen sein, und zahlreich waren sie gewiß, wie dürre Blätter im Herbst, so daß mir mein Rücken von der gekrümmten Haltung und meine Finger von dem Sortieren weh taten.

Tag auf Tag ging diese Arbeit fort; jeden Abend war ein Vermögen an Bord verstaut worden, aber immer noch war ein Vermögen für den nächsten Tag vorhanden; und während dieser ganzen Zeit hörten wir nichts von den drei am Leben gebliebenen Meuterern.

Ich glaube, es war am dritten Abend, da machten der Doktor und ich einen kleinen Spaziergang nach der Staffel des Berges, wo wir einen Ausblick über die tieferen Teile der Insel hatten; da trug aus der dichten Finsternis unter uns der Wind einen Ton herüber. War es ein Schreien? War es ein Singen? Nur ein einziger Laut schlug an unsere Ohren, und dann war alles wieder still wie zuvor.

„Vergebe ihnen der Himmel!" sagte der Doktor; „das sind die Meuterer!"

„Alle betrunken, Herr!" sagte Silvers Stimme hinter uns.

Ich habe zu erwähnen vergessen, daß Silver vollständig frei herumging; obgleich er täglich zurückgewiesen wurde, schien er sich doch wieder als einen gern gesehenen Freund und Diener zu betrachten. Es war wirklich bemerkenswert, mit welcher guten Art er diese Zurückweisungen hinzunehmen wußte und mit welcher unermüdlichen Höflichkeit er immer wieder versuchte, sich allen angenehm zu machen. Trotzdem behandelten ihn alle, glaube ich, nicht viel besser als einen Hund, abgesehen von Ben Gunn, der immer noch eine fürchterliche Angst vor seinem alten Schiemann hatte, oder vielleicht auch von mir, der ihm wirklich in mancher Hinsicht dankbar sein mußte. Allerdings hatte ich ja auch gewisse Gründe, schlechter von ihm zu denken als irgendeiner von den anderen; denn ich hatte gesehen, wie er auf der Hochebene auf neue Verräterei sann.

So antwortete der Doktor ihm ziemlich kurz angebunden:

„Betrunken oder verrückt."

„Da haben Sie recht, Herr Doktor!" antwortete Silver; „aber das macht wohl für Sie wie für mich verdammt wenig Unterschied aus."

„Ihr werdet von mir wohl kaum erwarten, daß ich Euch für einen menschlich fühlenden Mann halte," antwortete der Doktor mit einem ironischen Lächeln; „darum werden meine Gefühle Euch vielleicht überraschen, Meister Silver. Aber wenn ich bestimmt wüßte, daß sie wahnsinnig wären – wie ich innerlich überzeugt bin, daß wenigstens einer von ihnen fieberkrank ist –, so würde ich unser Lager verlassen und ohne Rücksicht auf die Gefahr für meinen eigenen Leib ihnen die Hilfe meiner Kunst zuteil werden lassen."

„Bitte um Verzeihung, Herr, da hätten Sie sehr unrecht!" sprach Silver. „Sie würden Ihr kostbares Leben verlieren – und darauf können Sie Gift nehmen! Ich stehe jetzt mit Herz und Hand auf Ihrer Seite, und ich möchte nicht gern, daß unsere Partei geschwächt würde – ganz abgesehen davon, daß ich doch weiß, was ich Ihnen zu verdanken habe. Aber diese Menschen da unten, die können ja gar nicht ihr Wort halten – nein, sie könnten es nicht, selbst angenommen, sie möchten es; und was noch mehr ist: sie könnten gar nicht glauben, daß Sie es könnten."

„Nein!" sagte der Doktor. „Ihr seid der Mann, der sein Wort hält – das wissen wir."

Nun, das war so ziemlich das letzte, was wir von den drei Piraten hörten. Nur einmal fiel in weiter Entfernung von uns ein Flintenschuß; wir nahmen an, daß sie auf der Jagd wären. Es wurde eine Beratung abgehalten und darin beschlossen, daß wir sie auf der Insel zurücklassen müßten – zum großen Vergnügen Ben Gunns, wie ich sagen muß, und mit der ausdrücklichen Zustimmung Grays. Wir hinterließen ihnen einen guten Vorrat Pulver und Blei, den Hauptteil des eingepökelten Ziegenfleisches, einige Arzneien und ein paar andere Notwendigkeiten, Werkzeuge, Kleider, ein Segel, das wir entbehren konnten, ein paar Klafter Tau und, auf den besonderen Wunsch des Doktors, ein hübsches Geschenk an Tabak.

Dies war ungefähr das letzte, was wir auf der Insel taten. Wir hatten inzwischen den Schatz verstaut und genug Wasser, sowie für den Notfall den Rest des Ziegenfleisches an Bord genommen.

Und eines schönen Morgens lichteten wir den Anker, wozu unsere vereinigten Kräfte kaum ausreichten, und segelten aus der Nordbucht heraus. Vom Hauptmast wehte dieselbe Flagge, die der Kapitän auf dem Blockhaus aufgezogen hatte und unter der wir gekämpft hatten.

Die drei Rebellen müssen uns schärfer beobachtet haben, als wir geglaubt hatten. Hiervon sollten wir bald einen Beweis erhalten. Denn als wir durch den engen Sund fuhren, mußten wir uns der Südspitze nähern, und da sahen wir sie alle drei mit flehend ausgestreckten Armen auf einer sandigen Landzunge knien. Ich glaube, es ging uns allen zu Herzen, sie in so erbärmlichem Zustande zurückzulassen. Aber wir konnten es auf eine neue Meuterei nicht ankommen lassen; und sie in Ketten nach Hause zu bringen, um sie dem Galgen zu überliefern, das wäre eine grausame Güte gewesen! Der Doktor rief ihnen zu, wo sie die Vorräte finden konnten, die wir für sie zurückgelassen hätten, aber sie riefen uns trotzdem bei unseren Namen an und flehten, wir sollten um Gottes willen barmherzig sein und sie nicht an einem solchen Ort umkommen lassen.

Als sie sahen, daß das Schiff weitersegelte und bald außer Rufweite kommen mußte, sprang einer von ihnen – ich weiß nicht, wer es war – mit einem heiseren Ausruf auf, legte die Muskete an und feuerte. Die Kugel pfiff über Silvers Kopf hinweg und machte ein Loch in das Hauptsegel.

Da gingen wir alle hinter der Schanzkleidung in Deckung, und als ich wieder hervorsah, waren sie von der Landzunge verschwunden, und die Landzunge selbst verschwand bereits in der Ferne.

Dies war für uns das Ende der Piraten, und bevor es Mittag wurde, war zu meiner unaussprechlichen Freude der höchste Berggipfel der Schatzinsel hinter dem blauen Horizont des Meeres versunken.

Wir waren so knapp an Mannschaft, daß jeder an Bord mit Hand anlegen mußte – nur der Kapitän lag auf einer Matratze im Stern und gab seine Befehle aus; denn obgleich er sich schon sehr erholt hatte, bedurfte er doch noch der Ruhe.

Wir segelten nach dem nächsten Hafen von Spanisch-Amerika; denn wir konnten es nicht wagen, ohne frische Mannschaft nach der Heimat zu fahren. Widrige Winde und ein paar Stürme ermüdeten uns so, daß wir ganz erschöpft waren, als wir den Hafen erreichten.

Die Sonne ging gerade unter, als wir in einem wunderschönen, von Bergen umschlossenen Golf unseren Anker auswarfen. Wir waren sofort von Hafenbooten voll von Negern umringt, mexikanischen Indianern und Mulatten, die Obst und Gemüse zum Verkauf brachten und uns anboten, für kleine Geldstücke zu tauchen.

Der Anblick so vieler lustiger Gesichter (besonders der Schwarzen), der Geschmack der Tropenfrüchte und vor allen Dingen der Anblick der Lichter von der Stadt her – das alles bildete einen zauberhaften Gegensatz zu unseren düsteren und blutigen Erlebnissen auf der Insel. Der Doktor und der Squire gingen an Land, um den Abend in der Stadt zu verbringen, und nahmen mich mit. Hier trafen sie den Kapitän eines englischen Kriegsschiffes, kamen mit ihm ins Gespräch und gingen an Bord seines Schiffes, wo wir so freundlich bewirtet wurden, daß der Tag bereits angebrochen war, als wir wieder an der Hispaniola anlegten.

Ben Gunn war allein auf Deck. Sobald wir an Bord kamen, begann er unter den wunderlichsten Verrenkungen seines Leibes ein Geständnis abzulegen: Silver war fort! Ben war ihm behilflich gewesen, ein paar Stunden vorher, in einem Hafenboot zu entwischen, und er versicherte uns jetzt, er hätte das nur getan, um unsere Leben zu schützen, die sicherlich verwirkt gewesen wären, „wenn der Mann mit dem einen Bein an Bord geblieben wäre".

Aber das war noch nicht alles! Der Schiffskoch war nicht mit leeren Händen fortgegangen. Er hatte, ohne daß jemand es gemerkt hatte, eine Planke durchgesägt und einen von den Geldsäcken an sich genommen, um ein bißchen Reisegeld zu haben. Der Beutel enthielt vielleicht drei- oder vierhundert Guineen. Ich denke, wir waren alle froh, daß wir ihn so billig los wurden.

Na, um eine lange Geschichte kurz zu beenden: wir bekamen ein paar Mann an Bord, hatten eine gute Heimfahrt, und die Hispaniola traf in Bristol ein, als Herr Blandly gerade dran dachte, das zweite Schiff auszurüsten. Nur fünf Menschen von allen, die auf der Hispaniola ausgesegelt waren, kamen auf ihr nach Hause.

„Suff und der Teufel holten den Rest" – das konnte man wohl sagen! Allerdings war es uns nicht ganz so schlimm gegangen, wie jenem anderen Schiff, von dem es in dem Liebe hieß:

> „Nur ein einziger Mann am Leben blieb
> Von fünfundsiebzig an Bord!"

Jeder bekam einen reichlichen Anteil von dem Schatz und wandte ihn weise oder töricht an, je nach seiner Veranlagung.

Kapitän Smollett hat sich jetzt vom Seeleben zurückgezogen.

Gray legte nicht nur sein Geld auf die Kante, sondern er fing an, eifrig seinen Beruf zu studieren, da in ihm plötzlich der Wunsch erwachte, es weiter zu bringen; er ist jetzt Steuermann und Mitbesitzer eines schönen Vollschiffs; außerdem ist er verheiratet und Familienvater. Ben Gunn bekam tausend Pfund, die er in drei Wochen vergeudete oder verlor – oder genauer gesagt: in neunzehn Tagen; denn am zwanzigsten war er wieder da und bettelte uns an. Da bekam er einen Posten als Parktorwächter, genau so, wie er auf der Insel es vorausgesehen hatte. Er ist noch am Leben, ein großer Liebling aller Kinder, obgleich sie sich manchmal über ihn lustig machen, und ein hervorragender Kirchensänger an allen Sonn- und Feiertagen.

Von Silver haben wir nichts mehr gehört. Der gefährliche Seemann mit dem einen Bein ist spurlos aus meinem Leben verschwunden; aber ich vermute, daß er seine alte Negerin wieder getroffen hat; vielleicht lebt er noch ganz behaglich mit ihr und seinem Papagei, Käpp'n Flint, zusammen. Man muß es wohl hoffen – denn seine Aussichten auf Behaglichkeit in einer anderen Welt sind sehr gering.

Die Silberbarren und die Waffen liegen, soviel ich weiß, noch an derselben Stelle, wo Flint sie vergraben hatte; und sicherlich sollen sie meinetwegen dort liegen bleiben. Ochsen und Wagenseil könnten mich nicht mehr auf diese verfluchte Insel bringen, und meine schlimmsten Träume sind es, wenn ich die Brandung am Strande der Schatzinsel donnern höre, oder wenn ich im Bett auffahre und Käpp'n Flints gellende Stimme mir noch in den Ohren klingt:

„Piaster! Piaster!“